O
ÚLTIMO
JANTAR

Obras da autora publicadas pela Editora Record

Alguém que você conhece
O casal que mora ao lado
Uma estranha em casa
O último jantar

SHARI LAPENA

O ÚLTIMO JANTAR

Tradução de
Anna Carla Castro

2ª edição

EDITORA RECORD
RIO DE JANEIRO • SÃO PAULO
2024

CIP-BRASIL. CATALOGAÇÃO NA PUBLICAÇÃO
SINDICATO NACIONAL DOS EDITORES DE LIVROS, RJ

L316u Lapena, Shari
2. ed.   O último jantar / Shari Lapena ; tradução Anna Carla Castro. - 2. ed. - Rio de Janeiro : Record, 2024.

Tradução de: Not a happy family
ISBN 978-85-01-92004-1

1. Romance canadense. I. Castro, Anna Carla. II. Título.

24-87641   CDD: 819.13
                            CDU: 82-31(71)

Gabriela Faray Ferreira Lopes - Bibliotecária - CRB-7/6643

Título original:
Not a Happy Family

Copyright © 2021 by 1742145 Ontario Ltd.

Trecho de *Ana Karenina*. TOLSTÓI, Liev. *Ana Karenina*. Rio de Janeiro: José Olympio, 2022.

Texto revisado segundo o Acordo Ortográfico da Língua Portuguesa de 1990.

Todos os direitos reservados. Proibida a reprodução, no todo ou em parte, através de quaisquer meios. Os direitos morais da autora foram assegurados.

Direitos exclusivos de publicação em língua portuguesa somente para o Brasil adquiridos pela
EDITORA RECORD LTDA.
Rua Argentina, 171 – Rio de Janeiro, RJ – 20921-380 – Tel.: (21) 2585-2000, que se reserva a propriedade literária desta tradução.

Impresso no Brasil

ISBN 978-85-01-92004-1

Seja um leitor preferencial Record.
Cadastre-se no site www.record.com.br
e receba informações sobre nossos
lançamentos e nossas promoções.

Atendimento e venda direta ao leitor:
sac@record.com.br

*Para os heróis da pandemia —
cientistas, equipe médica,
trabalhadores da linha de frente no mundo todo —,
obrigada.*

Todas as famílias felizes se parecem,
as famílias infelizes são infelizes
cada qual ao seu modo.

Liev Tolstói, *Ana Karenina*

AGRADECIMENTOS

Escrever um livro e colocá-lo no mercado — ainda mais no curto espaço de um ano — requer um trabalho de equipe bem coordenado, e tenho muita sorte de contar com as melhores equipes do mundo! Aqui estamos, no sexto livro, e agradeço mais uma vez de coração a todos que fazem com que, a cada vez, meus livros sejam o melhor possível. Agradeço a Brian Tart, Pamela Dorman, Jeramie Orton, Ben Petrone, Mary Stone, Bel Banta, Alex Cruz-Jimenez e todo o restante da equipe incrível da Viking Penguin nos Estados Unidos; a Larry Finlay, Bill Scott-Kerr, Frankie Gray, Tom Hill, Ella Horne e os demais membros da equipe brilhante da Transworld no Reino Unido; e a Kristin Cochrane, Amy Black, Bhavna Chauhan, Emma Ingram e toda a equipe da Doubleday no Canadá. Obrigada a todos vocês, especialmente às minhas editoras tão dedicadas e queridas, Frankie Gray e Jeramie Orton!

Novamente, um agradecimento especial a Jane Cavolina por ser uma copidesque excepcional. Não consigo pensar em mais ninguém para cuidar da revisão dos meus livros.

Agradeço, outra vez, à minha querida agente, Helen Heller — ainda mais nesse ano, quando a pandemia tornou tudo ainda mais difícil. Você sempre me incentivou a continuar, e sou grata por isso. Agradeço também a Camilla, Jemma e todos da Agência Marsh por me representarem ao redor do mundo e venderem meus livros em tantos mercados.

Agradeço, mais uma vez, ao meu conselheiro em assuntos forenses, Mike Iles, mestre do Programa de Ciência Forense da Trent University, e a Kate Bendelow, policial técnico-científica do Reino Unido. Sou extremamente grata à ajuda de vocês dois!

Como sempre, qualquer erro do manuscrito é de minha total responsabilidade.

Também gostaria de agradecer às pessoas do mundo editorial que se dispuseram a fazer os eventos de forma remota quando não podíamos fazê-los presencialmente.

Agradeço, como sempre, aos meus leitores. Não estaria aqui, fazendo o que amo, se não fosse por vocês.

E, por fim, agradeço ao meu marido, aos meus filhos e à minha gata Poppy. Menção especial a Manuel por resolver inúmeros problemas técnicos ao longo do último ano.

PRÓLOGO

Há muitas casas caras aqui em Brecken Hill, um enclave nos limites de Aylesford, no vale do Hudson. Situado na margem direita do rio, cerca de cento e sessenta quilômetros ao norte de Nova York, o lugar se parece com Hamptons, mas um pouco menos esnobe. Há fortunas antigas e novas aqui. No fim de uma longa estrada particular, passando por uma fileira de bétulas, lá está ela: a casa da família Merton, com seu gramado enorme, como se fosse um bolo numa travessa. À esquerda, vislumbra-se uma piscina. Atrás da casa fica uma ravina, e árvores nodosas nos limites da propriedade garantem sua privacidade. É uma bela de uma casa de luxo.

Está tudo muito quieto e tranquilo. O sol está bem fraco, e nuvens correm pelo céu. São quatro da tarde de uma segunda-feira de Páscoa; em algum lugar, crianças estão terminando de comer seus coelhos de chocolate e ovos embrulhados em papel-alumínio, avaliando quanto sobrou e de olho no que resta nas cestas dos irmãos. Mas não há crianças aqui. Elas já cresceram e se mudaram. Não para longe, veja você. Estiveram aqui na noite passada, para o jantar do domingo de Páscoa.

O lugar parece deserto. Não há carros na entrada, eles estão trancados na garagem, que comporta quatro veículos. Há um Porsche 911 conversível; Fred Merton gosta de dirigi-lo, mas apenas no verão, quando joga os tacos de golfe no porta-malas. No inverno, prefere o Lexus. Sua esposa, Sheila, tem uma Mercedes branca com interior em couro também branco. Ela gosta de usar um dos seus vários lenços Hermès coloridos, verificar a maquiagem no retrovisor e sair para se encontrar com amigos. Mas ela não fará mais isso.

Numa casa assim, tão grande e elegante — piso de mármore branco brilhante sob um lustre requintado na entrada, flores de corte em um aparador lateral —, seria de se esperar que houvesse funcionários cuidando da manutenção. Mas há apenas uma faxineira, Irena, que vem duas vezes na semana. Ela dá duro pelo dinheiro. Mas está com eles há tanto tempo — mais de trinta anos — que já faz quase parte da família.

Devia ser uma casa perfeita, antes de tudo acontecer. Há um rastro de sangue nos degraus cobertos de carpete claro. À esquerda, na bela sala de estar, uma luminária de porcelana está espatifada no tapete persa, lançando uma sombra desfigurada. Um pouco adiante, atrás da mesa de centro de vidro, está Sheila Merton de camisola, completamente imóvel. Está morta, os olhos abertos, e há marcas em seu pescoço. Não há vestígios de sangue nela, mas seu cheiro nauseante se espalha por toda parte. Algo terrível aconteceu aqui.

Na cozinha ampla e iluminada nos fundos da casa, o corpo de Fred Merton está esparramado no chão sobre uma piscina escura e pegajosa de sangue. Moscas zumbem ao redor da boca e do nariz. Ele foi violentamente esfaqueado diversas vezes e sua garganta está cortada.

Quem faria uma coisa dessas?

UM

VINTE E QUATRO HORAS ANTES

Dan Merton se ajeita no blazer azul-marinho sobre uma camisa social azul-clara com a gola desabotoada e um jeans escuro elegante. Ele se observa no espelho de corpo inteiro do quarto.

Atrás dele, sua esposa, Lisa, diz:

— Você está bem?

Ele dá um sorriso amarelo para ela através do espelho.

— Claro. Por que não estaria?

Lisa se vira. Ele sabe que a esposa também não aprecia a ideia de passar o jantar de Páscoa na casa dos pais dele. Ele dá meia-volta e a observa — sua bela garota de olhos castanhos. Estavam casados havia quatro anos, e não foi um período fácil. Mas ela continuou ao seu lado, e ele sabe que tem sorte de tê-la. É seu primeiro amor incondicional. A não ser que os cachorros entrem na conta.

Ele afasta uma pontada de inquietação. Seus problemas financeiros são uma fonte de estresse, um tema constante de discussão. Mas Lisa sempre consegue convencê-lo de que as coisas vão ficar bem — pelo menos enquanto ela estiver por perto. No entanto, é quando não está que a dúvida aparece junto com a ansiedade incapacitante.

Lisa vem de uma família trabalhadora de classe média — o que foi visto como algo negativo logo de cara, mas ele não se importava; seus pais são esnobes, ele não —, por isso ela nunca nutriu grandes expectativas. Quando se conheceram, nunca tinha ouvido falar dele, porque os dois não frequentavam os mesmos círculos.

— Ela é a única que consegue aguentar o Dan — ouviu sua irmã caçula, Jenna, dizer para a mais velha, Catherine, quando achavam que ele não estava escutando.

Talvez fosse verdade. Mas pelo menos seu casamento era um sucesso, isso não podiam negar. E sua família acabou se afeiçoando a Lisa, apesar de todo o preconceito.

— Você vai tentar falar com o seu pai? — pergunta Lisa com o rosto apreensivo.

Ele desvia o olhar, fechando a porta do guarda-roupa.

— Se surgir uma brecha para isso.

Dan odeia pedir dinheiro ao pai. Mas não consegue mesmo ver alternativa.

Catherine Merton — ela não adotou o sobrenome do marido — espera ansiosamente pelo jantar de Páscoa na casa dos pais todo ano. E por todas as outras ocasiões em que se reúnem para comemorar os feriados na casa exuberante de Brecken Hill. Sua mãe usa os pratos especiais e a prataria, e sempre tem um buquê de flores na mesa de jantar, o que faz Catherine se sentir elegante e privilegiada. É a primogênita e a favorita, todo mundo sabe disso. Aquela que deu certo, a única de quem os pais realmente sentem orgulho. É médica — dermatologista, não cirurgiã cardíaca, mas, ainda assim, médica. Dan acabou decepcionando um pouco. E Jenna... Bem, Jenna é a Jenna.

Catherine coloca um brinco de pérolas e se pergunta que surpresa Jenna preparou para eles hoje. Sua irmã caçula mora em uma casinha alugada no subúrbio de Aylesford e está sempre indo para Nova York ficar na casa de uns amigos. Seu estilo de vida é meio misterioso e uma fonte de preocupação para os pais. Dan diz que Jenna está fora de controle, mas Catherine sabe que não é bem assim. A irmã usa seu estilo de vida como *forma* de controle. Tem o poder de chocar e não se importa de usá-lo. Jenna não é comportada como Catherine. Não é uma pessoa respeitável ou previsível. Não, ela é rebelde. Quando eram pequenos, ela topava qualquer desafio. Agora, seu pai vive ameaçando cortar sua mesada, mas todo mundo sabe que ele nunca vai fazer isso, porque Jenna acabaria voltando para casa e eles não suportariam isso. A família desconfia de que ela esteja envolvida com drogas e promiscuidade, mas eles não fazem perguntas, porque não querem saber a verdade.

Catherine olha para o espelho da penteadeira quando seu marido, Ted, entra no quarto. Ele passou o dia quieto — sua forma sutil de mostrar descontentamento, embora nunca admita. Ele não quer passar o jantar de Páscoa na casa dos pais ricos de Catherine. Fica irritado com as expectativas dos dois em todo feriado. Não gosta da tensão que vai crescendo sob a superfície durante essas refeições.

— Meu Deus, como é que você aguenta? — pergunta toda vez assim que entram no carro para ir embora.

Ela os defende.

— Eles não são tão ruins — retruca sempre, tentando fazer pouco-caso enquanto se afastam.

Agora, ela se levanta, vai até o marido e dá um beijo em sua bochecha.

— Tenta aproveitar.

— Eu sempre tento — responde Ted.

Não tenta, nada, pensa Catherine, afastando-se.

— Que merda, eu não quero mesmo fazer isso — diz Jenna para Jake, que está sentado no banco do carona enquanto ela dirige rumo a Brecken Hill.

Ele veio de trem de Nova York e ela o buscou na estação de Aylesford. Jake vai passar a noite na sua casa.

— Então encosta o carro — diz ele, sedutor, acariciando sua coxa. — A gente pode matar o tempo. Fumar um baseado. Te ajudar a relaxar.

Ela o encara, erguendo uma sobrancelha.

— Você acha que preciso relaxar?

— Você parece meio tensa.

— Vai se foder — diz Jenna em tom de brincadeira, com um sorriso.

Ela continua dirigindo até que encontra uma saída que conhece e a pega de forma abrupta. O carro dá uns trancos pela estrada até ela encostar e parar sob uma árvore grande.

Jake já está acendendo um baseado e tragando fundo.

— A gente vai chegar lá fedendo — comenta Jenna, inclinando-se para pegar o baseado. — Talvez isso seja bom.

— Não sei por que você quer tanto contrariar os seus pais — diz Jake. — Eles pagam as suas contas.

— Eles têm condições — rebate ela.

— Minha garota rebelde. — Ele se inclina para a frente e a beija, colocando as mãos por baixo da sua jaqueta de couro preta e do seu top, acariciando-a, já se sentindo meio chapado. — Mal posso esperar para ver que tipo de gente te criou.

— Ah, você vai morrer de rir. Eles são tão certinhos que era para aparecer um púlpito sempre que abrissem a boca.

— Duvido que seja tão ruim assim.

Ela dá outra tragada e devolve o baseado para Jake.

— A minha mãe é inofensiva, acho. O meu pai é um escroto. Tudo seria mais fácil sem ele.

— Pais, eles fodem com a gente — diz Jake, citando errado o poeta Philip Larkin.

Ele entende quase tudo errado, pensa Jenna, observando o rapaz através de uma nuvem de fumaça, derretendo sob o toque dos dedos dele nos seus mamilos. Mas é divertido e não é ruim de cama, e por enquanto isso basta. E tem a aparência certa. Bastante sensual e um tanto rude. Ela mal pode esperar para apresentá-lo à família.

DOIS

Rose Cutter fez uma burrice. E ela não para de pensar no que fez e no que tem que fazer agora. Pensa nisso tarde da noite, quando deveria estar dormindo. Pensa nisso no escritório, quando deveria estar trabalhando. Pensa nisso quando tenta se anestesiar vendo TV.

A ideia de passar o jantar de Páscoa com a mãe e sua tia Barbara, fingindo que está tudo bem, parece demais para ela. Sua mãe vai perceber que tem alguma coisa errada. Ela percebe tudo. Já disse várias vezes que Rose anda com ar abatido, que tem perdido peso. Rose sempre tenta minimizar sua preocupação, tenta mudar de assunto, mas tem ficado cada vez mais difícil. Chegou até a visitar menos a mãe, mas não podia faltar ao jantar de Páscoa. Ela fica se observando no espelho. É verdade que sua calça jeans, que antes ficava justa, agora parece larga nela. Decide compensar colocando um suéter vermelho grandalhão por cima da blusa. Vai ter que bastar. Penteia os longos cabelos castanhos, passa batom para tentar dar cor ao seu rosto pálido e esboça um sorriso. Parece forçado, mas é o melhor que consegue fazer.

Assim que chega à casa da mãe, tudo aquilo já começa, a preocupação materna, as perguntas. Mas sua mãe não tem como ajudá-la. E nunca poderá saber a verdade. Rose vai ter que sair dessa sozinha.

* * *

Ellen Cutter olha para a filha e balança a cabeça.

— Olha só você — diz, pegando o casaco dela. — Está tão pálida. Barbara, você não acha que ela está pálida? E é sério, Rose, você está ficando muito magra.

Barbara revira os olhos e sorri para Rose.

— Para mim, você está ótima. Não dá bola para a sua mãe. Ela se preocupa demais.

Rose sorri para a tia e diz:

— Obrigada, Barbara. Não acho que estou *tão* mal, não é? — Ela se vira para se olhar no espelho do corredor, ajeitando a franja.

Ellen também sorri, mas por dentro está arrasada. E sua irmã lhe lança uma olhadela que confirma que também notou as mudanças na sobrinha, apesar do que disse. Ellen não está imaginando coisas — Rose parece, *sim*, esgotada. É como se tivesse perdido o brilho nos últimos tempos. Tenta não se preocupar, mas com quem mais se preocuparia? É viúva e Rose é sua única filha. Barbara não tem filhos, então não há sobrinhos para ela paparicar. Se não fosse por elas duas e por sua amiga Audrey, Ellen estaria sozinha no mundo.

— Bom, vamos ter um lindo jantar — comenta Ellen. — Vem aqui na cozinha, estou prestes a regar o peru.

— O que você tem aprontado? — ouve Barbara perguntar a Rose quando elas seguem para outro cômodo.

— Nada — responde Rose. — Só trabalhando.

— Não é muito a sua cara — diz Barbara. — O que você faz para se divertir? Não está namorando?

Ellen olha disfarçadamente para o rosto da filha, enquanto cuida do peru, o cheiro da carne assando familiar e reconfortante. Rose era tão popular, mas não fala mais dos amigos ou dos namorados. Só fala de trabalho, trabalho, trabalho.

— Não, não tem ninguém no momento — responde Rose.

— Acho que ter seu próprio escritório de advocacia toma muito tempo — reconhece Barbara com um sorriso.

— Você não faz ideia.

— Sabe, tem como equilibrar vida e trabalho — sugere Ellen, gentilmente.

— Não se você é uma jovem advogada — retruca Rose.

Mas Ellen fica se perguntando se é só isso mesmo.

Audrey Stancik foi derrubada por uma gripe sazonal terrível. Não se deu ao trabalho de tomar a vacina este ano e agora se arrepende profundamente. Em sua casinha modesta, senta-se na cama com seu pijama mais surrado e confortável. Seu cabelo está penteado para trás, preso sob uma faixa, mas, mesmo doente, suas unhas estão perfeitas. Está recostada nos travesseiros e a TV está ligada ao fundo, mas ela não está assistindo. Há uma lixeira ao lado da cama cheia de lenços usados e uma caixa de lenços na mesa de cabeceira, ao lado do porta-retratos da filha, Holly. Está se sentindo péssima — o nariz escorrendo feito uma torneira, o corpo todo doendo. Audrey ia passar o jantar de Páscoa na casa do irmão, Fred, com a família, e estava *especialmente* animada para o jantar deste ano. Teria aproveitado mais que de costume, sabendo o que sabe. Vai perder aquela comida deliciosa com todos os acompanhamentos e, o que mais gostava, a torta de limão de Irena. Que lástima. Audrey adora a comida dela.

Mas, tirando a gripe, ela tem andado bastante feliz ultimamente. Está na expectativa de receber uma herança. Uma *baita* herança. É uma pena que alguém tenha que morrer para isso.

Ela vai ficar rica. Já não era sem tempo.

TRÊS

Catherine para na entrada da casa dos pais, com Ted ao lado, um pouco ansiosa. Toca a campainha. Era sempre assim — tendo que se preocupar com como as pessoas iriam lidar umas com as outras, torcendo sempre pelo melhor. Mas não ia deixar ninguém acabar com o seu dia.

Ela e Ted têm uma casa adorável em Aylesford, mas nem de longe chega aos pés dessa. Eles têm o tipo de casa que dois salários — um de dermatologista e outro de dentista — podem bancar. A casa dos pais, onde ela e os irmãos cresceram, está mais para uma mansão. Como a mais velha, gostaria de ficar com ela quando os pais morrerem. Adoraria morar em Brecken Hill, vivendo no conforto e na riqueza, recebendo os irmãos para jantar nos feriados, com os próprios filhos ao redor. É com isso que sonha — e, nos seus sonhos, nunca está muito velha. Não mais que agora. Com certeza, não tanto quanto estaria se os pais vivessem uma vida longa e morressem de causas naturais. Mas é para isso que servem os sonhos; por definição, não são realistas. Ela quer a casa e tudo que tem nela — as louças, as relíquias, a arte. Os pais nunca lhe prometeram a casa, nem nunca deram a entender que a deixariam para ela. Mas não deixariam para Dan — e ele não iria querer, de toda forma. Jenna provavelmente destruiria o lugar, e, se não o fizesse, os amigos dela o fariam. E sua mãe jamais sujeitaria os vizinhos ricos a lidarem com Jenna e o estilo de vida dela, disso Catherine tinha certeza.

A porta se abre e ali está sua mãe, recebendo-os com um sorriso. Está usando calça e sapatos de salto alto pretos, uma blusa de seda branca e um lenço Hermès laranja e rosa em volta do pescoço. Catherine observa brevemente o rosto da mãe, tentando encontrar traços de como será quando envelhecer. Vê olhos azuis límpidos, uma boa pele e um belo corte de cabelo. A mãe envelheceu bem — mas o dinheiro ajuda.

— Oi, mãe — cumprimenta, aproximando-se para abraçá-la. Está mais para um abraço educado que carinhoso.

— Oi, meu bem. Vocês foram os primeiros — diz, virando-se para cumprimentar Ted. — Entrem. Vou servir uma bebida para vocês.

Ela vai até a sala de jantar, à direita do saguão, e pergunta:

— O que vocês querem? Champanhe?

Sua mãe sempre serve espumante nos feriados.

— Claro — responde Catherine, tirando o casaco e o pendurando no nicho do saguão de entrada enquanto o marido faz o mesmo.

Eles nunca tiram os sapatos.

— Ted?

— Ã-hã, claro — diz, dando um sorriso agradável.

Ele sempre começa bem, pensa Catherine; é só depois de um tempo que começa a sentir a tensão.

Sheila serve o champanhe nas taças e eles cruzam o saguão com seus espumantes até a sala de estar do outro lado, sentando-se em sofás elegantes, o sol da primavera se esgueirando através das janelas vitorianas. A vista do gramado lá fora é linda, sempre pensa Catherine. E os jardins tinham começado a florescer com narcisos e tulipas. Ela melhoraria o jardim, se fosse seu.

— Cadê o papai?

— Está lá em cima, já, já ele desce — diz a mãe.

Ela dá um sorriso forçado, baixando o tom de voz e pousando a taça na mesa de centro.

— Na verdade, tem uma coisa importante que eu queria falar com você antes de o seu pai descer.

— Ah, é? — pergunta Catherine, surpresa.

Sua mãe faz uma expressão... de inquietação, talvez. Catherine não sabe exatamente o que é, mas fica na defensiva. Então a campainha toca. Só pode ser Dan, pensa. Jenna sempre se atrasa.

Como se tivesse lido sua mente, a mãe vira a cabeça para a porta de casa e diz:

— Deve ser Dan.

Ela se levanta para atender a porta, enquanto Catherine ergue a sobrancelha para o marido.

— O que será que ela queria falar? — sussurra para Ted.

Ted dá de ombros e beberica seu champanhe. Os dois esperam até Dan e Lisa se juntarem a eles na sala de estar, ela e Lisa trocam um breve abraço, enquanto os homens se cumprimentam com um aceno de cabeça. Dan e Lisa se sentam no sofá em frente ao deles, enquanto sua mãe lhes entrega taças de champanhe. Acha que Dan está mais tenso que de costume. Sabe que ele tem passado por dificuldades. Ela se pergunta se sua mãe vai compartilhar o segredo com eles também, seja lá qual for. Mas, quando a mãe volta, ela começa a falar de assuntos genéricos e superficiais, e Catherine a acompanha prontamente.

A campainha toca outra vez alguns minutos depois — três toques curtos e fortes — anunciando a chegada de Jenna. Seu pai ainda não apareceu. Catherine fica se perguntando, inquieta, se havia algo de errado.

Eles ficam na sala, ouvindo a mãe e Jenna na entrada.

— E quem é esse? — pergunta a mãe.

Ótimo, pensa Catherine, irritada. Jenna trouxe alguém. Claro que trouxe — quase sempre trazia. Da última vez foi uma "amiga", e eles passaram a noite inteira se perguntando se era mesmo apenas uma amiga ou uma namorada; era difícil saber. Todos ficaram um pouco desconfortáveis com quanto Jenna e a amiga ficavam agarradas uma na outra, mas nunca chegaram a uma conclusão. Catherine faz uma careta para Ted e fica ouvindo.

— Jake Brenner — responde uma voz masculina, grave e confiante.

— Bem-vindo à nossa casa — diz a mãe, excessivamente educada, com um leve ar de frieza.

Então Catherine ouve os passos pesados do pai descendo a rebuscada escada da frente. Ela se levanta e dá uma boa golada no champanhe, gesticulando com o queixo para que Ted a acompanhe. Ele o faz, relutante, passando sua taça para a mão esquerda. Seguem juntos para o saguão.

Catherine é a primeira a cumprimentar o pai. Assim que ele chega ao pé da escada, aproxima-se para abraçá-lo.

— Oi, pai, feliz Páscoa.

O pai lhe dá um breve abraço e, quando ela se afasta, diz olá e cumprimenta Ted com um firme aperto de mãos. Nada ali era afetuoso, apenas formal. Dan e Lisa continuam na sala de estar, e a atenção é direcionada para o casal parado na entrada. Catherine repara no delineador preto em volta dos olhos de Jenna e na nova mecha roxa em seu cabelo. Ainda assim, ela é linda. Alta e magra, em seu tradicional jeans preto colado, botas de salto alto e jaqueta preta de motoqueira, parecia saída da cena musical alternativa de Nova York, e Catherine sente a pontada de irritação de sempre — ou talvez de inveja. Jamais conseguiria ter um visual desses. Depois lembra que jamais gostaria disso. Tinha seu próprio estilo — requintado, clássico, caro — e estava feliz com ele. Refletia quem ela era.

Jenna é escultora, e das boas. Mas não se dedica o bastante para ser bem-sucedida. Está mais para uma diletante talentosa, uma festeira buscando uma desculpa para ficar em Nova York. Sabe que os pais temem que a cena artística da cidade acabe com ela. Nenhuma das obras de Jenna está à mostra na casa dos pais; consideram-nas muito obscenas. Catherine sabe que os pais estão numa posição delicada — querem se orgulhar da filha talentosa, querem que Jenna tenha sucesso, mas sentem vergonha do que aquele talento produz.

Jake parece o tipo de pessoa de quem Jenna gostaria. Obscuro, sexy, barba por fazer. Está de jeans, camiseta e jaqueta de couro marrom surrada. De onde se encontra, ao pé da escada, Catherine consegue sentir o cheiro de maconha que exalam. Seu pai olha para os dois com frieza.

— Oi, pai — diz Jenna, despreocupada. — Jake, esse é o meu pai.

O rapaz apenas dá um breve aceno e nem sequer se aproxima para apertar a mão dele. É alto e magro, como Jenna, e está à vontade demais para a ocasião, pensa Catherine. Não sabe se portar.

— Venham comigo, temos champanhe — diz Sheila a caminho da sala de jantar.

Fred Merton lança um olhar para Catherine como quem diz: *Quem diabos é esse cara e o que ele está fazendo na minha casa?* Depois cumprimenta Dan e a esposa.

Pouco tempo depois, Dan está de pé na sala de estar, bebendo seu champanhe, fingindo interesse nos jardins lá fora. As mulheres estão na cozinha, aprontando a refeição para trazê-la à mesa. A antiga babá, Irena, que agora era faxineira, juntou-se a eles, pois foi convidada para o jantar. E para arrumar tudo depois. No sofá que fica em frente à janela da sala de estar, Ted tenta, bravamente, travar uma conversa com um Jake despojado, enquanto Fred, parado ao lado de Dan, ouve. Descobrem que Jake era um "artista visual sério" cheio de frilas não creditados que acabam impedindo-o de ter uma obra autoral. Dan não sabe dizer se ele é um grande artista, uma fraude ou apenas um aspirante. Conhecendo a irmã que tem, Jake poderia tanto ser o próximo Jackson Pollock quanto um babaca que ela conheceu numa festa na noite anterior e resolveu convidar para o jantar da família no dia seguinte.

Dan se aproxima do pai e diz em voz baixa:

— Pai, queria saber se a gente podia conversar, depois do jantar, no seu escritório.

Ele encara o pai, mas logo desvia o olhar. Sente-se intimidado pelo velho. Como único filho homem, Dan sempre sentiu uma enorme pressão. Deveria manter a reputação da família, assumir os negócios algum dia. Deu o seu melhor para estar à altura do desafio — dedicou-se bastante. Mas o pai, que fez milhões na área de robótica, decidiu recente e abruptamente vender a empresa, em vez de deixar Dan assumi-la. O filho tinha feito tudo que se esperava dele — trabalhou na empresa em inúmeras posições desde que estava no ensino médio, na expectativa de que tudo aquilo fosse seu um dia. Fez um MBA. Ralou muito. Mas o pai não gostava do seu jeito de fazer as coisas, além de ser teimoso e controlador, sempre prometendo algo e depois voltando atrás. A venda da Merton Robotics acabou com Dan, deixou-o desempregado e perdido, abalando sua confiança. Ele continuava sem saber o que fazer. Isso aconteceu há seis meses, e ele vinha se encalacrando em problemas financeiros desde então. Até agora a busca por emprego não tinha dado frutos, e ele está começando a entrar em desespero.

Nunca se ressentiu tanto do pai quanto agora, neste exato momento — é por culpa dele que se encontra nessa situação, e Dan não merecia isso. Ele se pergunta se o pai queria vender o negócio desde o início.

— Acima de tudo, sou um homem de negócios — disse para Dan no dia em que lhe deu a notícia chocante de que iria vender a Merton Robotics. — E dos bons. É um excelente negócio para mim, uma oferta que não posso recusar.

Nem sequer havia pensado nas consequências disso para o filho.

Agora o pai responde, mais alto que o necessário:

— Quer conversar sobre o quê?

Dan sente uma quentura subir pelo pescoço. Lá se vai a tentativa de ser discreto. Ele nota que a conversa de Jake e Ted é interrompida. Seu pai o humilhava sempre que podia. Fazia isso por diversão. Dan sente o rosto queimar.

— Deixa para lá.

Não vai mais conversar com o pai hoje. Não tem mais estômago para isso.

— Não, pode parar com isso — diz o pai. — Não comece algo que não vai terminar. O que você queria falar comigo?

Quando o filho não responde, Fred diz, secamente:

— Deixe-me adivinhar. Você está precisando de dinheiro.

Uma sensação de raiva e impotência percorre seu corpo, e sua vontade é de socar a cara do pai. Não sabe exatamente o quê, mas algo sempre o impedia de fazer isso.

— Pois é. Não vai rolar — declara o pai, cruel.

Naquele instante, a voz da mãe anuncia:

— O jantar está servido. Venham se sentar, por favor.

Dan dá de ombros ao passar pelo pai, o rosto queimando, e segue até a sala de jantar. Tinha perdido o apetite.

QUATRO

Irena faz a maior parte do serviço, trazendo a comida para a sala de jantar silenciosa e eficientemente — os vegetais, as batatas, os acompanhamentos e os molhos —, enquanto Sheila leva o peru assado em uma travessa decorada, colocando-a com cuidado próxima a Fred. Irena se pergunta quanto tempo mais Sheila vai conseguir fazer aquilo. É uma ave muito pesada e ela não está ficando mais jovem. Teme que um dia Sheila acabe torcendo o tornozelo naquele salto e caia com a ave por cima dela. Fred sempre destrincha o peru; como o homem da casa, levava a tarefa bastante a sério. Ele se levanta e os demais permanecem sentados, esperando. Empunha a faca enquanto conta uma história, parando para enfatizar alguma coisa. Não se importa que a comida esteja esfriando.

Ele está na cabeceira da mesa, com Sheila sentada na outra ponta. Catherine, Ted e Lisa estão à sua direita, enquanto Jenna, Jake e Dan, à esquerda. Irena está mais próxima à cozinha, espremida na quina da mesa entre Dan e Sheila.

Daria muito trabalho, diz Sheila, colocar uma extensão para aumentar a mesa, embora, se decidissem por usar uma, o trabalho seria seu. Se Audrey, irmã de Fred, estivesse aqui, eles teriam providenciado a extensão. Mas ela não veio; está gripada.

Enquanto Fred começa a cortar a ave, Irena fica observando os demais, sem que ninguém note. É fácil fazer isso quando se é a empregada da família que está ali desde que as crianças usavam fralda. Ninguém lhe dá muita atenção, e ela os conhece bem até demais. Sheila tenta disfarçar um tremor; claramente está preocupada com algo. Irena sabe dos seus ansiolíticos no armário de remédios no banheiro. É difícil esconder esse tipo de coisa da faxineira. Ela se pergunta por que Sheila começou a tomar esses remédios. Dan está vermelho, como se tivesse sido censurado outra vez, e apenas ele não observa Fred cortar o peru. Jenna trouxe outro brinquedinho — um homem, desta vez. E Catherine... Bom, Catherine está encantada com a porcelana, com os cristais e com o brilho da prataria. É a única que parece estar se divertindo. Ted está se comportando bem; Irena consegue ver o quanto está tentando se controlar.

Ela sente uma pontada no coração enquanto os observa. Gosta das crianças e se preocupa com elas, especialmente com Dan, mesmo que tenham crescido e deixado a casa. Não precisam mais dela.

A comida é servida, e a refeição tem início. Todos começam a comer — a carne vermelha e a branca, o recheio e as batatas gratinadas, o tender frio, os pãezinhos e a manteiga, as saladas e os molhos. E todos conversam, como uma família normal. Fred começa a falar do iate novo de um amigo. Irena percebe que ele está tomando muito vinho — o melhor chardonnay da adega — e que bebe rápido, o que nunca é um bom sinal.

Jenna terminou de comer. Ela posiciona o garfo e a faca na diagonal sobre o prato de bordas douradas e corre os olhos pela mesa. Dan está calado; ela percebe que o irmão não disse uma palavra. Sua esposa, Lisa, sentada de frente para ele, parece preocupada. Jenna desconfia de que Dan e o pai já andaram discutindo — tem uma tensão familiar no ar. Sua mãe parece mais falante que de costume, um sinal de que algo está errado. Sente a mão direita de Jake subindo pela sua coxa por baixo da toalha de mesa. Catherine parece a mesma de sempre — uma dondoca, como sempre, com suas pérolas e seu marido padrão mastigando educadamente ao lado. Seu pai não parou de beber vinho e parece estar pensando em alguma coisa. Ela conhece aquela cara.

Então ele começa a dar batidinhas em sua taça com o garfo para chamar a atenção de todos. Sempre faz isso quando tem um anúncio a fazer, e ele é o tipo de homem que adora fazer anúncios. Um ego enorme. Adora lançar uma bomba e ficar observando a reação das pessoas. Era como conduzia os negócios e, pelo visto, como lidava com a família. Agora, todos os olhos se voltam para ele, apreensivos. Inclusive os de Dan. Jenna sabe que o irmão já tinha passado por maus bocados. Com certeza não tem como o pai piorar as coisas para ele. Então talvez seja a vez dela. Ou de Catherine. Sente-se tensa.

— Preciso contar algo para vocês — diz o pai, encarando cada um ao redor da mesa.

Jenna percebe que Catherine está olhando para ela como se estivesse pensando a mesma coisa — *sou eu ou você*. O pai leva todo o tempo do mundo, prolongando o desconforto de todos. Então diz:

— Sua mãe e eu decidimos vender a casa.

Era a vez de Catherine então. Jenna olha de relance para a irmã, que parece ter levado um soco no estômago. É claro que ela não esperava por isso e ficou desnorteada. Seu rosto está paralisado; sua expressão, murcha. Bem, pelo visto ela não vai herdar a casa.

Jenna tenta encarar a mãe, mas Sheila está olhando para baixo, evitando os olhos da filha. Então era por isso que Sheila estava toda falante, pensa Jenna. Sabia o que estava prestes a acontecer. A filha caçula sente uma onda de raiva. Como ele podia ser tão ruim? Por que sua mãe deixa que ele se safe dessas coisas?

Catherine tenta se recompor, mas não consegue convencer ninguém.

— Mas por que vocês vão vender? Achei que adorassem essa casa.

— É grande demais para nós dois — responde Fred Merton. — A gente queria algo menor. Esse lugar dá muito trabalho.

— Como assim "trabalho"? — questiona Catherine com a voz mais alta e a raiva transparecendo. — Não são vocês que cuidam da casa: vocês têm uma empresa que cuida da jardinagem, outra que cuida da remoção de neve e Irena cuida da limpeza. Que trabalho vocês têm?

O pai olha para ela como se apenas agora notasse seu aborrecimento.

— Por quê? Você queria a casa?

Jenna nota o rosto pálido de Catherine corar.

— É só que... a gente cresceu nela. É a casa da família.

— Nunca achei que você fosse do tipo sentimental, Catherine — diz o pai, enchendo a taça casualmente.

O rosto de Catherine agora está vermelho de raiva.

— E quanto a Irena? — pergunta, olhando para sua antiga babá do outro lado da mesa, depois de volta para o pai.

— O que tem ela? — diz, como se a mulher não estivesse à mesa, como se nem sequer estivesse no recinto.

— Vocês vão demiti-la?

O pai pousa a taça na mesa, fazendo barulho, e diz:

— Acho que ela vai continuar com a gente, mas com uma carga horária menor. Mas, Catherine, ela só vem aqui duas vezes na semana. Não é como se fosse morrer por isso.

— Mas ela é parte da família!

Jenna olha disfarçadamente para Irena. Ela está imóvel, observando Fred, mas há um brilho em seus olhos. Catherine tem razão, pensa Jenna, eles sem dúvida devem algo à mulher. Ela praticamente os criou.

— Desculpa se estou frustrando as suas expectativas — diz o pai, não parecendo nada arrependido. — Mas a decisão já está tomada.

— Eu não nutria nenhuma — responde Catherine, sarcástica.

— Que bom. Porque me deixe falar um pouco sobre expectativas. É melhor não criá-las. Você só acaba se decepcionando. Como

30

quando eu esperava que Dan assumisse os negócios da família, mas acabei decidindo vender a empresa para não deixar que ele a levasse à falência.

Lisa engasga. Dan olha para o pai, pálido, a boca apenas um traço sombrio. A mãe balança a cabeça de forma quase imperceptível, como quem diz para o marido não fazer aquilo. Ele a ignora, como de costume. É fraca demais para o marido, sempre foi, pensa Jenna. Houve momentos em que todos a odiavam por isso. Por não defendê-los nem protegê-los. Mesmo agora, é como se a mãe nem estivesse ali. Ele tomou essa decisão sem consultá-la, não importa o que ele diga. Jenna consegue sentir Jake ao seu lado, assistindo a tudo, constrangido. A mão dele não está mais na sua coxa.

Mas seu pai está apenas começando. Feliz Páscoa para todos. Essa será memorável.

— E Jenna — diz Fred, voltando o olhar duro para ela.

Ela fica aguardando. Já havia sido objeto da fúria dele antes. Não ia se encolher. Era só um valentão. Um valentão de merda, todo mundo sabe disso.

— Também esperávamos tanto de você — diz, inclinando-se em sua direção e a encarando. — E esse talento todo, que desperdício. Quanto tempo mais você espera que eu te banque?

— A arte pode ser demorada — dispara ela.

— Você é uma tremenda decepção — diz com desdém.

Jenna finge ignorar, embora ouvir aquilo a machuque.

— Como pais, também tínhamos expectativas. É uma via de mão dupla. A gente esperava mais dos nossos filhos. Esperava sentir orgulho de vocês.

— Você devia sentir — explode Catherine. — Tem muita coisa de que se orgulhar. Só que você não vê. Nunca viu.

Ele responde com desdém:

— Verdade, a gente tem orgulho de *você*, Catherine. Você, pelo menos, é médica. Mas onde estão os meus netos?

Um silêncio abrupto e o choque pairam no ar.

— Não acredito nisso — diz Ted, surpreendendo a todos.

Ele se levanta de repente.

— Vamos embora.

Ted segura o cotovelo de Catherine, que se levanta, sem conseguir encarar ninguém. Eles deixam a mesa, juntos, e passam por trás de Fred em direção ao saguão.

— Isso, fujam — diz Fred. — Muito maduro.

Sheila arrasta sua cadeira e sai correndo atrás de Catherine e Ted. Os demais continuam sentados, ainda desnorteados.

Então Dan se levanta e, jogando o guardanapo como se fosse uma luva, também deixa a mesa, com Lisa correndo atrás dele.

— Também estamos indo — avisa Jenna.

Ela se levanta e Jake a acompanha, obediente. Iam todos ficar sem sobremesa. Da entrada, Jenna se vira e olha para a sala de jantar. Irena já tinha sumido na cozinha, mas o pai continuava sentado à cabeceira da mesa, virando uma grande taça de vinho. Ela o despreza.

Jenna dá as costas para ele. Catherine está colocando o casaco enquanto a mãe tenta fazer com que espere até ela separar um pouco de torta para a filha levar para casa.

— Não, mãe, não precisa. A gente não quer torta — diz Catherine.

— Obrigado pelo jantar, Sheila — agradece Ted.

Os dois atravessam a porta o mais rápido possível.

Dan dá um beijo apressado na bochecha da mãe, e ele e Lisa também saem o quanto antes. A porta se fecha atrás deles. Então, do nada, Irena vem da cozinha para o saguão, coloca o casaco e sai sem dizer uma palavra, enquanto Sheila a observa calada, em choque.

Então restam apenas Jenna e Jake, sozinhos na casa com os pais. Jenna muda de ideia; ela se vira para encarar o pai.

CINCO

De alguma forma, Catherine consegue chegar ao carro de Ted sem ter um colapso nervoso, mas, assim que se senta no banco do carona e aperta o cinto, as lágrimas começam a rolar. Ted se vira para ela, preocupado. Aproxima-se e a puxa para perto, tentando confortá-la. Por um tempo, ela aperta o rosto contra o peito dele. Aquele comentário — *onde estão os meus netos?* — acabou com ela. Vinham tentando ter um bebê havia quase dois anos. Era um assunto delicado. Seu pai não sabia, mas devia ter imaginado. Ele é tão cruel, pensa Catherine, e adora encontrar os pontos fracos das pessoas. E a casa — ela está furiosa com a venda. Não era porque dava muito trabalho. Ele só está vendendo para que a filha não fique com ela. Assim como vendeu a empresa para que Dan não a assumisse.

Ela se afasta de Ted para que ele possa dirigir. Ele aperta o cinto e dá partida no carro, saindo de ré. Manobra o carro e acelera pela entrada de veículos, o motor roncando. Pela primeira vez, ela está tão ansiosa para ir embora quanto o marido. Respira fundo e diz:

— Você tem razão, não sei como aguento isso. Embora hoje tenha sido bem pior que o normal.

— O seu pai é um escroto de merda. Sempre foi.

— Eu sei.

— E a sua mãe... Pelo amor de Deus, qual o problema dela? Ela não tem nenhuma fibra?

Os dois sabem a resposta dessa pergunta.

— Sinto muito pela casa — diz Ted ao se acalmar e desacelerar o carro. — Sei o quanto você queria ficar com ela.

Ela fica olhando para a estrada pelo para-brisas, arrasada. Não consegue acreditar que não vai herdar a casa.

— Era isso que ela queria te contar? — pergunta Ted.

— O quê?

— Quando a gente chegou, a sua mãe disse que precisava falar contigo sobre alguma coisa.

— Não faço a menor ideia.

— Sua família parece a porra de um novelão. O que mais poderia ser?

— Talvez ela esteja doente — sugere Catherine. — Talvez por isso estejam vendendo a casa.

Lisa não quer nem perguntar. Teme o que pode acabar descobrindo. Mas, a caminho de casa, reúne coragem para perguntar a Dan:

— Você chegou a falar com o seu pai, antes de...

— Não — diz o marido, ríspido.

Depois, olha para ela e abranda a voz.

— Até tentei, mas ele não estava no clima. Se eu soubesse o que estava por vir, nem teria tentado.

Ela olha pela janela enquanto o marido dirige.

— Ele é um escroto — comenta, irritada, sabendo que o marido está pensando a mesma coisa.

Lisa sente pena de Catherine — ele foi horrível com a filha. Mas, por mais que se sinta mal por isso, uma pequena parte sua está feliz — ou talvez aliviada — porque, pelo menos uma vez, ele se voltou contra um dos outros filhos. É reconfortante. Faz com que não pareça tanto que Fred vendeu a empresa por culpa de Dan. Lisa tinha tentado se manter otimista, mas estava difícil nos últimos tempos. Ver o marido à deriva, desempregado, sem rumo. Ele tinha feito burrice com os investimentos deles. Dan era ou não um bom homem de negócios? Ela não sabe mais. Mas tem suas dúvidas.

Quando se casou com ele, quatro anos antes, Dan tinha um bom cargo na empresa de Fred, com um salário generoso, bônus e um futuro promissor. Não era feliz lá — o pai dele tornava a vida no trabalho um inferno —, mas eles achavam que Fred iria se aposentar e Dan tocaria a empresa um dia. O mundo seria deles. Quando Fred vendeu a empresa há alguns meses, foi como... como uma morte. E Dan ainda não tinha superado o luto. Lisa fez o melhor para consolá-lo e dar apoio, para ajudá-lo a encontrar um novo caminho. Mas ele sempre sofreu com a depressão e, desde que a empresa foi vendida, a coisa só piorou. Havia dias em que ela nem conseguia reconhecer o marido.

Agora ela diz:

— Foi um golpe baixo, isso dos netos.

— Foi — concorda Dan.

— Você acha que o seu pai sabe que eles estão com dificuldades de engravidar?

— Duvido. Não é como se Catherine fosse contar isso para ele. Talvez tenha falado com a minha mãe, mas teria feito com que ela prometesse guardar seu segredo.

— Catherine me confidenciou isso. Disse que não ia contar para a sua mãe, mas fico me perguntando se não acabou falando.

Dan olha para ela de relance.

— Ela te contou porque você é gentil. Mas não contaria para eles. Deve ter sido um chute dele.

Lisa fica em silêncio por um tempo.

— Ela queria a casa, não queria?

Dan faz que sim com a cabeça.

— Sempre quis. Para mim, tanto faz, não estou nem aí. Por mim, a casa podia muito bem pegar fogo, que não faria diferença. — Sua voz se torna sombria. — Não é como se a gente tivesse um monte de lembrança feliz lá.

Ela o observa com mais atenção.

— Você está bem?

Um carro vem na direção deles. Ele passa, e a estrada à frente fica livre outra vez.

— Estou — responde Dan, segurando o volante, tenso.

— Certo. — Ela o observa, preocupada.

O que eles vão fazer? Estavam contando que o pai de Dan os emprestasse um dinheiro para segurarem as pontas até que o marido conseguisse resolver as coisas. Mas agora não existe a menor chance de isso acontecer.

SEIS

Em casa, Dan e Lisa conversam por um tempo, depois ela vai ler um livro no quarto de leitura. Dan não a acompanha. Não consegue ficar parado nem se concentrar. Não tem conseguido se concentrar em quase nada nos últimos dias que não sejam seus problemas. Pensa neles o tempo todo, obcecado, sem tirar nada de produtivo disso. Agora, depois do que aconteceu na casa dos seus pais, sente necessidade de fazer algo drástico, definitivo — qualquer coisa que colocasse um ponto-final nesta história.

Mas não compartilha esses pensamentos.

Serve-se de uísque na sala de estar e fica andando de um lado para outro, impaciente. Nem se dá ao trabalho de acender as luzes, e a sala vai escurecendo aos poucos.

Não consegue ver um novo começo. Ainda se sente em choque, não se recuperou da dor de ouvir o pai dizer que ia vender a empresa. Num primeiro momento, torceu para que os novos donos o mantivessem no cargo, pelo menos por um ou dois anos. Chegou a nutrir, por um breve período, um desejo de ascender na empresa que o pai tinha vendido e levá-la a novos patamares. Mas disseram que seus serviços não seriam necessários, e aquela foi a segunda punhalada. Seu pai desdenhou:

— O que você esperava?

Lisa não lidou bem com isso, embora tenha tentado, bravamente, fingir que sim. Ela sempre foi seu maior suporte.

Se ele não arrumar logo um emprego que pague bem, vão ficar encrencados. Ele tem um MBA. Tem bastante experiência. Precisa de um cargo executivo, e isso não é algo que dê em árvore. Não podia simplesmente trabalhar num lava-rápido.

No outono passado, cometeu o erro de tirar uma boa soma de dinheiro da carteira de investimentos deles — contrariando seu consultor financeiro — para financiar um imóvel para terceiros e esse negócio prometia uma taxa de lucro bem maior. Mas então seu pai vendeu a empresa, e ele ficou desempregado. E, diferentemente dos seus investimentos anteriores, que tinham certa liquidez para movimentação, não podia sacar o dinheiro antes do vencimento contratado. E agora seu pai o estava sacaneando outra vez — nem sequer lhe daria um empréstimo de curto prazo.

Só existe uma coisa que o faz seguir em frente, que lhe dá esperança no futuro. A herança a que terá direito — mas quanto tempo ainda até isso acontecer? Ele precisa de dinheiro agora. Os pais valem uma fortuna. Em seus testamentos, o dinheiro é dividido igualmente entre os três filhos. Pelo menos, foi isso que Dan e os irmãos foram levados a acreditar, embora os pais sempre tenham tido seus preferidos, e Catherine claramente era a filha favorita. Dan é de quem menos gostam, tinha certeza disso. Eles sempre fazem um estardalhaço por causa de Jenna, mas ele sabe que a irmã vem logo depois de Catherine, a caçula linda e "talentosa", apesar do comportamento terrível.

Se o seu pai fosse um pai normal e não um escroto, Dan poderia pedir um adiantamento da herança. É isso que um pai de verdade faria. Poderia então, quem sabe, começar o próprio negócio. Mas não, nem um maldito empréstimo do pai ele consegue. Seu pai arruinou a sua vida e gostou de ter feito isso.

Dan afunda em uma poltrona, ficando no escuro por um bom tempo, remoendo sua situação de merda. Por fim, se levanta e, indo até o quarto de leitura, diz para Lisa:

— Vou sair para dar uma volta de carro.

Costuma fazer isso à noite. Ajuda a espairecer. Algumas pessoas correm, ele gosta de dirigir por aí. É reconfortante. Ajuda a apaziguar algo dentro dele.

Ela põe o livro de lado.

— Por que você não sai para caminhar? — sugere. — Posso te fazer companhia.

— Não — insiste ele, balançando a cabeça. — Pode continuar com o seu livro. Não precisa me esperar acordada. Só quero espairecer um pouco.

Quando se senta no carro, ele dá a partida e desliga o celular.

Lisa ouve o barulho da porta de casa e volta a ler seu romance, mas logo o põe de lado outra vez. Não consegue se concentrar. Gostaria que Dan não dirigisse à noite assim, ainda mais depois de beber. Por que ele faz isso? Por que prefere sair para dirigir em vez de ficar com ela? Ela sabe que é um hábito, que aquilo o ajuda a se acalmar, mas preferia que ele encontrasse outra forma de lidar com o estresse. Caminhadas ou corridas seriam melhores do que sair por aí de carro. Eles tinham uma bicicleta ergométrica em perfeitas condições no porão.

Por outro lado, ela entende a ansiedade dele — também está estressada. Se Fred não emprestar dinheiro logo, eles estarão numa enrascada em pouco tempo. Se pelo menos Dan tivesse conseguido outro emprego, não estariam nessa situação. Lisa também fez faculdade, poderia arrumar alguma coisa, mas, quando sugeriu isso, ele pareceu magoado. Não gostava da ideia. Era orgulhoso. Orgulho esse que não estava sendo de grande ajuda agora.

Uma vez que começa a se preocupar, não consegue voltar atrás. Não sabe como anda a busca dele por emprego, porque ele não se abre com ela, e, quando faz alguma pergunta, ele responde de maneira vaga. Lisa sabe que o marido assinou um contrato com uma empresa de consultoria de recrutamento para cargos executivos e que conseguiram umas entrevistas para ele, mas não surgiu quase nada depois disso. Dan passou semanas mexendo no currículo em seu escritório no andar de cima, mas ela consegue contar nos dedos de uma das mãos as vezes em que o viu colocar um terno para uma entrevista. Eram conversas iniciais para avaliar se Dan tinha o perfil da empresa. Lisa não sabia se ele havia passado para uma segunda fase dessas entrevistas. Por que a empresa de recrutamento não liga mais? As coisas estão mesmo lentas como Dan diz?

Ela põe a coberta quentinha de lado, se levanta e deixa o quarto de leitura. Vai até o andar de cima e entra no escritório do marido, no fim do corredor. Era o espaço privado dele. Nunca tinha feito algo assim antes, não era de bisbilhotar. Sabe que está passando dos limites, mas não consegue se conter. Ela acende a luminária na mesa, em vez de a luz do escritório, caso o marido acabe voltando para casa de repente.

O notebook está fechado. Ela o abre, mas não faz ideia de qual é a senha. Acaba desistindo e baixando a tampa. Vê a agenda dele na mesa e a puxa para perto. Olha a data de hoje. Domingo, 21 de abril. As páginas da última semana estão todas em branco. Vira a página: nada registrado para a semana seguinte. Continua virando as páginas: nenhuma reunião, apenas uma consulta com o dentista dali a três semanas. Então começa a olhar os dias anteriores. As páginas também estão em branco. Mas Lisa podia jurar que o marido tinha ido a algumas entrevistas, pelo menos duas, em março. Lembra-se claramente de ele colocando o terno cinza, todo elegante, e saindo logo depois. Também se lembra de quando ele saiu de terno azul-marinho — as duas vezes no último mês, mas não há nenhum registro disso na agenda. Talvez ele não anote essas coisas. Talvez esteja no celular. Mas tem uma consulta com o dentista anotada. E outra com um médico, algumas semanas antes. Ela olha os meses anteriores. Há apenas dois compromissos marcados, os dois com a empresa de recrutamento. Lisa se lembra do quão esperançosa estava de que o marido conseguiria um bom emprego e, melhor ainda, que não seria com o pai. Ela volta a atenção para a agenda outra vez. Não tem mais nada além desses dois encontros iniciais com a empresa de recrutamento há quase seis meses.

Sente um aperto no peito. Será que Dan vinha mentindo para ela? Que tinha colocado seus melhores ternos e gravatas e levado sua maleta cara e elegante para ir tomar café sozinho por algumas horas?

Quando Catherine e Ted voltaram para casa depois daquele jantar de Páscoa horrível, ficaram fazendo maratona de série na Netflix para tentar se desligar um pouco. Agora que os créditos começam a passar na tela, Ted se vira para a esposa e pergunta se ela gostaria de ver alguma outra coisa. Ele acha que ela ainda parece muito irritada para ir dormir.

— Não estou cansada — responde ela.

— Nem eu. Quer que eu faça um drinque para você?

Ela faz que não com a cabeça, recusando.

— Não. Mas pode fazer para você, se quiser.

— Não, não vou beber sozinho.

— Estou me perguntando — diz ela — se *tinha* mais alguma coisa que a minha mãe queria me contar.

Ele nota o tom de preocupação em sua voz. Que Páscoa mais horrorosa, pensa. Então diz, paciente:

— Por que você não vai lá amanhã para se encontrar com ela? Vai ser segunda-feira de Páscoa, e você vai estar de folga. Aí descobre o que era. Não adianta ficar remoendo isso hoje.

Mas ele conhece a esposa. Quando ela coloca uma coisa na cabeça, não tira mais. Ela não vai esquecer. Catherine às vezes fica um pouco obcecada com as coisas. Como com a gravidez. Mas Ted ouviu que as mulheres às vezes ficam assim quando não conseguem engravidar. Ficam obcecadas com o relógio biológico.

Ele pensa em como os últimos meses tinham sido para a esposa. O monitoramento dos ciclos, tendo que correr para a clínica de fertilidade de manhã cedo, antes do trabalho. As coletas de sangue, o acompanhamento de seus folículos ovarianos. O papel dele nisso tudo nem de longe era tão desgastante, só tinha passado pela situação constrangedora de ter que fornecer uma amostra de sêmen para teste. Nos primeiros três meses de monitoramento do ciclo, munidos do conhecimento do momento perfeito, eles tentaram conceber da forma tradicional — em casa, na cama. Mas no último mês eles recorreram a algo mais. Tentaram inseminação artificial pela primeira vez. Ted foi fornecer outra amostra no momento necessário, mas, tirando isso, não havia muito que pudesse fazer. Ele torce para que isso funcione e que essas intervenções todas acabem logo, antes que se tornem ainda mais invasivas. No mínimo, estava atrapalhando a vida sexual deles.

— Acho que vou ligar para ela — diz Catherine, interrompendo seu devaneio.

— Está tarde, Catherine. Já passou das onze.

— Eu sei, mas ela ainda não deve ter dormido. Ela sempre lê à noite.

Ele fica observando enquanto a esposa pega o celular na mesa de centro e liga para a mãe. Torce para que seja uma ligação curta, reconfortante, e que possam se deitar depois. Mas Sheila disse que era algo importante. Ele tenta se convencer de que era sobre a venda da casa e que não tem mais nada além disso.

— Ela não atende — diz Catherine, virando-se para o marido, preocupada.

— Talvez eles tenham ido se deitar e ela tenha deixado o celular no primeiro andar. Tenta ligar para o fixo.

Catherine faz que não com a cabeça.

— Não. Não quero correr o risco de falar com o meu pai.

Ela parece ponderar algo.

— Acho melhor ir até lá — conclui.

— Catherine, meu bem — intervém Ted. — Não precisa disso. Ela só deve ter deixado o celular em outro lugar, você sabe como a sua mãe é.

Mas ela parece preocupada.

— Provavelmente ela só queria falar com você da casa. Isso pode esperar até amanhã.

Mas Catherine diz:

— Acho que vou dar uma passadinha lá.

— Sério?

Ela se aproxima de Ted.

— Não vou demorar. Só quero conversar com a minha mãe, ver o que ela queria me dizer. Senão não vou conseguir dormir.

Ele suspira.

— Quer que eu vá contigo?

Ela faz que não com a cabeça e o beija.

— Não. Por que você não deita logo? Parece cansado.

Ele a observa sair. Depois que o carro dela some na rua, ele se afasta da porta e, quando está prestes a subir a escada, nota que a esposa esqueceu o celular na mesinha do hall de entrada.

SETE

O investigador Reyes da Polícia de Aylesford estaciona na entrada de veículos, estudando a mansão diante dos seus olhos. É uma terça-feira, após o feriado de Páscoa, pouco depois das onze, e a polícia foi chamada para o que tinha sido descrito como um banho de sangue.

A investigadora Barr, sua parceira, está ao seu lado, acompanhando seu olhar.

— Às vezes, ter muita grana pode ser um mau negócio — comenta ela.

O lugar está agitado. A ambulância, a polícia e os médicos-legistas chegaram todos há poucos minutos. A cena do crime foi isolada com fita amarela. A imprensa começou a se reunir nos limites da entrada de veículos e logo, com certeza, os vizinhos vão aparecer.

Um policial fardado da ronda se aproxima.

— Bom dia, investigadores.

Reyes o cumprimenta com um aceno de cabeça.

— A área está isolada — avisa o policial.

— Pode continuar — diz Reyes.

— As vítimas são um casal de idosos, Fred e Sheila Merton. Uma na sala, a outra na cozinha. Moravam sozinhos.

O policial olha de relance para a investigadora Barr, com certeza notando a pele viçosa e os olhos azuis ainda cheios de brilho.

Reyes dá um leve sorriso; sabe que o estômago de Barr é mais forte que o da maior parte das pessoas. Ela tem um interesse por cenas de assassinatos que beira o macabro. O que acaba sendo útil. Mas ele se pergunta o que vai acontecer se um dia ela constituir família — a investigadora tem apenas 30 anos. Será que vai continuar colocando fotos de corpos e cenas de crimes na parede da cozinha? Ele espera que não. Reyes é casado e tem dois filhos e, se fizesse algo assim em casa, sua esposa daria entrada no divórcio. Ele tenta manter um equilíbrio, não levando o trabalho para casa. Mas nem sempre consegue.

— A faxineira encontrou os dois. Ela ligou para a emergência hoje às dez e trinta e nove. Está na viatura, se quiserem falar com ela — diz o policial, indicando com o queixo o carro e depois se virando para Reyes. — Parece que eles morreram há um tempo.

— Certo, obrigado.

Reyes e Barr não se ocupam da faxineira por enquanto e entram na casa. Há outro policial parado na entrada, registrando quem entra e quem sai. Pede que tenham cuidado com as pegadas de sangue. Os investigadores calçam propés, colocam luvas e entram no saguão. Assim que o faz, cauteloso, Reyes sente cheiro de sangue.

Ele olha ao redor, lentamente, tentando se orientar. Há algumas pegadas de sangue frescas vindo da cozinha, que fica no fim da casa, e do corredor, vindo em sua direção, ficando mais fracas perto da entrada. Outras pegadas de sangue, menos nítidas, parecem vir da cozinha e subir pelos degraus acarpetados da escada.

Olha para a esquerda, na direção da sala de estar, e nota uma luminária quebrada no chão. Depois dela, um perito está ajoelhado perto do corpo de uma mulher. Evitando as pegadas de sangue, Reyes vai até lá e Barr o acompanha. Ele se agacha ao lado do perito. A vítima estava de camisola e com um robe leve. Ele vê as marcas no pescoço da mulher, os hematomas, os olhos salpicados de manchas vermelhas.

— Estrangulamento — comenta Reyes.

O perito confirma com a cabeça.

— Alguma pista do que foi usado para estrangulá-la?

— Ainda não — responde o outro homem. — Acabamos de começar.

Reyes nota que o dedo anelar da mulher estava nu e que há um celular jogado sob a mesa de centro, depois se levanta. Espera enquanto Barr observa bem a cena e fica tentando imaginar o que teria acontecido ali. A mulher abre a porta, pensa, nota que cometeu um erro, sai correndo para a sala. Há uma briga. Por que o marido não ouviu nada? Talvez estivesse dormindo no andar de cima e o som da luminária caindo e quebrando tenha sido abafado pelo carpete grosso. Barr se levanta, depois de analisar o corpo, e os dois retornam para o saguão. Dali, Reyes observa a sala de jantar, vê que as gavetas do bufê estavam abertas e dependuradas. No fim do longo corredor que vai do saguão direto para os fundos da casa, ele nota pessoas de roupas brancas se movendo pela cozinha. Ele anda em silêncio com seus propés, rente à parede para evitar as marcas de pegadas com sangue, e Barr segue logo atrás.

É de fato um banho de sangue. A cena e o cheiro o atordoam brevemente. Por um instante, ele prende a respiração. Olha de relance para a parceira — que absorve toda a informação com seus olhos argutos. Depois ele se concentra na cena diante de si.

Fred Merton está deitado de bruços no chão da cozinha, a cabeça virada para o lado, seu pijama ensopado de sangue. Foi esfaqueado várias vezes nas costas e sua garganta parece ter sido cortada. Reyes tenta contar os ferimentos de faca o melhor que pode, debruçando-se sobre o corpo. Há no mínimo onze. Um crime brutal e violento. Um crime passional, talvez, e não um roubo? A não ser que se tratasse de um ladrão com uma raiva não resolvida.

— Meu Deus — resmunga.

Ninguém os teria ouvido gritar daqui. Ele olha para cima e reconhece o rosto de May Bannerjee, líder da equipe forense, uma investigadora bastante qualificada.

— Tem ideia de há quanto tempo eles estão aqui? — pergunta Reyes.

— Diria que, no mínimo, um dia — responde Bannerjee. — Vamos saber melhor depois das necropsias, mas acho que foram mortos entre a noite de domingo e a manhã de segunda.

— Algum sinal da arma do crime usada nele? — pergunta, enquanto corre os olhos pela cozinha.

Não há nenhuma faca ensanguentada à vista.

— Ainda não.

Ele tenta decifrar o que poderia ter acontecido. Barr continua estudando o caso em silêncio. Há uma quantidade enorme de manchas de sangue nas paredes, no teto, na ilha da cozinha. Reyes olha para o chão manchado e para os rastros de sangue que saem do cômodo.

— O que você acha que foi? — pergunta a Bannerjee.

— Meu palpite é que o assassino usou meias grossas, talvez mais de um par, e não estava de sapato. Talvez estivesse com propés. Assim a gente não teria como conseguir pegadas confiáveis, nem mesmo um tamanho preciso de sapato — diz, e Reyes faz que sim com a cabeça. — Dá para ver que ele foi até o armário debaixo da pia, tem um monte de sangue ali. Ele entrou na sala de jantar vindo dali.

Ela aponta para a entrada da cozinha que dá direto para a sala de jantar, separada da entrada principal.

— Ele também foi até o escritório, que fica afastado da cozinha — diz, indicando com a cabeça o outro lado da casa. — E ele foi para o corredor e subiu a escada, parece que revirou a casa depois dos assassinatos tentando encontrar dinheiro e coisas de valor, depois saiu pelos fundos. Dá para ver as manchas de pés e tem sangue na maçaneta traseira e no pátio. Tem uma mancha de sangue na grama dos fundos, onde provavelmente trocou de roupa; depois disso, não tem mais nada.

— Como ele entrou na casa? Algum sinal de arrombamento?

— Ainda estamos investigando o perímetro, mas nada de muito claro até aqui. A faxineira disse que a porta da frente não estava trancada quando chegou, então talvez a vítima, a mulher, tenha aberto a porta. — Ela se vira para a pia sob a janela. — Há pegadas bem nítidas e frescas indo do corpo até a pia e depois até a entrada, são da faxineira.

As vítimas estavam de pijamas, provavelmente já tinham se deitado, imagina Reyes. Sheila Merton deve ter colocado o robe e descido para abrir a porta para o assassino. Ela claramente morreu primeiro, já que o assassino não a sujou de sangue e ele estaria ensopado depois de assassinar o marido dela. Eles precisam descobrir o que, exatamente, foi roubado. A faxineira pode ajudar nisso.

— O que você acha? — pergunta Reyes, voltando-se para Barr.

— Parece violento demais para um roubo. Quer dizer, era necessário esfaquear o cara tantas vezes? — questiona Barr, olhando para o corpo todo furado no chão da cozinha. — Talvez tenha sido forjado para parecer um roubo, mas não seja nada disso.

Reyes concorda, balançando a cabeça, e Barr continua:

— E capricharam no homem, comparado com a outra vítima. Me parece que exageraram.

— O que indica que o ódio era contra ele, não ela.

— Talvez. E ela só estava ali, no caminho.

— Mas estrangulamento também é algo muito pessoal — aponta Reyes. — Vamos conversar com a faxineira.

Quando saem da casa e andam pela entrada de veículos, os olhos de Reyes se voltam para cima, para umas manchas que os sobrevoam. Cinco ou seis aves grandes pairam no ar.

— Que aves são essas? — pergunta Barr, protegendo os olhos e as observando.

— Urubus — diz Reyes. — Devem estar sentindo o cheiro de sangue.

OITO

Irena se senta sozinha no banco traseiro da viatura da polícia, encurvada, usando sua jaqueta e tentando se manter aquecida. O dia está ensolarado, mas ainda é abril e continua fazendo frio. Ou talvez fosse apenas o choque. Ela treme e se sente nauseada também. Não consegue parar de pensar em Fred e Sheila. Todo aquele sangue, aquele fedor. A expressão no rosto de Sheila, olhando para ela, como se quisesse dizer alguma coisa. Sheila devia conhecer o assassino, mas nunca vai poder contar para ninguém.

Irena treme e fica esperando. Nota que tem sangue no sapato.

Um dos policiais abre a porta e enfia a cabeça no carro.

— Os investigadores querem falar com a senhora agora, tudo bem?

Ela faz que sim e sai do carro. Duas pessoas vão em sua direção: um homem alto de cabelos escuros, provavelmente com uns 40 anos, e uma mulher mais baixa e jovem. Os dois estão à paisana. Irena engole em seco, nervosa.

— Olá — diz o homem. — Sou o investigador Reyes e essa é a investigadora Barr, da Polícia de Aylesford. Soube que a senhora encontrou as vítimas.

Ela concorda, balançando a cabeça.

— A senhora se importa se fizermos umas perguntas?

Ela faz que sim com a cabeça e, notando que isso é confuso, responde:

— Não, não me importo.

Mas está tremendo feito vara verde.

Reyes se vira para Barr e diz:

— Tem uma manta no porta-malas, pode buscar?

Ela vai depressa e volta com uma manta de lã azul-marinho e a coloca sobre os ombros de Irena.

— É o choque — diz Reyes, erguendo os olhos para o jardim, então continua: — Por que a gente não senta no gazebo? Podemos conversar lá.

Eles atravessam o gramado até a bela estrutura, onde Irena se senta em um banco, agarrando a manta nos seus ombros, e encara os dois investigadores. Costumava brincar ali com as crianças, há muitos anos.

— Pode nos dizer seu nome, por favor? — pede Barr.

— Irena Dabrowski. — Ela soletra o nome e observa enquanto a investigadora o anota. Irena podia ter um nome polonês, mas seu inglês era impecável e sem sotaque. Seus pais tinham vindo quando ela ainda era bebê.

— Pelo que entendi, a senhora era a faxineira dos Merton — diz Reyes, ao que ela faz que sim, concordando. — Há quanto tempo trabalhava para eles?

— Há muito tempo — começa a contar. — Comecei quando eles tiveram o primeiro bebê. Eu era babá e morei na casa por muitos anos, até que a última filha entrou na escola. Então passei a ser empregada doméstica e, depois, faxineira. Venho duas vezes na semana, agora.

— Então a senhora conhece bem a família.

— Muito bem. São como a minha própria família. — Percebe que deveria estar chorando, mas se sente anestesiada. Respira fundo, inalando o ar fresco, para tentar se livrar do cheiro de sangue.

— Tudo bem — diz Barr, gentilmente. — Leve o tempo que precisar.

— É só que eu não consigo acreditar — diz por fim.

— Quando foi a última vez que a senhora os viu com vida? — pergunta Reyes.

— Foi no domingo, no jantar de Páscoa. Passei o sábado todo aqui, limpando. Eles iam receber a família para a Páscoa, e Sheila queria que a casa estivesse impecável. Tive louças extras para polir. Então voltei no domingo, para jantar com eles.

— Quem veio para o jantar?

— Todos os filhos. Catherine, a mais velha, e seu esposo, Ted. Dan, o filho do meio, com a esposa, Lisa. E Jenna, a caçula. Ela trouxe um namorado. Eles sempre vinham jantar nos feriados, já era esperado. Às vezes a irmã de Fred, Audrey, também vem, mas ela não estava aqui no domingo.

Irena olha para eles.

— As crianças já estão sabendo? — pergunta aos investigadores. — Já contaram para elas?

— Ainda não — diz Reyes.

— Elas vão ficar arrasadas.

— Será? — questiona Barr, olhando para a casa, que valia milhões.

Que falta de tato dizer algo assim, pensa Irena. Ela olha para Reyes, como se confidenciasse esse pensamento para ele. Barr nota e não parece se importar.

— Imagino que vão herdar uma boa grana — diz a investigadora.

— Acho que sim — concorda Irena, friamente.

— Então a senhora veio para cá hoje de manhã para limpar a casa? — pergunta Reyes.

Ela desvia o olhar, fitando a casa.

— Isso. Geralmente venho nas segundas e nas quintas, mas segunda foi feriado, então só voltei hoje.

— Conte para a gente, passo a passo, o que aconteceu quando a senhora chegou.

Ela respira fundo e solta o ar.

— Cheguei aqui de carro pouco depois das dez e meia. Estava muito silencioso, nenhum dos carros estava na entrada. Bati à porta, como de costume, mas ninguém apareceu. Decidi entrar e, como a porta estava destrancada, achei que eles estavam aqui.

— Prossiga.

— Assim que entrei, senti o cheiro e vi o sangue no corredor. Fiquei com medo. Vi a luminária no chão e então, Sheila.

— A senhora se aproximou do corpo?

Ela faz que sim com a cabeça, lembrando-se. Nota que suas mãos continuam tremendo no colo.

— Mas não encostei nela. Depois fui até a cozinha e... foi aí que o vi.

Ela engole em seco, tentando forçar a bile de volta.

— A senhora entrou na cozinha? — pergunta Reyes.

Ela começa a se sentir tonta.

— Não tenho certeza.

— É que tem sangue debaixo dos seus sapatos — diz Barr.

Ela olha para a investigadora, surpresa.

— Devo ter entrado... foi um choque tão grande, mas, sim, agora me lembro, fui até Fred e olhei para ele.

Ela engole em seco outra vez.

— A senhora tocou nele ou em alguma coisa na cozinha? — pergunta Reyes.

Ela olha para as mãos no colo, vira-as para cima, como se procurasse rastros de sangue. Estão limpas.

— Acho que não.

— A senhora não foi até a pia? — insiste Reyes.

Ela parece confusa.

— Fui, estava com medo de vomitar. E vomitei mesmo, na pia. Depois enxaguei.

Ela sabe que não está sendo muito clara, mas o que eles queriam? Ela nunca tinha passado por nada assim. Isso a deixou completamente apavorada.

— Tudo bem — diz Reyes. — Sabe se os Merton tinham inimigos? Alguém que poderia ter feito isso?

Ela faz que não com a cabeça.

— Não, acho que não. — Ela para, depois acrescenta: — Mas nunca se sabe, não é? — Olha para eles. — Quer dizer, acabei de chegar para limpar a casa. Não moro mais aqui.

— E segurança? — pergunta Reyes. — Havia alguma?

— Não. Tem umas câmeras de segurança ao redor da casa, mas elas nunca funcionaram, até onde sei. São só para assustar.

Barr pergunta:

— Eles tinham coisas de valor na casa?

Irena olha para ela, pensando que a investigadora devia ser meio idiota.

— A casa toda é cheia de objetos de valor. Os quadros valem muito, a prataria, as joias, e por aí vai.

— E dinheiro? — pergunta Reyes.

— Tem um cofre no escritório de Fred, nos fundos do primeiro andar. Não sei o que eles guardam lá.

— Gostaríamos que a senhora fosse conosco até a casa para dar uma olhada e ver se nota algo faltando. Acha que conseguiria fazer isso?

— Não quero voltar na cozinha — sussurra.

— Acho que podemos evitar a cozinha, por enquanto — diz Reyes. — Mais alguém trabalha na casa, algum jardineiro, talvez?

Ela faz que não com a cabeça.

— Eles contrataram uma empresa.

— A senhora por acaso tem o contato dos filhos deles? — pergunta Barr.

Irena pega o telefone.

— Tenho, claro.

NOVE

Reyes fica observando enquanto Irena olha para o corpo de Sheila Merton, cobrindo a boca com a mão. Finalmente, ela diz:

— Ela sempre usava dois diamantes grandes: a aliança de casamento e outro na mão direita. — Então olha para o investigador. — Eles sumiram.

Uma breve volta pela casa junto com a faxineira acaba revelando um quadro mais amplo. A prataria sumiu da sala de jantar, mas não tocaram em nenhum dos quadros, nem nos mais valiosos. O escritório de Fred foi saqueado, mas o cofre, escondido atrás de um quadro de paisagem, parece ter passado despercebido pelo intruso. Ainda assim, precisam abri-lo.

Reyes e Barr sobem a escada para o segundo andar, pisando com cuidado para evitar o rastro de sangue. Um lustre pende no centro, e, quando Reyes fica na altura dele, nota que não há poeira. Eles entram no quarto principal, que fica na frente da casa, com janelas panorâmicas dando para o gramado e para os jardins. É um quarto grande, com uma cama *king size* e cômodas de nogueira. As gavetas foram abertas com violência e as roupas pendem delas. Tem uma bolsa jogada de qualquer jeito na cama bagunçada e há algumas manchas de sangue em sua superfície clara de couro. As carteiras de Fred e Sheila tiveram seu dinheiro e seus cartões de crédito roubados e estão jogadas no chão.

O porta-joias da cômoda de Sheila está aberto e torto, como se alguém o tivesse atingido na pressa. As manchas de sangue confirmam isso. Reyes fica ao lado de Irena e juntos observam o interior de veludo da caixa.

— Sheila tinha uns anéis de diamantes, uns brincos e braceletes caros, algumas pérolas... mas eles podem estar no cofre lá embaixo — comenta. — A seguradora deve ter um registro.

Quando voltam para a área externa da casa, os investigadores agradecem a Irena. Seguindo para o carro, Reyes começa a pensar: *A gente vai pegar o culpado quando ele tentar usar os cartões ou vender as joias.* Quem quer que tenha cometido o crime só levou coisas fáceis de carregar e trocar por dinheiro.

Mas era tudo tão brutal que talvez não tenha sido exatamente um roubo, no fim das contas.

Os investigadores estacionam em frente ao consultório médico de Catherine Merton, no Centro. Reyes enviou policiais para as casas dos outros irmãos para dar a temida má notícia — contar a eles sobre o assassinato de seus pais antes que soubessem pelo noticiário. Nem Dan nem Jenna têm endereços de trabalho no momento, segundo Irena.

É uma clínica movimentada, com vários médicos de diferentes especialidades compartilhando o espaço. Os investigadores encontram o balcão da recepção no terceiro andar, mostram suas credenciais e perguntam pela Dra. Catherine Merton. Os olhos da recepcionista se arregalam ao ver os distintivos deles.

— Vou buscá-la — diz, deixando sua mesa.

Quando ela retorna, avisa:

— Se importam de esperar na sala C no fim do corredor? Ela já vem falar com os senhores.

Reyes e Barr se encaminham para a sala de exames. Mas acabam não tendo que esperar muito.

Uma leve batida à porta e uma mulher de trinta e poucos anos, de jaleco branco, entra na sala. Reyes a observa, atento. Ela é bonita, tem traços equilibrados. Tem os cabelos pretos na altura dos ombros, partidos ao meio, e usa um colar de pérolas. Seu olhar parece cheio de dúvidas.

— Sou a Dra. Merton — diz a mulher. — Minha recepcionista disse que os senhores queriam falar comigo.

Reyes se apresenta e diz:

— Infelizmente, temos uma notícia terrível.

Ela parece vacilar.

— Talvez seja melhor a senhora se sentar — sugere o investigador.

Catherine afunda em uma cadeira de plástico enquanto Reyes e Barr continuam de pé.

Ela olha para eles e engole em seco.

— O que aconteceu?

— Seus pais. Eles foram encontrados mortos em casa.

Ele deixa que a mulher absorva a informação.

Ela olha para o investigador, descrente.

— É o quê? — arqueja.

Reyes tenta falar da forma mais gentil possível:

— Eles foram assassinados.

O choque parece sincero. Eles esperam Catherine processar a informação. Por fim, ela pergunta, horrorizada:

— O que aconteceu?

— Parece que foi um latrocínio — explica Reyes. — Levaram dinheiro, cartões de crédito e joias.

— Não acredito — diz, olhando para o investigador, e pergunta, temerosa: — Como eles morreram?

Não tem uma forma fácil de dizer e ela vai acabar descobrindo mais cedo ou mais tarde.

— Sua mãe foi estrangulada, seu pai foi esfaqueado e teve a garganta cortada — diz o investigador em tom baixo.

— Não... — sussurra Catherine Merton, balançando a cabeça pesarosa, com a mão pressionando a boca, como se estivesse prestes a vomitar.

Quando consegue, pergunta com a voz sufocada:

— Quando... Quando foi?

— Ainda não sabemos — diz Reyes. — A Sra. Dabrowski os encontrou, por volta das onze da manhã de hoje. Ela comentou que vocês tiveram um jantar de família no domingo de Páscoa.

Ela faz que sim.

— Isso, estávamos todos lá no domingo.

— E estava tudo bem na ocasião?

— Como assim? — pergunta.

— Havia algum sinal de que as coisas não estavam bem? Seus pais estavam estranhos, nervosos, como se algo os estivesse incomodando?

— Não. Estava tudo normal.

— A que horas a senhora foi embora? — pergunta Reyes.

— Por volta das sete — diz, distraída.

— A senhora chegou a entrar em contato com os seus pais depois disso?

Ela faz que não com a cabeça.

— Não.

Catherine está encarando as mãos pousadas nas pernas.

— Achamos que eles foram mortos entre a noite de domingo e a manhã de segunda — diz o investigador.

— Quanto a senhora acha que os seus pais valiam? — pergunta Barr, de forma brusca.

Catherine olha para ela, chocada.

— Eles eram ricos. Mas não sei exatamente quanto.

— Não consegue dar uma estimativa? — insiste Barr.

— Não sei. A senhora tem que perguntar ao advogado deles — diz. — Walter Temple, da Temple Black.

Ela se levanta.

— Eu... Eu preciso falar com os meus irmãos.

Reyes faz que sim.

— Eles estão sendo informados agora também. Nossos pêsames.

Ele entrega um cartão para Catherine.

— Entraremos em contato em breve para falar sobre a investigação. Não precisa nos acompanhar até a porta.

DEZ

Catherine fica observando enquanto eles vão embora, depois fecha a porta da sala de exames e se joga na cadeira. Mal consegue acalmar a respiração. Sente-se zonza, de estômago embrulhado, não consegue pensar direito. Tem pacientes esperando por ela e Cindy, da recepção, logo vai se perguntar o que aconteceu. Precisava se recompor.

É tão difícil. Ela se pergunta o que os investigadores acharam dela. Tinha mentido para eles. Será que notaram?

Precisa falar com Dan e Jenna. Vai mandar Cindy remarcar os pacientes. Eles vão entender assim que souberem o motivo. Ninguém esperaria que ela continuasse trabalhando depois do que aconteceu. Ela ouve uma batidinha à porta.

— Pois não? — diz.

Cindy abre a porta, hesitando.

— Você está bem? — pergunta, preocupada. — O que houve?

Com uma voz apática, Catherine diz:

— Os meus pais foram assassinados.

Os olhos de Cindy se arregalam, horrorizados e descrentes. As palavras lhe escapam. Catherine diz, de forma brusca:

— Você pode reagendar as minhas consultas? Vou precisar tirar uns dias de folga. Preciso sair daqui.

Ela passa, apressada, por Cindy em direção ao seu consultório, pendura o jaleco branco, veste um sobretudo e pega a bolsa. Sai apertando o passo na frente dos pacientes que estão na sala de espera, sem dar por eles, e deixa a clínica, entra no elevador e vai direto para o carro no estacionamento. Quando está sentada dentro dele, pega o celular na bolsa. Suas mãos tremem. Ela respira fundo e liga para Ted.

Por sorte, ele não está numa consulta e atende.

— Oi?

Ela tenta conter o choro, mas não consegue.

— Catherine? O que houve? — pergunta ele.

— A polícia acabou de passar aqui no meu consultório.

Ela está começando a entrar em pânico. Sua respiração está rápida e irregular.

— Os meus pais morreram. Foram assassinados. Em casa.

O outro lado da linha fica silencioso por um instante; Ted está em choque, claro.

— Isso... Ai, Catherine, que coisa horrível. O que aconteceu?

— Eles acham que foi um roubo.

Sua voz parece forçada.

— Fica aí — diz o marido. — Vou te buscar.

— Não, não faz isso. Eu preciso... Vou até a casa de Dan e Lisa. Eles já devem estar sabendo. Talvez você possa me encontrar lá. E vou ligar para Jenna e dizer que ela vá também.

— Está bem — concorda ele com a voz tensa. — Não dá para acreditar. Quer dizer, você esteve com eles no domingo à noite.

Catherine hesita e diz:

— Então, quanto a isso...

— O quê?

— A gente precisa conversar.

— Como assim?

— Só não diz para ninguém que fui lá mais tarde naquela noite, está bem? Não contei isso para a polícia. Depois explico melhor.

* * *

Jenna desperta ainda sonolenta com o barulho do telefone vibrando. Abre um olho, nota que Jake não está onde deveria estar — a cama, o apartamento e o cheiro sensual no lençol são dele —, então se estica para pegar o telefone no chão. Meu Deus, como está tarde. Jake deve ter ido para o trabalho e a deixado dormir. Ligação da sua irmã, Catherine. Ela atende.

— O que foi?

— Jenna... a polícia foi falar com você?

— O quê? Não. Por quê?

— Onde você está?

Dá para notar que a voz da irmã parece angustiada.

— Na casa de Jake, na cidade. Por quê?

— Ah. Tenho uma coisa terrível para dizer.

Jenna se senta na cama, afastando o cabelo da testa.

— O quê?

— A mamãe e o papai estão mortos. Foram assassinados.

— Caralho — diz Jenna. — É sério isso? — Seu coração dispara de repente.

Elas conversam um pouco — Catherine pede que ela vá encontrá-los na casa de Dan —, depois Jenna se levanta, se veste e vai até a cozinha deixar um bilhete para Jake. Mas ele já tinha deixado um para ela.

> **Oi, linda,**
> **Pode ficar o quanto quiser. Ou venha até o estúdio quando acordar.**
> **Bjs**

Ela desiste do bilhete. Era melhor contar por telefone.

Pela janela da cozinha, Lisa vê o carro de Catherine encostando na entrada. Dan não para de perambular pela casa, ansioso, esperando pela irmã. Ela se vira e olha para o marido. Ele tem andado muito agitado desde que recebeu a notícia, e, agora que Catherine chegou, parece sobressaltado.

Lisa vai até a entrada, mas Dan passa na sua frente e abre a porta, indo receber a irmã do lado de fora.

Ela consegue ouvir a cunhada dizer:

— Vamos entrar.

Catherine está pálida e angustiada. Com certeza andou chorando, pensa Lisa. Ela ouve o som de outro carro e todos olham para a rua — reconhece Ted no carro esportivo, com a capota abaixada naquele agradável dia de abril. Catherine não espera pelo marido, apenas entra na casa, sendo seguida por Dan. Lisa fica esperando por Ted, e os dois entram em silêncio. Ele também parece abalado.

A angústia de Catherine acaba a impactando, porque ela absorve o estresse das pessoas como se fosse uma esponja. Vai até a cunhada — que considera uma irmã — e a abraça, sentindo seus próprios olhos marejarem de compaixão. Todos vão até a sala.

— Jenna está a caminho — avisa Catherine. — Liguei para pedir que viesse, mas ela está na cidade. Tive que contar para ela.

Catherine se joga numa poltrona e larga a bolsa no chão.

Lisa olha para Dan enquanto se senta no sofá — ele continua perambulando pela sala, agitado. Ted fica ao lado da esposa, com a mão apoiada nos seus ombros, como se tentasse protegê-la.

Catherine diz, sem rodeios:

— Eles provavelmente foram mortos no domingo à noite.

Diz isso olhando para Dan. Algo na forma como olha para o irmão desagrada Lisa.

— Não consigo acreditar! — exclama Dan.

Lisa fica observando, preocupada com quão perturbado o esposo parece.

— Eu sei — diz Catherine. — Também não consigo. Mas dois investigadores acabaram de passar no meu consultório.

Sua voz está um pouco esganiçada.

— Eles vão começar uma investigação do assassinato.

— Meus Deus... isso é... *surreal* — comenta Dan, parando do nada.

Lisa acena para que ele venha se sentar ao seu lado e ele obedece, jogando-se no sofá.

Catherine os encara por um tempo.

— Eles te disseram que quem os encontrou foi Irena?

Do sofá, Dan faz que sim com a cabeça, nervoso. Ele pega a mão da esposa e a aperta.

A ficha de Lisa estava enfim caindo. *Eles estão mortos*, pensa. Ela também não consegue acreditar. Não consegue acreditar na sorte deles. Isso mudava tudo. Ela olha de relance para o marido. Talvez não seja assim tão ruim. Talvez estejam ricos.

Dan pergunta:

— O que os investigadores disseram?

— Eles parecem acreditar que foi um latrocínio — diz Catherine com um tom de histeria na voz. — A mamãe foi estrangulada. O papai... O papai foi esfaqueado e teve a garganta cortada.

— Meu Deus — diz Dan, voltando a se levantar de repente, passando a mão pelo cabelo preto. — Que coisa horrível. Não disseram isso para a gente.

Lisa olha para Catherine, horrorizada. Os policiais não tinham dado esses detalhes quando vieram, apenas disseram que Fred e Sheila foram assassinados, mas não como. Agora sente que está prestes a vomitar.

Dan parece hesitar por um instante, depois se vira para Catherine e fala:

— Mas... você sabe o que isso quer dizer.

Lisa observa o marido, tentando conter a ânsia de vômito pressionando a mão na boca.

— O quê? — pergunta Catherine, como se não conseguisse acompanhar seu raciocínio.

— Estamos livres. Todos nós. Livres dele.

A expressão de Catherine é de tristeza; parece chocada.

— Vou fingir que você não disse isso — declara, repreendendo-o. — E, se eu fosse você, guardaria essas coisas só para mim.

Lisa observa, inquieta, enquanto a sensação de enjoo na boca do estômago só aumenta. Queria que Dan tivesse um pouco mais do autocontrole de Catherine. Tem certeza de que essa também foi uma das primeiras coisas que a cunhada pensou ao receber a notícia, mas era sensata o bastante para não dizer em voz alta.

ONZE

Quando Lisa vai até a cozinha passar um café, Dan diz para Catherine e Ted:

— Pobre Irena.

— Deve ter sido horrível encontrá-los — concorda Catherine, olhando para o nada.

Depois ela olha para Ted, e Dan nota que o cunhado está apertando o ombro dela, reconfortando-a.

— E agora, o que acontece? — pergunta Dan.

— Não faço ideia — diz Catherine.

A incerteza da irmã o deixa angustiado por um instante. Se Catherine não sabe o que fazer, como eles vão se virar?

Mas, então, ela parece se recompor.

— Precisamos organizar um velório.

— Certo — diz Dan, que não tinha pensado nisso.

— E os investigadores vão querer conversar com todos nós — continua Catherine.

— Conversar com todos *nós* — repete Dan. — Por quê? — Por que ela está olhando assim para ele? — Não fui eu — protesta.

Todos olham para ele, surpresos. Por que ele disse isso? Precisa se controlar. Catherine está de olho nele, atenta, e Ted o observa, inquieto.

De repente, sentindo-se exausto, Dan desaba no sofá e joga a cabeça para trás. Perde-se em devaneios agradáveis. Seus pais estão mortos. Chega de jantares em família. Chega de pedir dinheiro e ter que ouvir "não". Chega de alfinetadas humilhantes do pai na frente dos outros. E, quando o velório passar e as coisas tiverem se acalmado, tem o inventário. Ele se pergunta quem será o testamenteiro. Provavelmente, Catherine. Ou talvez o advogado do pai, Walter. Uma coisa é certa: definitivamente não será ele.

Todo esse adorável dinheiro vindo para eles. Sente o peito se encher de alegria. Catherine pode fingir o quanto quiser, mas Dan sabe que a irmã está tão feliz quanto ele. Agora pode ficar com a casa; essa pode ser sua parte. Ele prefere a sua em dinheiro. Lisa vai ficar aliviada por terem enfim se livrado do jugo do pai, por enfim deixarem para trás toda aquela preocupação com dinheiro. Podiam ser felizes outra vez. E, quanto a Ted, Dan não tem a menor dúvida de que ele está tão feliz quanto os demais, apesar da falsa expressão de preocupação. Ele não suportava o sogro. E Ted aprecia coisas boas; Dan sempre invejou o carro esportivo do cunhado, uma BMW Z3 conversível. Mas dizia a si mesmo que isso era típico de dentistas, compravam carros esportivos para compensar quão entediante e desagradável era o trabalho. Agora Ted pode se aposentar, se quiser. E Jenna, bem, ela nem sequer vai fingir estar triste com a morte dos pais.

A verdade é que, com a morte dos pais, as coisas estavam melhores para todos. Não levariam mais anos — talvez décadas — para receber a herança. Não teriam mais que dançar conforme a música do pai, não precisariam passar anos fazendo visitas deprimentes, por obrigação, a asilos. Tinham se livrado de tudo aquilo. Agora, eles enfim poderiam começar a *viver*. Se não fosse inapropriado, eles deveriam mesmo é estar comemorando. Sua vontade era de abrir um champanhe da geladeira.

Ted se distrai da sua análise de Dan quando Lisa volta trazendo uma bandeja com xícaras de café, leite e açúcar. Um clima estranho paira na sala e ele não se sente confortável. Também fica pensando no que Catherine tinha lhe dito ao telefone. Por que a esposa não quer que ninguém saiba que ela esteve lá naquela noite? Com certeza, era tolice dela. É claro que ela deve dizer isso à polícia — vai ajudar a montar uma linha do tempo do que aconteceu. Ted precisa falar sobre isso com ela assim que voltarem para casa.

Ele fica tentando ler a expressão facial de Lisa enquanto ela deixa a bandeja na mesa de centro, mas seu rosto está escondido pelo cabelo castanho e volumoso. Dan está um pouco esquisito — parece muito agitado —, e Ted quer saber se mais alguém percebeu isso. Ele olha de Dan para Catherine, perguntando-se se entende direito algum deles. Dan, Catherine e Jenna tiveram uma infância incomum. Uma infância cheia de privilégios e sofrimentos. Com os pais negando amor e escolhendo favoritos. Pelo que sua esposa lhe contou, isso criou tensões e rivalidades de longa data entre eles, mas também os uniu de uma forma estranha. Ted não tem irmãos, então não sabe como a coisa funciona. Catherine tentou explicar sua relação com os irmãos, mas, sendo filho único, tinha dificuldade para entender. Existem coisas acontecendo aqui que ele simplesmente não consegue captar. Catherine se estica para pegar um café e por um instante cada um se distrai com sua xícara.

— A gente devia ligar para Irena. Falar para ela vir para cá — diz Dan, pegando seu café e levando a xícara, trêmulo, até a boca. — Afinal, ela é parte da família, deveria estar aqui num momento como esse.

Depois, ele parece apreensivo e diz:

— Não é estranho ela não ter ligado para a gente?

— Vou ligar para ela — avisa Catherine, revirando a bolsa no chão, tentando encontrar o telefone.

Essa é outra coisa que Ted nunca entendeu — a relação dos ricos com seus empregados. Eles dizem que Irena é como se fosse da família. Mas, pelo que tinha conseguido notar, Fred e Sheila a tratavam como uma empregada doméstica, nada além disso. Irena foi embora na mesma hora que eles quando o jantar de Páscoa deu errado — ela tomou partido dos filhos. Eles, pelo menos, parecem gostar dela. Catherine disse para Ted que Irena praticamente os criou. Era muito mais presente que a própria mãe deles. Ele se pergunta se Irena, lá no fundo, também vai se sentir feliz com o rumo das coisas, passado o choque. Será um cliente a menos, mas quem sabe não havia algo para ela nos testamentos?

Os testamentos. É nisso que todos estão pensando. Mesmo que ninguém ainda o tenha mencionado. Ele fica se perguntando quem tocará no assunto primeiro. Provavelmente será Jenna.

Ninguém admite que fica feliz quando uma pessoa morre, mas Ted sabe que isso é possível. Quando seu próprio pai morreu de cirrose hepática, ele tinha 12 anos e se sentiu, acima de tudo, aliviado. Sua mãe foi uma viúva perfeita, mas, quando voltaram para casa naquela noite e ele estava no quarto, conseguiu ouvi-la cantarolando pela casa, parecendo feliz pela primeira vez em anos. Ele seria o primeiro a admitir que o mundo estava melhor sem algumas pessoas.

Catherine larga o telefone.

— Irena disse que já está vindo. — E, depois, acrescenta: — E, quando Jenna chegar, a gente pode começar a planejar o velório.

Dan concorda com a cabeça e diz:

— Como foi ela quem os encontrou, talvez Irena possa nos dizer o que está acontecendo lá. O que a polícia está dizendo.

Ele olha para todos, notando o silêncio.

— O quê? Vocês não estão curiosos?

Ted *está* curioso. De repente ele se pergunta quem matou Fred e Sheila, se tinha sido mesmo um latrocínio. Está doido para saber o que Irena pode dizer, e está certo de que os outros também estão. Ele se pega olhando para Dan e pensando. Lembra-se da conversa entre o cunhado e o pai no domingo de Páscoa na sala, da onda de raiva impotente subindo pelo pescoço de Dan. Ted sabe dos problemas financeiros do cunhado — Catherine lhe contou. Lisa confidenciou a ela como o dinheiro estava apertado. E Ted sabe que sua esposa também tem andado preocupada com o irmão.

Ele fica se perguntando em que momento, exatamente, Fred e Sheila foram mortos. Tenta se lembrar da noite de domingo, depois daquele terrível jantar em família. Catherine voltou para lá e ele foi para a cama. Quando a esposa voltou, ele já estava dormindo e não sabia bem que horas eram. Acordou por um instante enquanto ela se deitava ao seu lado na cama.

— Pode continuar dormindo — sussurrou ela.

— Está tudo bem? — perguntou Ted.

— Ã-hã, está tudo bem.

Ela o beijou e virou para o lado.

Na manhã seguinte, Catherine disse para o marido no café da manhã que ela e a mãe tinham conversado na noite anterior. Explicou que Sheila tinha esquecido o celular no primeiro andar e que por isso não atendeu a ligação.

— E sobre o que ela queria falar contigo? — perguntou Ted.

— Ela quer que eu converse com o papai sobre Jenna. Ele quer cortar a mesada dela, e mamãe pediu que eu tentasse intervir. Ela não quer que Jenna volte para casa.

Agora, Ted olha para a esposa e seu estômago revira um pouco. Acaba de lhe ocorrer que, por pouco, ela não esbarrou com os assassinos. E se ela tivesse chegado no meio da coisa toda?

Também estaria morta.

DOZE

Audrey já se sente bem melhor, quase totalmente recuperada da gripe terrível. O único vestígio que resta é o nariz avermelhado. Está no carro a caminho do mercado para comprar leite e pão. O rádio está ligado, e ela está cantarolando quando começa o noticiário. A principal notícia é sobre um casal rico que foi assassinado em Brecken Hill. Ela aumenta o volume. Isso soa familiar demais, pensa.

Nem os nomes nem o endereço das vítimas são mencionados. Ela encosta o carro numa praça e liga para Fred para ver se ele está sabendo de alguma coisa. Quando ninguém atende o telefone fixo, tenta ligar para o celular, que cai na caixa de mensagens. Ainda assim, não está preocupada. Ela não mora longe, embora sua casa seja em um bairro bem menos abastado, e decide ir até Brecken Hill, por curiosidade.

Ela segue pelo caminho familiar de mansões isoladas. Só quando está se aproximando da casa de Fred e Sheila é que nota toda a movimentação. Há viaturas paradas na entrada de veículos e, quando ela tenta entrar dirigindo, o coração disparando, sinalizam que se afaste. Ela vê de relance uma ambulância e outros veículos mais próximos da casa, a fita de isolamento amarela, o enxame de gente, e então a ficha cai.

Acaba tendo que parar o carro no acostamento por alguns minutos, tentando processar tudo, as mãos tremendo ao volante. Fred e

Sheila são o casal assassinado. Parece impossível. Fred assassinado. De todas as pessoas que poderiam ser vítimas de assassinato, ele lhe parecia a mais improvável — sempre foi tão poderoso, tão intimidador. Ele deve estar furioso, pensa.

Isso muda tudo. Ela vai conseguir sua fortuna um pouco antes do que esperava.

Pega o celular e liga para a casa de Catherine — porque não tem o número de seu celular. Ninguém atende, mas então Audrey se dá conta de que ela deve estar no trabalho. Acaba se esquecendo das compras. Resolve ir até a casa de Dan antes, já que ninguém atende na casa de Catherine. Se não houver ninguém, então vai tentar passar na casa da sobrinha. Sabe que a família vai se reunir na casa de um dos seus dois sobrinhos e que ninguém vai lhe contar nada.

Após deixar o consultório de Catherine Merton, Reyes e Barr voltam para a cena do crime. Os urubus continuam sobrevoando em círculo, manchas escuras contra o céu azul-claro. Reyes nota que Barr está olhando inquieta para as aves. Vê o médico-legista, Jim Alvarez, e, acompanhado de Barr, vai até ele.

— Que banho de sangue — comenta o legista, ao que Reyes balança a cabeça, concordando. — Daqui a pouco vamos levar os corpos e começaremos as necropsias hoje à tarde. Provavelmente vamos começar pela mulher. Por que você não passa lá amanhã de manhã? Já devemos ter alguma informação até lá.

No interior da casa, na cozinha, Reyes se aproxima de May Bannerjee. Fred Merton continua deitado no chão.

— Algo de interessante? — pergunta, com Barr em sua cola.

— Acho que encontramos a arma usada nele — responde Bannerjee. — Aqui, olha só.

Ela os conduz até a pia e mostra uma faca em um saco de evidências na bancada.

— É a faca de trinchar daquele faqueiro ali — diz, apontando para ele. — Foi limpa e colocada de volta com as outras facas.

Reyes olha para a faca e, então, para o faqueiro.

— Você só pode estar de sacanagem.

— Não.

— Alguma digital?

— Não. Ela foi lavada e enxugada com bastante cuidado. Mas ainda há traços microscópicos de sangue: é mais difícil apagar isso. Logo vamos saber melhor.

Reyes olha para Barr, que está tão surpresa quanto ele. Isso não bate com o tipo de cena do crime que encontraram. O esperado seria o assassino levar a faca e a descartar em algum lugar onde nunca pudesse ser encontrada, como o rio Hudson, por exemplo. Por que limpar e devolver a faca ao lugar?

— Alguma pista do que foi usado para estrangular a esposa?

— Não, mas ainda estamos procurando. Enfim, ainda não terminei de falar da faca. Dá uma olhadinha aqui — diz Bannerjee, agachando-se e apontando para umas marcas de sangue no chão.

— A faca ficou no chão do lado do corpo por um bom tempo, dá para ver o contorno dela, onde o sangue secou. Ela ficou ali talvez por um dia ou mais antes de ser recolhida, limpa e colocada de volta no faqueiro.

— É o quê? — questiona Barr.

— Então... não foi o assassino quem a limpou — diz Reyes.

Bannerjee faz que não com a cabeça.

— A não ser que ele tenha voltado, mas não há evidências disso.

— A faxineira — sugere Barr. — Suas pegadas sujas de sangue vão direto para a pia.

Reyes concorda com a cabeça, pensativo.

— Talvez tenha sido ela. E só existe um motivo para ela fazer isso.

Barr completa o raciocínio:

— Para proteger alguém.

Reyes morde o lábio inferior.

— E quanto ao restante da casa? — pergunta.

— Temos uma série de digitais para descartar, provavelmente de familiares que vieram para o jantar de Páscoa e da senhora da limpeza. — E acrescenta: — Não vamos conseguir nenhuma marca de pneu na entrada pavimentada.

— Está bem, obrigado — agradece Reyes. — Vamos dar mais uma olhada — diz para Barr.

Eles sobem a escada. Há dois peritos no quarto principal, ainda coletando digitais. Um deles levanta a cabeça quando vê os investigadores.

— Manchas de sangue, mas nenhuma digital nas carteiras, bolsa, gavetas e porta-joias. Quem quer que tenha sido, estava de luvas.

Reyes aquiesce, nada surpreso, então segue com Barr até o banheiro da suíte. O investigador abre o armário de remédios usando luvas e observa a medicação nas prateleiras. Tem um pouco de tudo, o tipo de coisa que se esperaria encontrar no armário de remédios de um casal mais velho. Há um analgésico controlado prescrito para Fred. Ele pega outro pote, em nome de Sheila Merton. Verifica a data. Tinha menos de duas semanas. *Alprazolam*. Ele se vira para Barr.

— Faz ideia do que seja alprazolam?

Ela olha para o pote em suas mãos e faz que sim com a cabeça.

— Xanax. É uma medicação forte para ansiedade.

— Olha só a data — diz Reyes. — Com o que Sheila andava tão ansiosa ultimamente?

Ele põe o pote de volta no armário e Barr anota o nome do remédio e do médico que o prescreveu em seu caderno.

Eles fazem uma varredura minuciosa do restante da casa, mas, tirando o primeiro andar e o quarto principal, a casa parece não ter sido tocada pelo invasor. No mesmo andar em que fica o quarto principal há outro quarto, outro banheiro e um cômodo grande com uma sala e um banheiro que Irena usava quando morava na casa. Eles souberam disso em seu tour pela residência com a mulher, mais cedo. Reyes entra no antigo quarto de Irena, pensando na faxineira.

Irena tinha se mudado havia muito tempo. As gavetas estavam vazias, assim como o guarda-roupa; não há livros nem enfeites nas prateleiras, não há nada no banheiro nem na sala. Aqueles cômodos não eram usados havia anos. Ele se pergunta como era para Irena morar aqui. É uma suíte de luxo, mas ela ainda era a empregada da família. Pronta para acordar no meio da noite se uma das crianças gritasse dormindo e precisasse ser acalmada. De pé logo cedo para deixar o café da manhã pronto, para preparar as merendas para elas levarem para a escola. Depois a limpeza, receber ordens. Ele fica se perguntando quão próxima Irena realmente era da família. Talvez fosse mais próxima de uns que de outros. Qual era a dinâmica da casa? Será que algum dos filhos adultos a tem como confidente? Ele fica pensando na faca de trinchar que foi guardada de volta.

Reyes sai do quarto e sobe para o terceiro andar. Era onde ficavam os antigos quartos dos filhos. Há três quartos espaçosos, uma antiga brinquedoteca e dois banheiros. Não há mais nada ali da infância dos Merton. Foram remodelados para se tornar belos quartos de hóspedes, redecorados para que parecesse que jamais houve crianças ali. Reyes pensa na sua casa abarrotada e se pergunta para onde foram suas coisas — fotos, equipamentos esportivos, livros, trabalhos escolares, Legos, bonecas, bichinhos de pelúcia. Será que estava tudo encaixotado em algum lugar no porão?

— Eles não eram exatamente sentimentais, pelo visto — comenta Barr.

TREZE

Jenna teve todo o trajeto de carro desde Nova York para pensar. Seus pais estão mortos, e isso muda tudo profundamente. Para todos eles.

Primeiro pensa em como aquilo a afetava. Ela vai herdar um terço do patrimônio dos pais. É muito dinheiro. Não sabe exatamente o valor nem o tempo que leva para fazer a partilha e pagar tudo. Sabe que demora um pouco, mas quanto? Provavelmente continuará recebendo sua mesada até ter acesso a sua parte da herança. Ela vai ficar rica. Pode comprar um apartamento em Nova York, talvez um estúdio no Lower East Side.

Depois, pensa em Dan. Dos três, ele era o mais fraco. Emocional e psicologicamente. Sempre se perguntou se era por causa da criação que receberam, ou se ele só tinha nascido assim mesmo. São tão diferentes uns dos outros, e ainda assim cresceram na mesma família de merda. Mas não eram tratados da mesma forma, então também tem isso. Talvez as feridas de Dan sejam mais profundas. Mas agora seu pai não pode mais machucá-lo. Ele também vai ficar rico. Não vai mais ter que trabalhar se não quiser.

É engraçado pensar no que cada um deles se tornou. Catherine, a primogênita, é a mais convencional. Trabalhadora, conservadora, nunca quer arrumar problemas. Claro que virou médica. Claro que quer ficar com a casa. Ela quer se tornar a mãe deles. Tá bom, talvez isso seja um pouco cruel.

As pessoas pensam que Catherine saiu ilesa, mas Jenna sabe que não é verdade.

As pessoas também pensam que Dan teve todas as oportunidades para ser bem-sucedido, mas ela sabe que não é esse o caso. Na verdade, é como se ele tivesse sido sabotado pelo pai a cada oportunidade. A mãe não ligava muito para eles. Podia ser afetuosa, às vezes, e em certas ocasiões era até divertida, mas também era capaz de simplesmente sumir quando as coisas ficavam mais complicadas, difíceis ou tensas. Não que ela fosse para algum lugar, ela só se fechava em si mesma. Era capaz de se desligar de qualquer situação. *Puf*, simplesmente sumia. Ela nunca enfrentou o pai deles; não os protegia, e eles se ressentiam disso. Na verdade, era patético quanto todos imploravam por sua atenção, pensa Jenna, como viviam indo atrás dela, mesmo sabendo que ela os desapontaria. Todos odiavam o pai. Ela está feliz com sua morte. E tem certeza de que os irmãos sentem o mesmo.

A maneira como eles morreram é terrível. Mas acabou sendo bom, no fim das contas. É muito dinheiro e é tudo deles agora. Se seus pais não tivessem sido assassinados, provavelmente teriam vivido ainda por bastante tempo.

Enquanto dirige rumo ao norte na estrada para Aylesford, deixando a cidade para trás, pensa em Jake. Ela e Jake não foram embora logo depois dos outros, no domingo. Ficaram mais um pouco, e houve uma discussão. Ela ligou para Jake quando estava saindo do apartamento dele e indo para o carro. Chorou na linha, se lamentou porque suas últimas palavras para os pais foram duras e disse que se arrependia muito daquilo. Depois deu um jeito de comentar que era melhor se ninguém soubesse da discussão ou, melhor ainda, se alguém perguntasse, eles tinham saído logo depois dos demais e ele tinha passado a noite toda com ela. Era mais fácil assim.

Jake a apoiou. Disse que não deveria se preocupar. Ele tem aquele ar másculo e protetor e Jenna meio que gosta disso.

Ela se lembra de quando se conheceram, cerca de três semanas antes, numa boate barulhenta, vibrante e alternativa. Tinha ido para a cidade para sair com uns amigos. Tinha tomado MD e estava muito bêbada, mas ficava atraente na pista lotada e sabia disso. Ela gosta de se curtir; sabe que é um pouco hedonista. Notou que Jake a olhava de fora da pista. Ela foi tropeçando até o bar. Ele lhe pagou um drinque. Jenna imaginou, por causa do cheiro de tinta e aguarrás, que Jake era um artista e logo se sentiu atraída por ele. Ele era sexy, sério, não falava muito e queria levá-la para casa. Ela estava a fim, mas ainda não estava pronta para ir embora. Disse a ele que esperasse e voltou para a pista com os amigos, onde tirou a camiseta justa e ficou com os seios nus. Ela gosta de ultrapassar os limites, gosta de provocar reações. É uma artista, afinal; seu papel é desafiar o *status quo*. Sabia que Jake estava olhando. Todo mundo estava. Quando um segurança tentou dificultar as coisas, Jake foi até ela, envolveu-a com sua jaqueta de couro — a camiseta de Jenna tinha se perdido, pisoteada — e a levou para casa.

Ela está tão perdida em pensamentos que chega ao bairro de Dan em Aylesford sem se dar conta. E talvez estivesse pisando fundo no acelerador, ansiosa para chegar logo. Ela vê o carro de Catherine na entrada e vislumbra o esportivo de Ted na rua — não deviam ter vindo juntos. Reconhece um terceiro carro parado na rua — a lata-velha de Irena. Mas então vê um quarto veículo que reconhece e sente uma pontada de irritação. É da tia Audrey, a irmã irritante do seu pai. O que diabos ela está fazendo aqui? Eles não querem a tia ali. Ainda não.

Jenna estaciona na rua e segue andando pela entrada de veículos. Consegue ver pela janela enorme da sala que todos estão reunidos ali. Não se dá ao luxo de bater, apenas entra de uma vez. Afinal, estavam esperando por ela.

Assim que chega à sala, fica claro que está interrompendo algo. Catherine está sentada em uma poltrona com uma expressão tensa; Ted está ao seu lado em uma cadeira da sala de jantar que foi colocada ao lado da esposa. Lisa e Dan estão juntos no sofá, com a mesma cara triste, e Irena está sentada em outra poltrona, com uma expressão dura. Audrey, que está em outra cadeira da sala de jantar que foi trazida, parece ter sido interrompida no meio do que estava dizendo.

— Jenna! — diz Catherine, levantando-se, então vai até a irmã e lhe dá um breve abraço. — Você veio rápido.

Irena se levanta e também abraça Jenna. Audrey cruza os braços. Parece irritada ao ver a sobrinha, mas ainda assim tem um ar *triunfante*. O que está acontecendo?

Lisa traz outra cadeira da sala de jantar e Jenna se senta.

A sala mergulha num silêncio tenso.

Catherine diz:

— Audrey estava nos dizendo que o papai mudou o testamento antes de morrer.

Audrey Stancik corre os olhos pela sala, encarando todas aquelas crianças mimadas, tão convencidas, tão cheias de si, tão certas de que vão ganhar aquilo que acreditam ser delas por direito. Mas agora é sua vez. *Ela* é quem vai ficar com o que deveria ser dela. Apesar das circunstâncias, não consegue conter o sorriso.

Jenna agora a encara com hostilidade. Nenhum deles estava feliz em ver a tia, ainda que tivessem tentado, sem muito esforço, fingir o contrário. Mas Fred era seu único irmão. Era a única família que lhe restava, além da própria filha. Audrey não considera os demais como família.

Agora Jenna diz, com frieza na voz:

— Que merda é essa que você está falando?

Audrey a encara com desprezo. Nunca se deu bem com Jenna, que sempre fazia o que bem entendia, sem considerar como suas ações afetavam as pessoas. Agora, Audrey desfruta a sensação de cortar fora suas asinhas. Nem mesmo tenta disfarçar a alegria.

— Na verdade, ele mudou na semana passada.

Ela observa os olhos de Jenna encontrarem os de Catherine, depois os de Dan. Já tinha lançado essa bomba sobre os demais, e a reação deles foi parecida.

— Que porra é essa? — pergunta Jenna para Catherine.

Jenna não tem sequer a decência de se dirigir a ela, pensa Audrey amargurada. Bem, sempre foi assim, não é mesmo? Ela sempre foi tratada como a forasteira indesejada, a parasita, uma marginalizada que não pertencia ao seu clubinho exclusivo. Isso a enfurecia. Eles não faziam a menor ideia do que ela e o seu irmão tinham passado, o que Audrey tinha feito por ele. Nunca tiveram que crescer. Eles não fazem ideia.

Catherine se vira para ela.

— Anda, Audrey, conta para ela o que você disse para a gente.

Audrey se senta em sua cadeira, cruzando as pernas. Ela vai contar tudo outra vez, agora para Jenna. Por mais que seja chocante e perturbador o que aconteceu com Fred e Sheila, não consegue conter um sorrisinho — era seu momento, afinal.

Ela diz:

— Visitei o seu pai tem uma semana, na segunda. Ele me ligou e pediu que eu fosse até a casa dele. A gente teve uma longa conversa. Ele disse que ia mudar o testamento, que ia se encontrar com Walter e fazer a alteração naquela semana. Sheila já tinha o bastante para se manter até morrer e deixar para quem quisesse, mas, quanto ao patrimônio dele, metade iria para mim e o restante seria dividido entre vocês.

— Não acredito nisso! — diz Dan com veemência, do sofá. — Por que ele faria uma coisa dessas?

— Era a vontade dele — responde Audrey com firmeza, virando-se para Dan. — Vocês ainda vão ficar com bastante coisa.

Mas ela sabe que eles são gananciosos e que queriam ficar com o máximo que pudessem. Que não querem que ela herde nada.

— Também não acredito — diz Jenna. — Você está inventando isso! Você sempre quis o dinheiro do papai.

A vontade de Audrey é de berrar "Olha só quem fala, sua piranha interesseira", mas em vez disso ela respira fundo, se permite sorrir ainda mais e diz:

— Sua mãe também estava lá. Ela não gostou, mas não tinha muito o que pudesse fazer. Ela já tinha assinado um pacto pós-nupcial dividindo os bens há anos; ele podia fazer o que bem entendesse.

— Não dá para acreditar numa porra dessas! — explode Dan, irritado, levantando-se de repente. Audrey toma um susto e dá um pulo na cadeira.

Catherine intervém:

— Vamos nos acalmar, por favor. Dan, senta.

Ele mergulha de volta no sofá.

Ela continua:

— Até onde sei, sou a testamenteira do patrimônio dos nossos pais. Vou ligar para Walter e ver o que dizem os testamentos. Estou certa de que não vamos ter surpresas — diz em tom enfático, olhando para Audrey. — Mas não vou fazer isso agora. Os nossos pais acabaram de ser assassinados, não pegaria nada bem.

Senhoras e senhores, essa é a Catherine: sempre pensando em como as coisas podem parecer — o completo oposto da irmã, pensa Audrey. Mas ela tem razão, seria inapropriado ligar para o advogado poucas horas depois de descobrirem os corpos. Audrey os estuda com desgosto. Sempre foram pestinhas quando crianças e não tinham mudado depois de adultos.

Fred podia ser cruel; ela sabia disso melhor do que ninguém. Audrey, sua irmã caçula, provavelmente era a única pessoa do mundo que o entendia, que sabia quem ele realmente era. Ela olha para cada um ao redor da sala — Catherine, Dan e Jenna. A notícia no rádio sugeria se tratar de um latrocínio, mas e se não fosse o caso? *E se tiver sido um deles?*

Ela agora os encara com outros olhos. Nunca teve que considerar isso antes. Mas pensa na mácula da família, o traço de psicopatia que corria na família Merton. Ela se pergunta se aquilo estava ali, à espreita, dentro de algum deles.

Talvez devesse tomar mais cuidado, pensa inquieta.

QUATORZE

No comecinho da tarde, Rose Cutter deixa o escritório na Water Street para pegar um café. Tem uma cafeteira no escritório, mas seus nervos estão à flor da pele e precisa sair para dar uma caminhada rápida. Ela vai até seu café preferido. Tem uma fila pequena na sua frente e ela espera, impaciente. Há uma TV ligada do outro lado do balcão, sem som, e, enquanto espera seu *latte*, vê as imagens de uma mansão cheia de policiais e lê a legenda passando abaixo. *Fred e Sheila Merton encontrados assassinados em casa.*

Quando pega o café para levar de volta para o escritório, suas mãos estão trêmulas, e ela não consegue contê-las.

Quando terminam a varredura da casa, Reyes e Barr começam a sondar pela vizinhança dos Merton se alguém viu alguma coisa por volta da hora dos assassinatos. Eles vão até a casa que fica a leste, também no fim de uma longa rua. Reyes desce do carro e nota que, dali, não é possível ver nada da casa dos Merton. Os terrenos são enormes, as casas ficam muito afastadas umas das outras, e há muitas árvores entre elas.

Reyes toca a campainha, enquanto Barr analisa a propriedade.

Uma mulher atende. Tem por volta de 60 anos e parece nervosa ao vê-los. Eles mostram seus distintivos e se apresentam.

— Fiquei sabendo pelo noticiário.

— Não seria melhor a gente se sentar? — sugere Reyes.

Ela concorda e os conduz até uma sala de estar enorme. Então, pega um celular no bolso do suéter e envia uma mensagem para alguém. Ela olha para os investigadores.

— Estava pedindo para o meu marido se juntar a nós.

Pouco depois, um homem desce a escada e entra na sala. Eles se apresentam como Edgar e June Sachs.

Reyes pergunta:

— Os senhores viram ou ouviram algo incomum na noite do domingo de Páscoa ou na manhã da segunda-feira?

A Sra. Sachs olha para o marido e faz que não com a cabeça.

— Não conseguimos ver ou ouvir os nossos vizinhos daqui.

O marido concorda:

— Aqui é um lugar muito tranquilo, bastante reservado. Não notei nada.

A Sra. Sachs inclina brevemente a cabeça, como se tivesse acabado de se lembrar de algo, e diz:

— Eu vi uma picape que não reconheci. Ela passou por aqui, vindo da direção da casa dos Merton.

— A senhora lembra que horas eram aproximadamente? — pergunta Reyes.

— Não. A gente já tinha ido deitar. Mas acordei porque estava com dor nas pernas e fui tomar um Advil. Acabei olhando pela janela do quarto e notei a caminhonete. Não faço ideia de que horas eram. Desculpe.

— A que horas os senhores foram se deitar?

— Por volta das dez. Então foi depois disso. Costumo levantar durante a noite e tomar algum remédio para as pernas.

— Como era a caminhonete? — pergunta Reyes.

— Ah, era bastante chamativa. Não era como os carros que a gente costuma ver por aqui. Sei que carro cada um dirige e ninguém tem uma caminhonete dessas. E todo mundo contrata a mesma empresa de jardinagem, que usa caminhonetes brancas, e não era uma dessas. Era escura, preta talvez, e tinha chamas amarelas e laranja na lateral, como aqueles carrinhos Hot Wheels.

Reyes agradece a disponibilidade deles e segue com Barr para conversar com outros vizinhos. Há apenas uma casa do outro lado da propriedade dos Merton, no fim da rua. Ninguém esteve lá naquela noite e ninguém viu caminhonete nenhuma. Nem ninguém mais da vizinhança. Reyes se pergunta se a caminhonete não era fruto da imaginação da Sra. Sachs. Um vizinho disse que reconheceu o Mini Cooper de Jenna Merton passando por sua casa quando passeava com o cachorro na noite de Páscoa, pouco depois das oito; o carro estava vindo da direção da propriedade dos Merton. Barr faz uma anotação. Reyes e ela voltam para a delegacia. Já está no meio da tarde, e os dois estão famintos. Eles param no seu restaurante preferido e pedem café e sanduíches para viagem: presunto e queijo para ele, salpicão de frango para ela.

Catherine fica observando pela enorme janela da frente da casa de Dan e Lisa enquanto Audrey entra no carro e vai embora. Ela respira fundo e se vira para os demais.

Estão todos aliviados de que a tia tenha partido, mas seu alívio tem ares de preocupação. Eles se entreolham, preocupados. Catherine se recosta na cadeira e fecha os olhos por um instante, exausta.

Jenna começa:

— Vocês não estão mesmo acreditando nela, estão? Ela só está dizendo isso para a gente se sentir culpado e dar dinheiro para ela.

— Não sei — diz Catherine, levantando a cabeça e abrindo os olhos. — Você sabe como o papai estava na última vez que o vimos. Ele tratou todo mundo mal. Disse que ia vender a casa. Talvez ele tenha mesmo mudado o testamento e incluído Audrey. Meu Deus, tomara que não.

— É bem o tipo de coisa que ele faria — comenta Dan, furioso. — Dar metade do dinheiro para alguém de quem a gente nem gosta, só para a gente ficar com menos. — Então acrescenta, maldoso: — *Ele* nem gostava dela.

— Bom, eu não engulo essa — contesta Jenna. — Ela está inventando tudo. Se ele tivesse mesmo mudado o testamento em favor dela, com certeza teria dito isso no jantar de Páscoa, aproveitando cada minuto.

— Bem pensado — concorda Catherine.

Eles sempre foram indiretamente levados a acreditar que os bens seriam divididos igualmente entre os três, mas e se as coisas tivessem mudado? Catherine se dá conta de que não faz a menor ideia do que está no testamento. Ela observa os demais.

— Olha só para a gente — diz, depois de um tempo. — A maneira como estamos falando, como se a gente só se importasse com dinheiro.

Mas isso não surte muito efeito. Ela se inclina para a frente.

— Olha, a gente tem que se recompor.

Ela se vira para Irena, que mal havia falado desde a chegada de Audrey; antes disso, tinha dado sua versão do ocorrido naquela manhã, na cena do crime.

— Você disse que a polícia parecia acreditar que tinha sido um latrocínio, mas ainda assim todos nós vamos ser interrogados.

Catherine olha um por um, fazendo uma expressão de advertência até para o marido.

— Sugiro que guardem para vocês o que pensavam sobre o papai. Vamos tentar parecer uma família normal. E tentem não parecer muito empolgados com o dinheiro — diz, então acrescenta: — E nada de falar com a imprensa, certo?

Todos concordam.

— Agora temos que preparar um velório. E tem que ser tudo como manda o figurino.

Eles passam a hora seguinte planejando o velório. Querem que ele aconteça na Igreja de Santa Brígida, que seus pais frequentavam. Acreditam que haverá uma grande multidão. Seus pais serão sepultados em um cemitério próximo, um que era usado pelos ricos, cheio de mausoléus.

Como primogênita, Catherine fará um pequeno discurso. Eles começam a pensar onde deveriam recepcionar as pessoas, após o velório. A escolha mais óbvia seria a casa da família — era a única propriedade grande o bastante para o evento, mas ela é a cena de um crime, então não é uma opção. Decidem pelo *country club* do qual os pais eram sócios. E o clube também pode cuidar da comida. Catherine vai ligar para lá e para a igreja bem cedo na manhã seguinte.

Por fim, ela se levanta para ir embora, sentindo-se exaurida. Mal dá para acreditar que são apenas quatro da tarde. Acha que vai se lembrar do dia em que seus pais foram encontrados mortos como um dos dias mais longos da sua vida. Mas ela ainda precisa conversar com Ted quando voltarem para casa. Onde ninguém mais possa ouvi-los.

QUINZE

Audrey foi direto da situação desagradável na casa de Dan para o endereço da sua melhor amiga, Ellen Cutter. Elas se conheciam havia décadas, do tempo em que as duas trabalhavam para o irmão de Audrey na Merton Robotics logo que a empresa foi fundada. Ellen conhecia bem Fred, foi sua assistente pessoal por muitos anos, ainda que isso tenha sido muito tempo atrás.

Quando Audrey chegou, sua amiga já esperava por ela — tinha ouvido sobre os assassinatos no rádio. Elas tomaram café na cozinha iluminada de Ellen enquanto tentavam processar a notícia chocante. Não sabiam como Fred e Sheila tinham morrido, já que isso não havia sido divulgado. A família disse que ainda não sabia. Parecia bizarro para ela fazer algo tão corriqueiro — tomar café na casa de Ellen —, enquanto discutiam algo tão incomum. Ellen ficou claramente abalada com a notícia do crime. Já sabia que Audrey herdaria metade do patrimônio do irmão um dia, porque a amiga havia lhe confidenciado isso. Diferentemente dos filhos de Fred, Ellen ficou feliz por ela. Porém ninguém esperava que seria assim tão rápido. Audrey talvez tivesse falado demais sobre como aquilo mudaria sua vida. Porém não conseguia se conter se, mesmo em meio a tamanha tragédia, sentia um enorme prazer em falar daquilo.

Elas falaram de viajar juntas, quem sabe um cruzeiro pela Itália. Por conta de Audrey.

* * *

Lisa fica parada na porta de casa vendo os outros irem embora. Vê Irena parando no carro de Catherine, enquanto Ted vai para seu próprio veículo, mais afastado. Ele se encosta no carro e acende um cigarro. Jenna se junta a ele e também acende um, os únicos fumantes da família. Lisa volta a se ocupar de Catherine e Irena. Elas estão conversando baixinho. Do que será que estão falando que não podia ser dito lá dentro? Sente que Dan está logo atrás dela, a respiração quente dele no seu pescoço.

Catherine olha de relance para a casa, com Lisa e Dan observando da porta, interrompe a conversa com Irena e entra no carro. Depois disso, todos vão embora; Catherine primeiro, no Volvo; Ted logo atrás, no carro esportivo; Irena no seu velho Toyota. Jenna fica para trás agora em seu próprio carro, para fumar outro cigarro e ficar mexendo no telefone.

Lisa se vira de repente e nota uma expressão estranha no rosto do marido, logo antes de ela desaparecer. O que era? Mas agora ele está olhando para ela com a expressão pesarosa de sempre e ela não tem como saber.

Ele se afasta, passando a mão no cabelo.

Lisa o segue até a cozinha, servindo-se de outro café da garrafa térmica. Ela se vira, com as costas para o balcão, e observa o marido bem de perto.

— Você está bem?

Ele se senta em uma das cadeiras da cozinha, os cotovelos sobre a mesa, as mãos com os dedos entrelaçados.

— Não sei.

Ela fica tentando encontrar a melhor forma de tocar no assunto.

— Sei que você tinha as suas questões com o seu pai. Mas também sei o quanto amava a sua mãe. Não consigo imaginar quão difícil está sendo.

Lisa ainda não perdeu nenhum dos pais e sabe que, quando isso acontecer, vai ser bem difícil. Tem uma boa relação com os dois. A relação de Dan com os pais era complicada. Ele tinha lhe contado algumas histórias da infância, e ela viu coisa demais acontecer desde o casamento para lamentar o fato de Fred Merton ser carta fora do baralho. No entanto, está triste por Sheila — gostava bastante da sogra. Mas Dan nunca pôde contar com ela. O amor da mãe dele sempre foi condicional. Será que ela não percebia o quanto magoava o próprio filho?

A vida andava muito incerta ultimamente. Mas isso mudava tudo. Quem sabe Dan finalmente conseguiria enterrar os pais e tudo que lhe fizeram.

Ela morde o lábio inferior, ainda olhando para o marido. Fica se perguntando se ele vai desabar e chorar; se isso acontecer, ela vai até ele para abraçá-lo.

Mas, em vez disso, ele fica olhando para o nada. Parece... vazio. Nunca o tinha visto assim antes; sente-se inquieta.

Ela se aproxima e se senta à mesa ao lado dele.

— Dan — diz, tocando seu braço e o sacudindo um pouco. Ele desperta e foca o olhar nela.

— Não paro de vê-los.

Por um segundo, seu rosto se contorce.

— Como assim? — diz Lisa, afastando-se por instinto.

— Fico visualizando os dois, mamãe estrangulada, papai com a garganta cortada, depois esfaqueado várias vezes, como Irena disse. — Sua voz soa trêmula, e ele volta os olhos vidrados para a esposa. — Imagina o quanto devem ter sofrido.

Ela aperta as mãos do marido com força. Sente-se um pouco enjoada.

— Tente não pensar nisso — pede. — Você não pode ficar pensando nisso. Já acabou. Eles já não sentem dor alguma. Precisamos seguir em frente. As coisas vão melhorar para a gente agora.

Não queria dizer isso, era inapropriado, mas acabou escapando.

— Quando você receber a sua herança, a gente não vai mais ter que se preocupar com dinheiro. Pensa só no quanto as coisas vão melhorar.

Ele balança a cabeça, em silêncio, concordando. Sentindo-se encorajada, ela se debruça um pouco para a frente e diz num tom mais suave:

— Quem sabe a gente não viaja, como sempre quis? Sei que nunca pudemos fazer isso quando você trabalhava para o seu pai, mas pode ser um novo começo para a gente.

Ele põe a outra mão sobre a da esposa e diz:

— Ã-hã, um novo começo.

Ele a beija. É um momento de ternura, mas ele logo interrompe o beijo, se recosta na cadeira e diz:

— Mas...

— Mas o quê?

— E se o meu pai tiver mesmo mudado o testamento? — questiona Dan, parecendo preocupado. — Sempre achamos que nós três receberíamos tudo. E se Audrey ficar com metade, como ela disse? E se eu não receber nada? Depois de tudo que fiz, de tudo que tive que engolir esses anos todos?

— Fred não faria isso. — Ela tenta reconfortá-lo. Mas também tem esse medo. *Será que não faria mesmo?* Ela fica se lembrando daquele terrível jantar de Páscoa.

— E vai ter uma investigação — continua Dan. — A polícia vai vir, perguntar um monte de coisa, bisbilhotar a nossa família. Vai ser horrível.

Ele parece agitado, pensa Lisa.

— Você precisa aguentar firme, Dan. Vocês vão superar isso. E estou aqui contigo.

Mas seu rosto continua perturbado.

— Vou ligar para Walter — avisa Dan. — Não quero nem saber se pega mal. — Ele se levanta e deixa a cozinha.

Um pensamento cruza a mente de Lisa, como um rato escapulindo numa esquina. Algo que até então não havia lhe ocorrido. A noite dos assassinatos. Ele saiu de novo, depois, para dar uma volta de carro. E ficou bastante tempo fora. Ela ficou deitada na cama, acordada, esperando-o voltar, mas acabou pegando no sono. E se a polícia perguntar sobre isso?

Toma um susto com o barulho da porta de casa se abrindo. Ela deixa a cozinha e vê Jenna no corredor. A cunhada não tinha ido embora com os outros, no fim das contas.

— Dan está ligando para Walter para saber dos testamentos — diz.

Então ela se vira e sobe correndo a escada até o escritório de Dan, seguida por Jenna.

DEZESSEIS

Ted segue Catherine de perto em seu próprio carro. Sente-se feliz por ter um tempo só seu. Tem tanta coisa que precisa processar. A morte de Fred e Sheila. Uma investigação de assassinato. Sua esposa mentindo para a polícia. Por que ela tentaria esconder que voltou lá naquela noite? Por que não dizia logo a verdade? Seus pais obviamente estavam bem quando ela foi embora.

Então por que ela não quer que ninguém saiba?

Ele para na entrada de veículos e entra em casa. Catherine está esperando por ele na sala, sentada no sofá, olhando para baixo.

Ele fica parado na porta da sala e diz:

— Catherine, o que houve? O que está acontecendo?

— Senta — pede ela.

Ele se aproxima e senta ao lado dela no sofá, olhando-a com preocupação.

— Eu... Eu acho que fiz besteira — diz, apertando as mãos com força, o autocontrole que demonstrou na casa de Dan se esvaindo. — Os investigadores me perguntaram se tive algum contato com os meus pais depois que fomos embora no domingo à noite e eu disse que não.

— Por que você fez isso?

Ele não consegue entender.

— Não sei — responde, sacudindo a cabeça como se ela mesma não conseguisse compreender. — Foi involuntário. Só disse que não. Acho... Acho que não queria ser tratada como suspeita.

Ele se levanta, consternado, olhando para a esposa.

— Catherine, isso é ridículo. Por que suspeitariam de você? Foi um latrocínio.

Ela encara o marido e parece mais angustiada do que Ted jamais tinha visto.

Então fala, aumentando o tom de voz:

— Você não estava lá quando me contaram. Eles me olharam como se suspeitassem de mim.

Ela começa a falar mais rápido, atropelando as palavras.

— Vão achar que foi alguém da família, vão suspeitar de todos nós, mais cedo ou mais tarde, por causa do dinheiro. Eu não queria que soubessem que voltei lá naquela noite. Pegaria mal.

Ele balança a cabeça, discordando.

— Não pega mal. Você só queria falar com a sua mãe. Você precisa contar para a polícia.

— Não preciso coisa nenhuma — diz, seu olhar parecendo um pouco irritado. — Não posso contar agora. Não depois de mentir.

— E se acabarem descobrindo? — argumenta Ted, parecendo verdadeiramente preocupado agora. — Só vai piorar as coisas.

— Tá, então eu faço o quê? Digo para eles que *esqueci* que tinha ido lá naquela noite? Que apaguei da memória? Digo que estava tudo bem, que falei com a minha mãe e fui embora? E se não acreditarem em mim?

— Catherine! Por que *não* acreditariam em você? Pensa só no que você está dizendo! Você acha mesmo que vão suspeitar que você assassinou os seus próprios pais?

Então ela se levanta e começa a perambular pela sala, nervosa. Por fim, se vira para o marido e diz:

— Irena me disse uma coisa no carro, quando estávamos voltando. Ela queria me alertar.

— O quê? O que ela disse?

— Disse que os investigadores acreditam que o assassino é alguém que os meus pais conheciam.

— Por que eles achariam isso? — pergunta, preocupado.

— Ela acabou ouvindo quando eles disseram que aquilo parecia algo *pessoal*.

Ted fala:

— Ela disse para a gente que os investigadores achavam que era um latrocínio.

Catherine para por um instante, depois fala:

— Ela disse que os investigadores pareciam muito interessados na questão da herança.

A mente dele se volta imediatamente para Dan. Claro...

Ela semicerra os olhos, encarando-o e parecendo muito séria.

— Não quero que os investigadores saibam que estive lá naquela noite. E Dan e Jenna também não podem saber que fui lá e que escondi isso da polícia.

— Por quê?

— Não confio neles — responde, evitando o olhar do marido.

Quando Audrey vai embora, Ellen Cutter fica sentada na cozinha por um bom tempo, fitando sua xícara de café, pensando no crime hediondo. Agora, ela se levanta e derrama o café frio na pia. É tão assustador que os Merton tenham sido assassinados, que ela mal consegue processar a informação. Nunca conheceu ninguém que tivesse passado por isso. Era algo que acontecia com estranhos nos noticiários.

É claro que é bom para Audrey que ela vai ficar rica. Mas a amiga não precisava ficar falando tanto disso.

Ellen então pensa em Catherine Merton, uma das melhores amigas da sua filha. Que choque deve ter sido para ela e para os irmãos. Todos ficarão ricos agora, embora não tão ricos quanto esperavam.

Ellen se pergunta se Rose ficou sabendo da notícia. Ela pega o telefone para ligar para a filha.

* * *

Na delegacia de Aylesford, Reyes e Barr criam uma equipe para lidar com o homicídio dos Merton. Os investigadores vão contar com a ajuda dos policiais, mas o caso será conduzido, em sua maior parte, por eles. Não é um departamento grande. Reyes designa uma equipe pequena para investigar os arredores da casa dos Merton e ver se encontram alguma evidência da roupa ensanguentada do assassino, ou a arma usada para estrangular Sheila Merton. Com o tempo eles vão ampliar a área de buscas para incluir o rio Hudson, as áreas de bosques, as caçambas de lixo locais. Eles emitem um comunicado sobre a picape que estão tentando localizar.

Eles levantam toda informação sobre a família que conseguem encontrar, mas não há muita coisa. Fred Merton era um homem de negócios extremamente bem-sucedido, e ele e a empresa recebiam muita cobertura na imprensa. Mas não há quase nada sobre a família. Pareciam ser muito reservados. Reyes se pergunta que segredos eles devem esconder.

DEZESSETE

R eyes e Barr entram no carro dele e vão até uma das regiões mais nobres de Aylesford, uma área residencial onde moravam médicos, advogados e executivos, com casas grandes e afastadas e ruas repletas de árvores alinhadas. É bem luxuoso, mas não é nenhuma Brecken Hill.

— Gente rica — diz Barr — nunca acha que tem o bastante. Quer sempre mais.

— Ah, quer dizer que você conhece um monte de gente rica? — comenta Reyes, rindo.

— Não, não conheço — responde a investigadora.

Ele para na rua em frente à casa de Dan e Lisa Merton. É uma casa de dois andares confortável, com tijolos amarelos, bem conservada, como todas as propriedades dali. Há um jardim com arbustos e flores de primavera debaixo de uma vasta janela que dá para a sala de estar.

Reyes e Barr vão até a entrada e batem à porta. Uma mulher pequena e atraente de cabelos e olhos castanhos atende.

— Lisa Merton? — pergunta Reyes.

Ela faz que sim com a cabeça, parecendo preocupada. Reyes mostra o distintivo e diz:

— Sou o investigador Reyes e essa é a investigadora Barr. Podemos entrar?

Ele consegue ouvir o som de uma TV no interior da casa.

— Claro — diz Lisa, abrindo espaço para eles entrarem.

Ela se vira e grita:

— Dan!

Dan Merton aparece no hall. É de estatura e porte médios e tem cabelos pretos com entradas. Um rosto bem genérico. Logo atrás dele há uma mulher de vinte e poucos anos, alta e magra, toda de preto. Ela é deslumbrante.

Reyes exibe novamente o distintivo e repete as apresentações.

— O senhor é Dan Merton?

Dan faz que sim com a cabeça.

— Eu sou Jenna Merton — diz a outra mulher.

Ela não é nada parecida com a irmã mais velha que, por contraste, é bem conservadora, nota Reyes. Ele se lembra do colar de pérolas no pescoço de Catherine, aparecendo sob seu jaleco branco. Jenna tinha uma mecha roxa no cabelo preto e um delineador bem carregado. Não havia nenhum traço de aquela maquiagem ter sido borrada por lágrimas recentes.

— Podemos nos sentar? — sugere Reyes.

— Claro — diz Lisa, sem graça.

Ela os conduz até a sala de estar, onde todos se sentam: Reyes e a parceira se sentam em poltronas e os outros três dividem o sofá.

— Meus pêsames — começa Reyes.

Ele fica um tempo analisando-os cuidadosamente. Dan Merton parece nervoso. Sua irmã, nem tanto, mas ela o observa com a mesma atenção que o investigador lhe dirige.

— Estamos investigando o assassinato dos seus pais — diz o investigador.

Dan fala rapidamente:

— Queremos que peguem quem fez essa coisa horrível o quanto antes. Ainda não posso acreditar. Quer dizer, a gente está arrasado.

Reyes nota o eco curioso; foi exatamente o que a faxineira disse.

— Temos só umas perguntas — diz o investigador. — Pelo menos por enquanto. Imagino que já saibam que conversamos brevemente com sua irmã Catherine.

— Claro.

Dan fica esperando, pronto para responder, como se estivesse participando de um quiz.

— Os seus pais tinham algum inimigo, que vocês saibam? — pergunta Reyes, alternando o olhar entre Dan e Jenna.

— Inimigos? — repete Dan, nervoso. — Não.

— Por favor, pense bem na pergunta — insiste Reyes. — Seu pai era um homem rico, um empresário de sucesso, pelo que entendi. Talvez pudesse ter irritado alguém.

Dan faz que não com a cabeça.

— Os negócios do meu pai eram todos corretos, investigador. Sei disso, trabalhei lá. Eu era praticamente o braço direito dele. Além do mais, ele tinha se aposentado, vendeu a empresa tem alguns meses.

— Entendi — diz Reyes. — Sabe se alguma coisa vinha aborrecendo os seus pais ultimamente? Eles pareciam preocupados com alguma coisa?

Dan nega, balançando a cabeça, os lábios curvados para baixo, numa careta.

— Não que eu saiba.

Ele olha para a irmã.

— Como é que eu ia saber? — diz Jenna, dando de ombros. — Eu não via os dois tanto assim.

— É que sua mãe tinha começado a tomar remédio para ansiedade há pouco tempo — comenta Reyes.

Os irmãos olham para o investigador, parecendo surpresos.

— Não fazem ideia do que pode ter sido o motivo?

Dan e Jenna balançam a cabeça em negativa.

— A última vez que vocês os viram foi no jantar de Páscoa, no domingo, certo? — pergunta Reyes.

— Isso — responde Dan. — Estávamos todos lá. Eu e Lisa, Catherine e o marido, Irena e Jenna e... Como era mesmo o nome dele?

— Jake — diz Jenna.

— A que horas foram embora? — pergunta Reyes.

Dan responde:

— Catherine e Ted foram embora primeiro, por volta das sete. Lisa e eu fomos em seguida, e vi Irena saindo logo atrás da gente.

— E a senhora? — diz Reyes, virando-se para Jenna.

— Fomos embora uns minutos depois.

Reyes percebe a mentira. Sabe que ela não foi embora antes das oito. Ele deixa passar, por enquanto.

— Algum de vocês chegou a vê-los ou a falar com eles de novo depois disso?

Os dois negam, fazendo que não com a cabeça.

— E nada chamou a atenção, não havia nada de estranho naquela noite? — E acrescenta: — Eles provavelmente foram assassinados mais tarde naquela mesma noite.

Ninguém diz nada, mas Reyes nota que algo mudou naquela sala. Poderia apostar tudo que tinha que havia *alguma coisa* estranha naquela noite.

— Não aconteceu nada durante o jantar? — insiste Barr.

Ela também deve ter notado, pensa Reyes.

— Não — diz Dan, novamente franzindo o rosto e balançando a cabeça. — Só um jantar de Páscoa como outro qualquer. Peru e torta.

— Isso, o mesmo de sempre — concorda Jenna.

Reyes olha para Lisa. Ela parece petrificada, o olhar vidrado em algo acima dele e de Barr.

O investigador deixa que o silêncio se prolongue até que todos, menos ele e Barr, sintam-se desconfortáveis.

Dan diz:

— Mas, enfim, o noticiário disse que foi um latrocínio... que o dinheiro e as joias deles foram roubados. Não foi isso?

— É uma das possibilidades — explica Reyes.

Então ele pergunta sobre o dinheiro.

* * *

Irena está sentada em sua poltrona preferida em sua casinha enquanto a noite cai, com seu gato tigrado no colo e um livro de Anthony Trollope aberto com a capa voltada para cima, largado no braço da poltrona. Não consegue se concentrar na leitura. Não consegue pensar em nada além de Fred e Sheila, na carnificina no chão da cozinha, todo grudento com o sangue de Fred. Já havia lavado aquele chão inúmeras vezes ao longo dos anos. As crianças costumavam brincar no piso enquanto ela assava biscoitos.

Que bom que não podemos prever o futuro.

Não consegue tirá-los da cabeça, aquelas crianças que ela criou enquanto Fred e Sheila não davam a mínima. O que vai acontecer com elas agora? Claro que serão consideradas suspeitas. Tem muito dinheiro na jogada. Se todos ficarem de boca fechada e não começarem a se voltar uns contra os outros, tudo pode acabar bem. É importante que os investigadores não descubram como eram as coisas na família Merton.

Aquela sempre foi uma casa disfuncional, mas ela continuou lá porque as crianças precisavam dela. Ficou lá, cuidando deles, protegendo-os. Guiando-os e tentando ajudá-los da melhor forma possível.

E agora Irena tinha interferido numa cena de assassinato.

Depois de acompanharem os investigadores até a porta, Jenna, Dan e Lisa ficam se encarando por um instante, em silêncio, como se ninguém quisesse ser o primeiro a emitir uma opinião. Precisam analisar o que tinha acabado de acontecer. Eles voltam para a sala.

— Meu Deus — diz Dan, dando passadas largas. — Preciso de uma bebida.

Ele se serve de um copo de uísque no aparador que faz as vezes de bar. Então se vira para perguntar:

— Alguém aceita uma bebida?

Jenna e Lisa recusam. Ele volta para o sofá e se joga nele, e Lisa se senta ao seu lado.

Jenna senta de qualquer jeito em uma poltrona, a que tinha sido ocupada há pouco pelo investigador Reyes, e diz, enquanto observa o irmão:

— É o trabalho deles, você sabe, não é? Eles têm que fazer essas perguntas.

— Merda! — diz Dan.

— O que houve, Dan? — pergunta Jenna.

— É claro que eles acham que foi um de nós. Todas aquelas perguntas sobre quanto dinheiro o papai valia e quem vai herdar.

Quando ergue o copo, suas mãos estão ligeiramente trêmulas. Jenna olha para Lisa: ela também notou.

— Provavelmente vão achar que fui eu — comenta Dan. — Mesmo eu sendo totalmente inocente! Todo mundo sabe que o papai vendeu a empresa só para eu não assumir, que isso arruinou a minha vida. Eles vão acabar descobrindo, mais cedo ou mais tarde. E eles vão descobrir...

Ele para de falar de repente.

— Descobrir o quê, Dan? — pergunta Jenna, disparando outro olhar para Lisa, que está pálida.

Ele hesita por um instante, então admite:

— Que a gente não tem mais nem um centavo.

Jenna fica surpresa ao ouvir isso. Ela fica analisando o irmão por um tempo, antes de dizer:

— Bom, você está desempregado. Claro que as coisas estão difíceis agora. Qualquer um entenderia isso. Mas você não está *falido*. Você tem as suas economias. Eles não vão achar que você é o assassino.

Ele balança a cabeça, agitado.

— É pior do que você pensa. Antes de o papai vender a empresa e eu ficar desempregado, fiz um investimento. A maior parte das nossas economias foi comprometida e só posso mexer nesse dinheiro daqui a seis meses, já tentei. E o restante a gente acabou usando, para sobreviver. — E acrescenta: — Estamos vivendo à base de cartões de crédito.

Ele dá outra golada, terminando o copo e o batendo na mesa de centro.

Lisa parece se encolher no sofá, e Jenna nota que a aparência dela não está boa.

Dan se vira para a esposa, arrasado, e diz:

— Me desculpa. Eu sou um merda.

Então ele esconde o rosto nas mãos.

DEZOITO

N a quarta-feira de manhã, às nove, a Polícia de Aylesford faz uma coletiva de imprensa sobre o assassinato dos Merton. É um dia ensolarado de primavera, e a coletiva acontece do lado de fora, em frente à delegacia.

Há muito interesse no caso. Não apenas os conglomerados de notícias estão presentes mas muitas pessoas da região vão até lá para ouvir o que ele tem a dizer. Reyes desconfia de que estão na expectativa de ouvir que há uma prisão prestes a acontecer. Será uma grande decepção.

Reyes sobe no púlpito e fica esperando as fotos pararem e a multidão se acalmar. Então, diz:

— Agradeço a presença de todos. Sou o investigador Eric Reyes da Polícia de Aylesford. Estamos investigando os assassinatos de Fred e Sheila Merton em sua casa em Brecken Hill. Seus corpos foram encontrados ontem. Neste momento, pedimos a colaboração de quem tiver qualquer informação que possa levar à prisão e condenação da pessoa ou pessoas responsáveis pelas mortes de Fred e Sheila Merton. Em especial, queremos conversar com qualquer um que saiba de uma picape de cor escura com chamas amarelas e laranja nas laterais. Um veículo com essa descrição foi visto se afastando da casa dos Merton no domingo à noite, dia 21 de abril. — Ele respira fundo e continua: — Encorajamos os cidadãos a ligar para o disque-denúncia. — Ele começa a dizer o número em voz alta, lentamente, e depois o repete. — Não vamos descansar até que os responsáveis por esse crime terrível sejam levados à justiça. Muito obrigado.

Reyes deixa o púlpito. Os repórteres começam a fazer várias perguntas, mas ele se vira e entra na delegacia.

Audrey Stancik assiste à coletiva de imprensa pela TV. Mas ela não traz muitas novidades. Havia mais informações no *Aylesford Record* daquela manhã. Um jornalista investigativo descobriu que os corpos foram encontrados por Irena e que Sheila foi estrangulada e Fred esfaqueado várias vezes e teve a garganta cortada. Então, agora ela sabe. Ler isso deixou Audrey abalada. A casa foi saqueada e alguns objetos de valor tinham sumido. Não havia mais detalhes. Quando ela foi à casa de Dan no dia anterior, ninguém lhe disse que Irena tinha encontrado os corpos nem como eles foram assassinados. E Irena estava *bem ali*. Mas Audrey teve que descobrir pelo jornal.

Ela entra no carro e dirige até o Centro para se encontrar com o advogado do irmão, Walter Temple. Não marcou horário, mas sabe que ele não vai se recusar a recebê-la, não naquelas circunstâncias. Ela simplesmente não consegue esperar mais um minuto sequer.

Walter a recebe imediatamente. Os dois se conhecem há muitos anos. Eles se cumprimentam de maneira formal. Ele diz o quanto lamenta por Fred e Sheila. Mas o advogado parece desconfortável, e isso deixa Audrey nervosa.

Ela reúne coragem e pergunta:

— Fred veio conversar com você sobre o testamento dele na semana passada, não veio?

Ela espera uma confirmação rápida, mas Walter evita seus olhos e começa a ajeitar os papéis na mesa. Audrey está mesmo preocupada agora. Ele pigarreia e diz:

— Acabei tendo que me ausentar na semana passada. Não estive com ele.

Ela sente o sangue se esvair do corpo; o rosto de Walter parece pairar diante dos seus olhos.

— O quê?

— Parece que ele queria me ver, mas eu não tinha disponibilidade, então ele marcou para essa semana... Ele ia se encontrar comigo hoje, às dez. Mas morreu antes... — Sua voz vai desaparecendo aos poucos.

Audrey afunda na cadeira, todas as suas esperanças se esvaindo.

— Não pode ser — contesta. — Ele prometeu que ia fazer isso na semana passada.

— Pois é, ele tentou marcar, mas eu estava numa viagem a trabalho. Sinto muito.

— Será que ele não falou com outro advogado?

— Acho que não.

— Ele ia mudar o testamento — diz, a voz cada vez mais alta e os planos indo por água abaixo. — Ele prometeu. Ia mudar para que eu herdasse metade dos bens e os seus filhos, a outra metade. E que, se eu morresse antes dele, a minha parte ia ficar para a minha filha.

Walter olha para ela num claro desconforto, mas isso não é nada diante do que Audrey está sentindo.

— Audrey, sinto muito mesmo. Mas ele morreu antes de fazer qualquer alteração no testamento. Ele não tinha como prever que aquilo ia acontecer...

Ela se senta, embasbacada, imóvel, a descrença dando lugar à raiva. Era sua única chance de ter algo para si e para a filha. E agora já era, simples assim. Do mesmo jeito que Fred. E agora todo aquele dinheiro suado ia direto para aquelas crianças mimadas não merecedoras.

— Ela sabia! — grita Audrey.

— O quê? — diz o advogado, sobressaltado.

— *Sheila* sabia. Sabia que Fred ia mudar o testamento e me dar metade. Ela estava lá, e não gostou nada disso. Ela nunca gostou de mim.

Ele claramente não está nada à vontade, não quer se envolver com nada daquilo.

— Você sabe o que deve ter acontecido, não sabe? — diz ela.

Cauteloso, ele olha nos seus olhos.

— Ela contou para os filhos o que o pai ia fazer e um deles matou os dois antes que Fred conseguisse concretizar os planos.

— E acrescenta, amarga: — E o casal nem imaginava que aquilo pudesse acontecer.

— Audrey, isso não faz o menor sentido — retruca Walter, empalidecendo.

Ela se levanta de repente e deixa o escritório sem dizer nada. Descendo de elevador, tomada de raiva, ela tem certeza daquilo. Sheila deve ter contado para algum deles. Mas para quem? Ou talvez tenha contado para os três. E um deles matou Fred e Sheila sem uma pontada de culpa.

Ela vai descobrir o culpado, nem que seja a última coisa que faça na vida. E a pessoa vai pagar por isso.

Reyes e Barr vão até o consultório do médico-legista, que não fica longe da delegacia. Ele deixa o carro no estacionamento e eles entram no prédio baixo de tijolos.

Os dois investigadores seguem até a sala de necropsia. A imagem dos balcões de metal reluzentes abaixo da fileira de janelas altas, os corpos deitados nas mesas de metal, o cheiro horrível... Reyes nunca conseguiu se acostumar com aquilo. Ele coloca uma pastilha na boca. Olha para Barr, mas ela não parece nada incomodada. Às vezes, ele fica se perguntando se o olfato dela funciona, ou se ela não consegue sentir cheiros.

Uma das patologistas forenses, Sandy Fisher, está diante de um dos corpos, usando sua roupa de proteção.

— Bom dia, investigadores.

Eles chegaram bem no meio do seu trabalho em Fred Merton, observa Reyes. O corpo continua aberto, e tem um estômago em uma balança. Ele se vira, tentando focar no corpo coberto do outro lado da sala, atrás da patologista. Deve ser o de Sheila Merton.

— Já terminei o dela — diz Sandy, acenando por cima do ombro —, mas ainda tenho bastante trabalho com esse aqui.

Ela se afasta do corpo aberto e os conduz até o outro cadáver. O assistente da patologista retira a cobertura do corpo de Sheila Merton, expondo o tronco dela.

— Esse foi bem claro — diz Sandy, enquanto eles encaram a pobre mulher. — Estrangulamento, provavelmente com algo flexível, como um cabo elétrico.

— E não há nenhum sinal dele, nem de que fosse da própria casa — completa Reyes, pensativo. — Então, quem quer que a tenha matado, já estava com a arma do crime. Não há indícios de arrombamento, o assassino devia saber que provavelmente seria Sheila quem atenderia a porta.

Ele para por um instante, encarando o rosto morto de Sheila Merton.

— Alguém apareceu na porta dela com luvas, meias grossas, sem sapatos, segurando algo para estrangulá-la. Depois, quando ela já não era mais um problema, ele pegou uma faca na cozinha e esperou por Fred.

Barr concorda, pensativa.

— Provavelmente foi alguém que conhecia os dois, que conhecia a casa.

Reyes pergunta:

— E quanto à hora da morte?

— Bom, você sabe que isso é apenas uma estimativa aproximada — diz Sandy. — Mas eu diria que foi entre dez horas da noite de domingo e seis horas da manhã de segunda. — E acrescenta: — Vou saber melhor quando terminar com ele. Mas posso confirmar que a faca do faqueiro da cozinha foi mesmo a arma do crime.

DEZENOVE

De volta à delegacia, Reyes e Barr descobrem que nenhuma das câmeras de segurança da casa dos Merton estava funcionando. A faxineira tinha razão. O cofre foi aberto, mas não parecia que tinha sido mexido. Não havia joias lá dentro. O relatório forense preliminar não ajuda muito. Reyes dá uma lida rápida. Há várias digitais, principalmente na cozinha, o que seria de se esperar após um jantar com visitas. As digitais de todos os membros da família e de Irena serão coletadas apenas para poderem ser descartadas — quem sabe não aparecem digitais diferentes que não batem com as deles, embora Reyes duvide disso. O assassino com certeza foi cuidadoso. Eles também vão precisar encontrar Jake.

Reyes pega seu casaco no encosto de uma cadeira e diz para Barr:

— Vamos. A gente vai conversar com o advogado de Fred e Sheila Merton.

Eles fazem o caminho curto de carro até o Centro. Não é nenhuma surpresa que Fred Merton usasse um dos escritórios mais renomados de Aylesford. Walter Temple está ocupado quando eles chegam, mas é só mostrar o distintivo que a mágica acontece.

— Ele vai recebê-los agora — diz a recepcionista depois de alguns minutos, conduzindo-os até seu escritório.

Walter Temple estende a mão para os dois enquanto eles se apresentam e aponta para que se sentem antes de também se sentar à sua mesa do outro lado.

— Imagino que tenham vindo falar sobre Fred e Sheila.

Reyes faz que sim com a cabeça.

— Isso. Estamos investigando o assassinato deles.

— Estou devastado com tudo isso — comenta o advogado, claramente incomodado. — Fred era meu amigo e um cliente de longa data.

— O que o senhor pode nos falar sobre ele? — pergunta Reyes.

— Fred Merton era um empresário de grande sucesso. Fez fortuna na área de robótica, depois vendeu a empresa, a Merton Robotics, no ano passado, também por uma fortuna. O patrimônio líquido dele, depois do desconto dos impostos, estava em torno de vinte e seis milhões de dólares.

Reyes comenta:

— É bastante dinheiro.

— É mesmo — concorda o advogado. — Sheila deixou cerca de seis milhões também.

— O senhor sabe se Fred Merton ou sua esposa, Sheila, tinham inimigos?

O advogado se recosta na cadeira, evitando o olhar do investigador, encarando o risque-rabisque na mesa.

— Não, acho que não. Eram pessoas queridas e respeitadas. Fred conseguia ser bastante carismático. — Erguendo o olhar, ele acrescenta: — Eram boas pessoas. Minha esposa e eu sempre jantávamos com eles.

— O senhor notou algo de diferente com algum deles nos últimos tempos? Eles pareciam preocupados com alguma coisa? Mencionaram algo de estranho?

O advogado faz que não com a cabeça, franzindo o rosto.

— Não que eu tenha reparado. Mas os senhores deveriam falar com a minha esposa. Ela percebe melhor esse tipo de coisa, embora nunca tenha mencionado nada comigo. Ela e Sheila eram bem próximas. Caroline, minha esposa, está em casa, se quiserem falar com ela.

Ele anota o endereço e o entrega para Reyes.

O investigador pergunta:

— Quem vai ficar com a fortuna dos Merton?

— Acho que posso dizer para o senhor — diz o advogado. — A fortuna de Sheila será igualmente dividida entre os três filhos. O testamento de Fred tem alguns outros nomes, mas a maior parte do patrimônio dele será igualmente dividida entre os filhos.

— Quais são os outros nomes?

— Um milhão para a irmã de Fred, Audrey Stancik. Um milhão para a empregada de longa data, Irena Dabrowski.

O advogado pigarreia.

— Tem mais uma coisa que os senhores precisam saber. Há quatro filhos citados no testamento de Fred, não três. Ele incluiu entre os herdeiros uma filha que teve fora do casamento. Uma mulher chamada Rose Cutter. Isso não vai ser bem recebido pelos filhos legítimos. Mas, para ela, vai ser uma grata surpresa. Acho que ela nem imagina. — Então pede: — Os senhores podem deixar para falar com ela só depois que os outros filhos receberem a notícia por mim? Devo fazer isso no começo da próxima semana, após o velório.

— Acho que podemos fazer isso — diz Reyes, começando a se levantar.

— Ah, tem mais uma coisa estranha — avisa o advogado, e Reyes volta a se sentar. — Dan Merton me ligou ontem de tarde. A irmã de Fred, Audrey, aparentemente estava na casa dele ontem com a família depois que a notícia da morte vazou. Ela disse que Fred tinha mudado o testamento, deixando metade para ela. — Ele morde o lábio, então continua: — Ela esteve aqui, hoje de manhã, e me disse a mesma coisa. Insistiu bastante que ele ia fazer isso na semana passada.

Reyes ergue as sobrancelhas, cético.

— Eu sei, parece pouco provável, mas acabei tendo que me afastar na semana passada e, quando voltei, vi que ele tinha tentado falar comigo. Como eu não estava disponível, a minha secretária agendou para a gente se ver essa semana. Era para ter sido hoje de manhã, às dez. Acho que nunca vamos saber a verdade.

Depois que os investigadores vão embora, Walter continua à mesa, pensando, inquieto, na situação. Sente-se bastante abalado pelo que Audrey disse. E a vinda dos investigadores, bem, ele é um advogado corporativo e patrimonial, não está acostumado a lidar com investigadores no meio de um caso de assassinato.

Não tinha sido totalmente sincero com os investigadores, porque não queria falar mal dos mortos. Não chegou a dizer nada que não fosse verdade. Fred, de fato, conseguia ser carismático e não tinha nenhum inimigo que Walter soubesse, mas tinha lá suas questões. Fred nem sempre era um sujeito legal.

Também não contou aos investigadores tudo que Audrey disse, acusando os próprios filhos de Fred. Era uma coisa horrível demais para ser dita. Horrível demais até mesmo para ser cogitada.

VINTE

A esposa de Walter, Caroline Temple, claramente está triste com o assassinato violento dos Merton. Ela faz questão de servir chá para os investigadores em xícaras de porcelana, como se tentasse dar um ar de normalidade às coisas. Mas Reyes compreende, sabe que não tem nada de normal para uma mulher como Caroline Temple em ser interrogada na própria sala por investigadores envolvidos num caso de homicídio.

— Quão próximos a senhora e o seu marido eram de Sheila e Fred? — pergunta Reyes.

— A gente se conhecia havia muitos anos... Havia décadas, para falar a verdade.

— Seu marido disse que a senhora e Sheila eram próximas.

— Disse? Bom, devia parecer assim para ele. Mas não éramos assim tão próximas. Ela não era de se abrir muito. Walter era amigo de Fred, mas, sendo bem sincera, eu não gostava dele.

— Por que a senhora não gostava de Fred? — pergunta Barr.

Ela hesita por um instante e diz:

— Sabe como eles são, não é? Homens — começa, lançando um olhar como quem pede desculpas para Reyes. — Só querem saber de negócios e golfe. Não lidam muito com coisas mais pessoais. Mas Sheila me disse umas coisas que me fizeram deixar de gostar dele.

— Que tipo de coisa? — pergunta Reyes.

— Não acho que ele fosse uma pessoa fácil de se conviver. Ele tinha um lado cruel — diz, dando uma golada no chá. — Quer dizer, a forma como ele vendeu a empresa, tirando do filho!

Ela conta os detalhes para eles, como Dan tinha se dedicado, como ficou triste, como não tinha conseguido encontrar um novo emprego. Como Fred disse a eles que fez isso para que Dan não levasse a empresa à falência.

— Isso não é forma de tratar os filhos. Sheila não gostava disso, isso eu posso dizer.

— Ela tentou fazer Fred mudar de ideia?

— Ninguém conseguia fazer Fred mudar de ideia. Ele era teimoso. Duvido que ela tenha ao menos tentado. Ela nunca o enfrentou.

Barr pergunta:

— Sheila parecia andar especialmente preocupada nos últimos tempos?

— Ã-hã, parecia — responde Caroline. — Ela me disse que tinha começado a tomar um remédio para ansiedade.

— Ela falou o motivo? — insiste Barr.

Sheila faz que não com a cabeça.

— Não. Tentei fazer com que ela se abrisse, mas Sheila... ela oferecia uma migalha de nada e depois se fechava por completo. Ficava impassível. Já eu sou uma chorona quando fico triste.

Caroline para de falar, como se tivesse se lembrado de algo.

— Ela me disse, na última vez em que nos vimos, que os filhos não iam gostar da mudança no testamento do pai deles, que não seria o que eles esperavam.

Reyes olha de relance para Barr.

— Como assim?

— Não sei. Ela não deu mais detalhes. Como eu disse, ela era muito reservada. — Caroline para, serve mais chá e depois continua: — Os filhos não se davam bem com o pai, e a situação parecia estar piorando. Nenhum deles gostava de Fred, Sheila me disse. Ele parecia gostar de tratá-los mal. Só se importava consigo mesmo. — Então ela se inclina para a frente, como quem está prestes a dizer algo importante. — Cá entre nós, tenho quase certeza de que ele era um psicopata. Parece que muitos homens de sucesso são.

Ted não foi trabalhar em seu consultório de dentista nesta manhã. Ficou em casa para dar apoio emocional e prático à esposa, enquanto ela organizava o velório duplo. Catherine fica o tempo todo ao telefone, e as pessoas aparecem na porta deles, prestando condolências e deixando comida. São tantas interrupções que Catherine se queixa sobre como é difícil fazer as coisas. Seu notebook está aberto na mesa de centro para ficar de olho em qualquer novidade sobre os assassinatos.

Ted faz o que pode para ajudar, enquanto observa a esposa e fica aflito tentando saber o que fazer. Ele tem certeza de que a polícia vai querer interrogá-la oficialmente, e talvez também a ele. O que diabos vai dizer para eles? Se não conseguir fazer Catherine mudar de ideia, ele deveria mentir também? Dizer que ela passou a noite toda com ele em casa? Não gosta disso. Acha que a esposa deveria abrir o jogo com os investigadores.

Mas ela já mentiu para eles. Uma coisa tão burra de se fazer, e Ted está com raiva dela por isso. Não consegue entender suas motivações. Para ele, se os investigadores desconfiam de algum dos filhos, Dan é o suspeito mais provável. O cunhado estava um pouco esquisito ontem. Mas também dá para dizer o mesmo de Catherine.

Ele pensa na ligação. Ela ligou do próprio celular para o da mãe no domingo à noite. Com certeza há um registro disso. Eles não vão questioná-la sobre isso? Vão reparar no horário da ligação não atendida e pensar que seus pais já estavam mortos, quando Catherine e ele sabem que eles continuaram vivos por um tempo depois disso. Tudo isso passa pela sua cabeça enquanto ele está parado na entrada da casa recebendo dos amigos da família um prato coberto.

Ele vê o carro de Jenna encostando, enquanto diz algumas gentilezas para os amigos. Eles estão saindo quando Jenna chega, mas então precisam abraçá-la e prestar condolências outra vez.

— Como ela está? — pergunta Jenna quando eles finalmente vão embora.

Está falando de Catherine. Ted olha para Jenna com outros olhos, perguntando-se por que sua esposa tinha medo de confiar na irmã. O que aconteceu entre elas?

— Até que bem, considerando tudo — responde Ted. — Estou feliz que você esteja aqui. Como você está?

— Melhor que o Dan.

Ela passa pelo cunhado e entra, e Ted a segue até a sala.

— A gente precisa conversar — diz, olhando de Ted para Catherine.

— O que aconteceu? — pergunta Catherine, já em modo de alerta.

— Os investigadores foram na casa de Dan ontem depois que vocês foram embora, enquanto eu ainda estava lá. Perguntaram um monte de coisa para a gente. Correu tudo bem, mas Dan parece ter desmoronado depois que eles foram embora. — Ela se senta ao lado de Catherine no sofá e diz, após um instante: — Você acha que pode ter sido ele?

Ted está observando quando Catherine desvia o olhar e diz:

— Não sei.

Ted engole em seco, sentindo-se levemente enjoado.

— Nem eu — admite Jenna. Há um silêncio longo e tenso. Por fim, Jenna diz: — Acho que ele está perdendo o controle. Parece convencido de que vão achar que ele é o culpado, porque o papai vendeu a empresa. E... você sabia que ele está sem dinheiro nenhum?

Catherine olha para ela e faz que sim com a cabeça.

— Você sabia? Eu não. Ele disse que a polícia vai cegamente atrás dele, convencida de que é o culpado.

Ted pigarreia e sugere:

— Será que ele não deveria procurar um advogado?

Catherine se vira para o marido e concorda com um aceno de cabeça.

— Talvez. Nesse meio-tempo, a gente não fala nada.

Ela se vira para Jenna e olha nos olhos dela.

— Tá?

Jenna faz que sim com a cabeça.

— Tá.

— Vocês não falaram para a polícia o que aconteceu no jantar de Páscoa, certo? — pergunta Catherine.

— Claro que não.

— Ainda bem.

Catherine parece relaxar um pouco. Depois diz, de sobrancelhas franzidas:

— Mas Dan não está errado em se preocupar. Ontem, quando a gente estava saindo da casa dele, Irena me falou que acha que talvez a polícia não acredite que se trata de um latrocínio. Que talvez suspeitem de um de nós.

— Por que ela não falou isso para todos nós? — pergunta Jenna.

— Não devia querer aborrecer Dan.

Ted observa enquanto Jenna concorda.

— Dan já te deu as boas-novas? — pergunta Jenna.

— Que boas-novas? — diz Catherine.

— Ele ligou para Walter ontem, depois que você foi embora, antes de a polícia chegar.

— O quê? — grita Catherine.

Ted sabe pelo tom de voz da esposa que ela não está feliz com isso.

— O papai não mudou o testamento em favor de Audrey. Ele tentou marcar com Walter, mas não conseguiu fazer a mudança antes de ser morto. Então tem isso. — E depois acrescenta, com um sorriso: — Eu me pergunto se Audrey já está sabendo.

VINTE E UM

Jenna se ofereceu para ir à floricultura, só para poder sair da casa da irmã. Quer se afastar de Catherine. Ficava irritada com o jeito da irmã de tomar o controle de tudo, mesmo que ela própria não quisesse cuidar dos preparativos do velório.

Enquanto segue para a cidade para encomendar as flores — do mesmo florista que costumava entregar buquês regularmente na casa dos seus pais —, ela começa a pensar no que Irena disse para Catherine. Então os investigadores já desconfiam de que tenha sido um deles. Por causa da herança, claro. Mas será que era só isso? O que Irena ouviu, exatamente? Resolve dar uma passada na casa dela e perguntar diretamente assim que sair da floricultura.

O sininho da entrada do estabelecimento toca quando Jenna entra. Lá dentro, ela é atingida pelo amontoado de cores e aromas agradáveis das plantas. Leva um tempo escolhendo uns arranjos para a frente da igreja — lírios e rosas. Sabe que Catherine vai gostar. Quando termina, Jenna deixa a loja e é surpreendida ao ver Audrey do outro lado da rua, olhando para ela. Fica se perguntando se está sendo seguida pela tia e se ela já sabe que não vai ficar rica no fim das contas.

Jenna sorri para Audrey e acena casualmente, então lhe dá as costas.

Na delegacia, Reyes e Barr estão revirando informações sobre a vida dos filhos dos Merton. Catherine e o marido, Ted, têm uma boa situação financeira, mas seu padrão de vida vai mudar completamente com a herança.

Os detalhes sobre a situação financeira de Dan Merton, contudo, demonstram sinais de desespero. Ele não trabalhava havia seis meses, desde que o pai tinha vendido a empresa. Ele e a esposa, que ao que tudo indicava também não tinha um emprego, deviam estar vivendo à base das economias. Haviam começado a usar cartões de crédito novos para pagar o valor mínimo das faturas dos outros cartões que estavam com o limite estourado. A morte dos pais não poderia ter vindo num momento mais oportuno, pensa Reyes com cinismo.

A caçula, Jenna, parece viver um dia de cada vez, dependendo principalmente da mesada generosa que os pais lhe davam, e vendendo, vez ou outra, alguma obra de arte por valores módicos. Não há sinais de problemas recentes que possa ter tido com os pais. Mas Jenna tinha mentido sobre a hora em que ela e o namorado deixaram a casa no domingo de Páscoa. Por quê?

Quem mais lhe interessa, no momento, é Irena Dabrowski, a faxineira. Ela limpou a faca para proteger alguém. Foi burrice dela, mas não parecia estar pensando com clareza. Ao que tudo indica, ela acha que os assassinatos foram cometidos por alguém próximo a Fred e Sheila, alguém com quem ela se importa, provavelmente um dos filhos.

Ele quer saber por quê.

Irena desliga o telefone, aborrecida. Foi chamada para comparecer à polícia e responder a algumas perguntas. Há uma onda desagradável de adrenalina correndo em seu corpo.

Ela nota o carro de Jenna parando quando tranca a porta de casa.

— Irena! — grita Jenna, saindo do carro e se aproximando. — Tem um minutinho?

— Estou de saída — avisa, quando Jenna a alcança e lhe dá um breve abraço.

— Vai para onde?

— Um dos investigadores me ligou; querem me fazer algumas perguntas.

— O que você vai dizer para eles? — pergunta Jenna, sem rodeios.

— Nada — responde Irena. — Não tenho nada para contar para eles. Por que eu faria algo assim?

— Que bom.

Jenna fica estudando seu rosto.

— Estive na casa de Catherine hoje de manhã. Ela disse que você falou que a polícia talvez suspeite de alguém da família. O que foi que eles disseram, exatamente?

Irena desvia o olhar. Não quer falar disso agora.

— É só que... Eles deram muita importância para o dinheiro.

— Claro que deram muita importância para o dinheiro — tranquiliza-a Jenna. — Mas isso não quer dizer nada. Provavelmente foi um roubo.

— Eu ouvi os policiais dizendo que Fred e Sheila deviam conhecer o assassino.

Dizer isso para Jenna faz Irena se sentir zonza.

Jenna a observa com atenção.

— Por que eles acham isso?

— Acham que Sheila abriu a porta para a pessoa, e já era tarde da noite.

— E daí? Era típico da mamãe, ela era capaz de abrir a porta a qualquer hora, para qualquer um, você sabe disso.

Irena faz que sim com a cabeça.

— Mas é que foi tão violento.

Ela para de falar. Não quer ter que descrever a cena, não quer reviver aquilo.

— Eles acham que pode ter sido algo mais pessoal... Alguém que eles conheciam.

Jenna fica pensando nisso por um tempo.

Irena diz:

— Preciso ir.

— Assim que terminar lá, venha para a casa de Catherine e nos conte tudo que eles falarem — pede Jenna.

— Está bem.

— Irena? — diz Jenna enquanto a mulher se afasta.

Irena se vira.

— Catherine e eu estamos preocupadas com Dan.

VINTE E DOIS

Dan está na garagem, fuçando algo. Apesar da sua formação e das suas ambições executivas, gosta de colocar a mão na massa, de consertar coisas. Gosta de se manter ocupado, de distrair a mente. Agora, está com o trator cortador de grama içado, verificando as lâminas. Ele adora o cheiro reconfortante da garagem, o óleo no chão de cimento perto da sua cabeça, até o cheiro de grama velha presa nas lâminas do cortador, mas nada disso é o suficiente para distraí-lo de tudo o que está acontecendo.

Não consegue parar de pensar nos investigadores que estiveram na sua casa ontem à tarde, com todas aquelas perguntas e insinuações. Sabe o que eles estão pensando. O que mais o preocupa, agora, é a opinião que têm dele. Como será que o viram? Será que pareceu tão agitado quanto se sentia? Deu a entender que estava com a consciência pesada?

Lisa é a única pessoa com quem ele pode falar sobre isso, a única em quem pode confiar de verdade. Tem medo de perguntar a Jenna; teme o que ela pode acabar dizendo.

— Sei que é difícil — disse Lisa baixinho para ele na cama, na noite anterior —, mas não vão pensar que você é o culpado.

— Mas e se pensarem? — sussurrou.

Conseguia sentir as entranhas se retorcendo de pânico.

Ela olhou para Dan, os olhos castanhos arregalados. As luzes estavam apagadas, mas a luz da lua, bem fraca, entrava no quarto.

— Dan, você saiu de novo naquela noite, depois que voltamos da casa dos seus pais. Para onde você foi?

Ele engoliu em seco e disse:

— Só fui dar uma volta de carro. Como sempre.

— Mas para onde?

— Não sei. Não lembro. Só fiquei rodando por aí. Precisava me acalmar. Você sabe que gosto de dirigir para espairecer.

— A que horas você voltou?

— Não vi que horas eram. Por que veria? Estava tarde, você estava dormindo.

Ele sabia que parecia estar na defensiva. Se ela não sabia, é porque devia estar dormindo, disse Dan para si mesmo.

— A polícia vai nos interrogar. A gente tem que alinhar as nossas histórias.

Ela estava se oferecendo para mentir por ele — não estava?

— O quê?

— Quero dizer... Acho que você deveria dizer para eles que passou a noite toda em casa comigo. E eu vou confirmar.

Ele aquiesceu, agradecido.

— Está bem.

Isso era algo que o vinha incomodando. Lisa resolveu o problema, e ele nem precisou pedir. Ao menos um breve alívio.

Ela colocou as mãos em seu rosto.

— Você tem que relaxar. Você não matou os dois. Não importa o que achava do seu pai, sei que você é um homem bom — disse, olhando bem fundo nos seus olhos. — Você *nunca* faria algo assim.

Ela sorriu para Dan e o beijou de leve nos lábios.

— Vai dar tudo certo. E, quando tudo isso acabar, você vai receber a sua herança e vamos poder deixar essa história toda para trás.

Agora Dan encara a escuridão das lâminas do cortador de grama. Ele tenta pensar no dinheiro. Na liberdade que terão. Tenta pensar num futuro melhor.

* * *

Audrey está furiosa dentro do carro no estacionamento em frente à delegacia, as mãos agarradas ao volante. Fica pensando no sorriso de Jenna diante da floricultura. Eles já devem estar sabendo que Fred não alterou o testamento. Sua vontade é de chutar alguma coisa, mas não dá para fazer isso sentada no banco do motorista. Cogita descer do carro e chutar os pneus, mas não quer chamar atenção. Sua respiração está acelerada e ofegante e ela tenta conter as lágrimas — não dá para acreditar nisso. Ver algo com que estava contando ser tirado assim, só porque Walter estava viajando naquela semana. Ela está completamente enfurecida.

Mas não, isso não era verdade. Não tinha perdido uma riqueza incalculável *só porque Walter estava viajando*. Foi porque Fred foi assassinado, a sangue-frio, antes que conseguisse se reunir com o advogado, e ela pode fazer algo quanto a isso. Tem quase certeza de que sabe por que ele foi assassinado. Só falta saber por quem.

A fortuna prometida já era. Vai ficar para aqueles garotos malditos. Audrey consegue sentir o amargor na boca. Sempre quis ser rica. É isso que a pobreza faz com você. Fred conseguiu, ela não. Aquela era sua última oportunidade.

Ela quer descobrir quem matou Fred e Sheila. Quer saber quem, exatamente, lhe tirou seus milhões de dólares.

Foi isolada pela família, deixada à margem. Não vão contar a ela o que está acontecendo. Assim que ela chegou à casa de Dan ontem, eles se fecharam.

A polícia parece só se preocupar com essa caminhonete. Audrey torce para que os investigadores não percam muito tempo com isso. É claro que objetos de valor foram levados — o assassino precisava fazer parecer que foi um roubo. Não ia deixar a coisa assim tão descarada. Mas assaltantes não cortam a garganta de ninguém, nem esfaqueiam a pessoa inúmeras vezes. Quem quer que tenha matado seu irmão, o odiava.

Ela se senta em frente à delegacia agora, esperando para ver se alguém da família viria para uma oitiva. Eles seriam ouvidos oficialmente, não seriam? E é claro que o dia seguinte ao que os corpos foram encontrados não era cedo demais. Ela mantém os olhos argutos na delegacia, perguntando-se se já tinha perdido alguma coisa.

Depois de um tempo, vê uma mulher familiar subindo os degraus da delegacia. Irena acaba de chegar.

O investigador Reyes fica observando enquanto Irena Dabrowski se ajeita na cadeira. Estão em uma das salas de interrogatório, que não tem nada além de uma mesa e cadeiras. Barr está ao seu lado e oferece água para Irena, que recusa.

O rosto da mulher é cheio de rugas; seu cabelo castanho, preso em um rabo de cavalo, está começando a ficar grisalho. Suas mãos são fortes e ásperas, não usa anéis, as unhas são aparadas e sem esmalte. As mãos de uma faxineira.

Reyes se senta, sem pressa. Diz para ela:

— Obrigado por vir. A senhora está aqui voluntariamente, é claro. Pode ir embora a qualquer momento.

Ela faz que sim com a cabeça, sem dizer nada, pondo as mãos sobre as pernas abaixo da mesa, onde ele não consegue vê-las.

— Bem, a senhora era babá em tempo integral na casa dos Merton há muitos anos.

— Isso, como eu disse para o senhor.

— Por quantos anos a senhora trabalhou como babá?

Ela parece refletir um pouco.

— Comecei assim que Catherine nasceu, então foi há cerca de trinta e dois anos. Dan nasceu dois anos depois. E Jenna, quatro anos depois. Eu morei na casa até Jenna entrar na escola, então, ao todo, provavelmente foram uns doze anos.

— Então a senhora os conhece bem — diz Reyes delicadamente.

— Isso, como falei, eles são como a minha própria família.

— E a senhora ainda é próxima deles?

— Ã-hã, com certeza. Mas já não os vejo tanto quanto antes.

Reyes pergunta:

— A senhora diria que era mais próxima dos filhos ou dos pais?

A pergunta parece deixá-la desconfortável.

— Acho que dos filhos.

Reyes fica esperando que ela continue. O silêncio é uma ferramenta poderosa. Ele observa enquanto Irena pensa.

— Fred e Sheila eram meus empregadores, então havia certo distanciamento — diz, sorrindo um pouco. — Crianças não têm isso. E eles eram todos meninos bons e carinhosos.

— Havia problemas na família? — pergunta Reyes.

— Problemas?

E, com isso, ele sabe que havia problemas e quer saber quais eram.

— Isso, problemas.

Ela faz que não com a cabeça.

— Não. Quer dizer, nada fora do comum.

— Sabemos que Fred Merton tinha se desentendido com o filho, Dan — diz Reyes. — O que pode nos dizer sobre isso?

— Não foi exatamente um desentendimento. Fred conseguiu uma oferta muito boa pela empresa e sentiu que não podia recusar, então a vendeu. Ele sempre tomava a melhor decisão quanto aos negócios — responde, comprimindo os lábios. — Sei que Dan ficou bastante decepcionado.

— Como era a relação das garotas com os pais? — pergunta Reyes.

— Era muito boa.

— Aconteceu algo de diferente no jantar de Páscoa?

Ela faz que não com a cabeça.

— Não, nada.

— Por que todos saíram tão rápido?

— Como assim?

Reyes sabe que ela está tentando ganhar tempo.

— Catherine e o marido, Dan e a esposa e a senhora, todos saíram com poucos minutos de diferença.

Ela dá de ombros.

— Estava na hora de ir embora, só isso.

— E a senhora não ficou para a limpeza? Não era o esperado?

Ela se irrita.

— Era minha folga. Fui ao jantar de Páscoa como convidada. A Sra. Merton não esperava que eu ficasse para limpar as coisas.

Reyes se recosta na cadeira e a encara longa e insistentemente.

— A senhora parece muito protetora com os filhos dos Merton — sugere.

Ela não responde.

— Talvez seja melhor discutirmos novamente sobre o que aconteceu quando a senhora encontrou os corpos.

Ele ouve Irena descrever como encontrou os corpos no dia anterior. Quando ela termina de falar, Reyes diz:

— Acho que a senhora está deixando de mencionar uma coisa.

— Como? — diz Irena outra vez.

Ele nota seu rosto corar levemente. Então diz:

— A parte em que pegou a arma do crime no chão, lavou na pia da cozinha e a colocou de volta no faqueiro.

VINTE E TRÊS

Irena ficou paralisada, e ele sabe que acertou em cheio.

— Não peguei — diz, numa tentativa pífia de convencê-los.

Ele se inclina para a frente, aproximando-se da mulher, com os braços apoiados na mesa.

— Sabemos que pegou. A prova material mostra isso. O sangue secou ao redor da faca no chão por pelo menos vinte e quatro horas. Suas pegadas iam do corpo até a pia. A faca foi esfregada e guardada de volta no faqueiro. Mas ainda assim sabemos que foi a arma do crime.

Ela fica sentada, imóvel, como um animal ciente do predador, as mãos no colo.

— A pergunta que faço é: por que a senhora fez isso?

Ela fica agitada.

— Não sei. Eu estava em choque. Vi a faca de trinchar no chão. Reconheci. Era da família havia anos. Só peguei, lavei e guardei. Acho que foi no automático.

Reyes sorri para ela.

— E a senhora espera que a gente acredite nisso?

— Não posso controlar no que os senhores acreditam — retruca ela.

— Vou dizer o que acho — diz Reyes lentamente. — Acho que a senhora chegou lá, viu Sheila morta e Fred ensanguentado, notou a faca de trinchar no chão, a pegou, colocou uma luva de borracha que encontramos embaixo da pia e lavou a faca vigorosamente caso o assassino tivesse deixado alguma digital nela. Porque queria proteger o responsável. O que nos faz pensar que a senhora acredita que o assassino é um dos filhos.

— Não.

— A senhora sabe que pode ser acusada?

Ela fica calada, encarando-o.

Reyes se recosta novamente na cadeira, dando um pouco de tempo à mulher.

— Gostaria de nos contar alguma coisa agora?

— Não.

— O problema é que, quem quer que tenha sido o assassino, ele ou ela teve bastante cuidado e usou luvas. A senhora não precisava ter mexido na cena do crime, no fim das contas.

Ela olha para Reyes, o rosto impassível.

— Mas agradecemos a pista.

Quando Irena se levanta para ir embora, Barr diz:

— Antes de sair, precisamos das suas digitais, apenas para podermos descartá-las. Temos que fazer isso com todos.

Irena deixa a delegacia e tenta chegar ao carro o mais rápido possível. Quando chega, no entanto, fica ali sentada e parada por alguns minutos, organizando os pensamentos. Respira fundo, a cabeça encostada no banco do motorista. Fecha os olhos. *O que foi que ela fez?*

Por fim, dá a partida no motor com as mãos trêmulas e dirige até a casa de Catherine. Vai ser difícil, e ela está assustada.

Quando chega, nota que os dois carros estão na entrada de veículos e que o de Jenna está parado na rua, em frente à casa. Não há nenhum sinal do carro de Dan. Ela desce e vai até a entrada daquela casa tão familiar.

Ted atende a porta, seu rosto bonito assumindo uma expressão séria.

— Entre, Irena. Jenna falou que você vinha.

Catherine se levanta assim que ela entra na sala; Jenna já estava de pé, perto da janela. Os três olham para ela ansiosamente. Foi a primeira a ser ouvida pela polícia; querem saber o que aconteceu. Sabem que serão os próximos. A sala está carregada de tensão.

Catherine a abraça brevemente e diz:

— Vamos, sente e nos conte tudo.

Mal Irena se senta na poltrona, começa a desabafar:

— Me desculpem.

Todos olham para ela, assustados.

Ela conta o que fez com a faca e que a polícia sabe e fica observando seus rostos se encherem de confusão e, depois, descrença.

Catherine diz:

— Mas por quê? Por que você fez isso?

Ela parece chocada e furiosa.

Quando Irena não consegue encontrar palavras, Jenna responde por ela, direta como sempre:

— Porque ela acha que foi um de nós.

Irena não consegue encarar ninguém nos olhos. Fica em silêncio, fitando o chão.

Por um instante, todos parecem se esquecer de respirar. Por fim, Catherine diz:

— Irena, sei que você não acredita nisso.

A mulher fica em silêncio. Não sabe o que dizer.

— Então — provoca Jenna. — Quem de nós você acha que foi?

Irena evita a pergunta. Ela olha de uma irmã para a outra em busca de perdão, mesmo sabendo que não vai consegui-lo.

— Eu não deveria ter feito isso. Agora a polícia acha que foi um de vocês. Me desculpem.

Catherine, Jenna e Ted ficam olhando para ela, desanimados.

— Valeu mesmo — diz Jenna.

Audrey, do seu lugar privilegiado no estacionamento em frente à delegacia, viu Irena andar apressada até o carro, parecendo mais chateada do que quando chegou. Depois a mulher ficou ali por um tempo, como se estivesse abalada e tentando se recompor. Por fim, foi embora, deixando Audrey desesperada para saber o que tinha acontecido lá dentro.

Agora ela está morrendo de vontade de fazer xixi, mas não quer deixar seu posto para não perder nada. Não demora muito e ela vê o carro de Dan entrar no estacionamento. Ele para perto da entrada e sai do carro, sozinho. Não olha para sua direção, nem nota sua presença no fim do estacionamento. Quando o vê subir a escada e entrar na delegacia, ela sabe que tem um tempinho. Olha para o relógio, desce do carro e vai até uma loja de donuts mais adiante na rua. Usa o banheiro, compra um donut de chocolate e um café e volta para o carro em menos de dez minutos.

Levam Dan Merton para a mesma sala que usaram para ouvir Irena pouco antes. Ele está de jeans, camisa de colarinho aberto e blazer azul-marinho. Está usando um relógio caro. Parece uma pessoa rica, tem aquele jeito desprendido com coisas caras, pensa Reyes, a confiança de quem cresceu tendo boas roupas. Está bem-vestido, mas todo o restante parece indicar desconforto e insegurança. Ele se senta, pigarreia, tenso, batucando com os dedos na mesa.

— Dan — diz Reyes. — Só queremos fazer umas perguntas. O senhor está aqui voluntariamente; pode sair a qualquer momento.

— Claro. Fico feliz em ajudar. Quero que encontrem o responsável por essa coisa horrível. Conseguiram alguma pista do motorista da caminhonete?

Reyes faz que não com a cabeça e se recosta na cadeira. Como de costume, Barr está ao seu lado, vendo tudo, avaliando, um segundo par de olhos perspicazes.

Reyes diz:

— Agora que o senhor teve tempo para pensar, tem alguma ideia de quem pode ter matado os seus pais?

Dan franze o cenho e balança a cabeça, fazendo que não.

— Não. Não consigo imaginar por que alguém faria algo assim — diz, acrescentando desajeitado: — Quero dizer, tirando a motivação do roubo.

Reyes aquiesce e pergunta:

— Como o senhor se sentiu quando o seu pai vendeu a Merton Robotics?

O rosto de Dan Merton cora.

— O que isso tem a ver com o crime?

— Só estou perguntando.

Reyes fica observando as mãos de Dan tamborilando sobre a mesa.

— Sendo bem sincero, não fiquei nada feliz — admite. — Eu tinha dado duro por anos na empresa, esperando que um dia ela fosse minha. Ele vendeu sem considerar o que aquilo significaria para mim.

Ele para de falar, de repente, como se tivesse dito mais do que deveria.

Reyes faz que sim com a cabeça.

— Parece uma bela de uma sacanagem.

Dan fica olhando para ele, como se cogitasse baixar a guarda.

— Bom, ele podia ser bem sacana às vezes. Mas não tive nada a ver com isso.

— Não estou dizendo isso — tenta tranquilizá-lo. — Só estamos tentando compreender o quadro geral da situação.

Ele para de falar por um tempo e depois continua:

— Com a venda da empresa, parece que agora o senhor está passando por algumas dificuldades financeiras. Gostaria de nos contar um pouco sobre isso?

— Na verdade, não — diz ele, irritado. — Não vejo como isso pode ser relevante.

— Não? — questiona Reyes. — O senhor tem um ressentimento pelo seu pai, está passando por dificuldades financeiras e agora está prestes a herdar uma fortuna enorme.

Dan olha nervoso de Reyes para Barr.

— Preciso de um advogado?

— Não sei. Precisa?

— Não tive nada a ver com isso — repete Dan com a voz estridente, levantando-se da cadeira. — Não vou responder mais nada. Conheço os meus direitos.

— O senhor pode ir — concorda Reyes, olhando então para Barr. — Só precisamos antes das suas digitais.

VINTE E QUATRO

— Você foi embora? Por quê? — pergunta Lisa, preocupada. Ela fica observando Dan, cautelosa, enquanto ele conta sobre a oitiva na delegacia. Estão na cozinha, sentados à mesa. Ele sacode as pernas, nervoso. Enquanto escuta o marido, a ansiedade dela também ataca. O olhar de pânico nos olhos de Dan a tira do sério. Ele diz que precisa arrumar um advogado.

Ela engole em seco. Acha que o marido tem razão. Mesmo que seja revoltante, que Dan seja incapaz de fazer mal a uma mosca. Mas e se os seus medos forem justificáveis e acabarem focando nele por causa das circunstâncias, não conseguirem encontrar o cara da caminhonete e tentarem pintar Dan como culpado apenas para que garantam uma condenação? As pessoas vivem sendo condenadas injustamente. Como é que isso foi acontecer?

E ela vai ter que mentir para a polícia.

— Como vamos bancar um advogado? — pergunta ela, preocupada.

Dan olha para a esposa com um olhar exasperado.

— Catherine vai nos ajudar. Ela tem que fazer isso. E pode bancar. E não vai querer que o precioso nome da família seja arrastado na lama. Vai querer o advogado mais caro que tiver.

Pouco tempo depois, Dan vai de carro com a esposa até a casa de Catherine, que não fica longe, a mente disparada. Precisa conversar com ela e com Jenna. Ele se vira para Lisa antes de descerem do carro.

— Não diga para elas que eu saí naquela noite, isso fica só entre nós. Elas não precisam saber. Imagina se elas acabarem deixando isso escapar para a polícia?

Ela faz que sim, piscando seus grandes olhos castanhos.

Ted atende e eles entram na casa. Jenna está lá, como esperado, mas ele se surpreende ao ver que Irena também está na sala. Talvez esteja ajudando com os preparativos do velório, pensa.

— Acabei de ser interrogado por aqueles investigadores na delegacia — dispara.

Todos olham para Dan, cautelosos. Ele se joga na poltrona.

— Estavam agindo como se pensassem que *eu* matei os nossos pais!

Ele nota que os demais se entreolham. Será que *eles* também pensam isso? Claro que não. O medo começa a tomar conta dele.

— O quê? O que foi?

Catherine diz:

— Eles também ouviram Irena hoje de manhã.

Irena conta para ele o que aconteceu na delegacia. Dan escuta tudo com crescente desânimo. Ele e Lisa ficam sentados em silêncio por um momento, em choque, e o único som que se ouve é o do relógio acima da lareira.

Então, olhando para Irena, Dan diz:

— Por que você fez isso? *O que você foi fazer?*

Ele corre os olhos pela sala, encarando um por um, aflito.

— Preciso de um advogado — declara. — Hoje. Só que não tenho como bancar.

Dan diz isso em tom de lamento, olhando diretamente para Catherine.

— A gente te ajuda com isso — diz a irmã, sem nem olhar para Ted para ver o que ele achava disso. — Por favor, não se preocupe com isso. É por minha conta.

Naquele instante, o telefone de Catherine começa a tocar sobre a mesa de centro. Todos o encaram. Ela atende.

Audrey está anotando quanto tempo dura cada interrogatório. Considerando que Dan ficou pouco na delegacia, acredita que não conseguiram tirar muita coisa dele. Provavelmente se recusou a colaborar. Diferentemente de Irena, Dan saiu apressado, cantando pneu, como se estivesse irritado.

Audrey tenta matar o tempo enquanto fica de olho na entrada, mexendo no telefone. Arrisca outra pausa para ir ao banheiro na loja de donut, compra outro café e volta correndo bem a tempo de ver Catherine chegar e estacionar o carro. Ela também veio sozinha. Audrey anota a hora: são quase duas e meia da tarde.

Como queria ser uma mosquinha lá dentro. O que mais deseja saber é: *Quem sabia que Fred ia incluí-la no testamento?*

Catherine parece bastante controlada ao se sentar na sala de interrogatório um dia após seus pais serem encontrados mortos. Vendo-a agora, sem o jaleco branco de médica, Reyes consegue entender melhor seu estilo. Clássico e requintado. Ela está de calça escura e blusa estampada. Nada de pérolas, mas um colar de ouro com um diamante. Um bracelete, também de diamante. Uma bolsa de grife.

— Aceita alguma coisa? Um café? — oferece Barr.

Catherine sorri, educada.

— Um café seria ótimo.

Ela tem mais autocontrole que o irmão.

Barr volta com o café, e Reyes explica que ela está ali voluntariamente e pode sair a qualquer momento.

— Claro — responde Catherine. — Quero ajudar no que for possível.

Ao longo da oitiva, ela nega outra vez que qualquer coisa estranha tenha acontecido no jantar de Páscoa, apesar da debandada em massa. Diz que ela e Ted passaram o restante da noite em casa.

— Sabemos que Dan tinha problemas com o pai — avisa Reyes.
— Que estava passando por dificuldades financeiras. Vocês todos estão prestes a herdar muito dinheiro.

Ela se mantém impassível. O investigador espera e então pergunta:

— Jenna tinha problemas com os seus pais?

Ela faz que não com a cabeça, parecendo impaciente.

— Não.

— E você?

— Não. — E acrescenta, espontaneamente: — Pelo contrário, eu era a preferida.

Reyes se recosta na cadeira outra vez.

— Então a senhora era a preferida, Dan estava na ponta oposta e Jenna estava em algum lugar entre os dois extremos? Os seus pais faziam esse tipo de distinção?

Ele nota os olhos dela estremecerem; talvez tenha se arrependido do que disse.

— Não, não era bem assim. Eu não deveria ter dito isso. É só que os meus pais estavam felizes por eu ser médica. Já o Dan... Papai tinha grandes expectativas para ele e era um pouco duro com o meu irmão. Quanto à Jenna... Bom, eles não gostavam da arte dela. Achavam muito obscena.

— Obscena?

— Isso. Ela faz esculturas de genitálias femininas e coisas do tipo.

Reyes aquiesce.

— Entendi. E os seus pais não gostavam disso?

— Não muito. — Então acrescenta: — Mas isso era besteira. A gente era uma família bem normal.

Reyes não comenta sobre isso.

— A sua antiga babá, Irena: vocês todos são próximos?

— Claro. Ela cuidou da gente por anos. É como uma mãe para nós.

— E *ela*? Tinha um preferido?

— Olha, sei o que o senhor está pensando — diz Catherine com a voz equilibrada. — Irena veio até a minha casa e me contou como foi a oitiva dela. Não tenho como explicar a motivação dela. Só sei que nenhum de nós teve nada a ver com isso. E o senhor precisa achar o culpado.

Catherine deixa a delegacia sentindo-se aliviada, com a sensação de que correu tudo bem. Estava tranquila e segura de si. Espera que seja o fim disso, pelo menos para ela. Enquanto segue para o estacionamento, olha para a frente e vê Audrey no carro, sozinha, no fim do estacionamento. Ela congela por um instante, surpresa de vê-la ali. Audrey a vê e baixa o olhar, como se fitasse uma tela de celular. Por um segundo, Catherine se pergunta se deve ir até lá falar com a tia, perguntar o que estava fazendo ali. Será que ela os estava vigiando? Ou a polícia também a chamou para ser ouvida?

Ela vai para o próprio carro, deixando a confiança para trás.

VINTE E CINCO

Rose Cutter para nos degraus da entrada da casa de Catherine Merton, nervosa. As mãos estão suadas. Ela as seca na saia e toca a campainha. Não queria estar ali, mas Catherine com certeza precisa do seu apoio.

Rose deve isso a ela. Catherine tem sido uma amiga tão boa, desde a escola, quando se conheceram na aula de inglês. Não era tão fã da matéria, gostava mais de ciências, mas queria notas altas. Elas tiveram que fazer um trabalho juntas e, desde então, Rose começou a ajudá-la em suas redações. Uma amizade improvável surgiu e cresceu para além da sala de aula. Catherine era popular, tanto por ser quem era quanto pelas suas roupas — estava sempre usando o que estava na moda. Rose não era ninguém e não tinha nenhum tino para moda, o que era uma sentença de morte no colégio. Ela se lembra do quanto Catherine foi generosa com ela, de como fazia questão de dizer para todo mundo que eram amigas e como era tratada de modo diferente pelos outros depois disso. Catherine sempre a convidava para as coisas — festas, passeios —, e Rose passou a ser aceita, simples assim.

Catherine sabia que a amiga não tinha os mesmos privilégios que ela. Ajudava Rose a se vestir melhor, dando a ela algumas das próprias roupas, ou a levando para alguns brechós para tentar encontrar roupas que a amiga pudesse bancar. Às vezes, Rose ficava se perguntando se Catherine a via como um caso de caridade, se tinha se tornado sua amiga por sentir culpa de ser rica. Mas acabou percebendo, um tempo depois, que, embora Catherine parecesse popular, na verdade, era bem solitária e sentia que podia ser ela mesma quando estava com Rose. Elas ficaram bem próximas. Catherine não era tão confiante quanto aparentava, e as coisas em casa eram difíceis. Precisava de uma amiga tanto quanto Rose. Um dia, desabafou com a amiga que foi pega furtando de uma loja e que achava que seu pai ia matá-la. Rose ficou chocada — Catherine era filha de milionários, podia ter o que quisesse, por que tinha furtado? Isso fez com que Rose se sentisse melhor, porque sabia quão ambiciosa ela própria era e se sentia melhor sabendo que não era a única.

Elas mantiveram contato quando foram para universidades diferentes — Rose para a SUNY, Catherine para a Vassar —, e se reaproximaram quando voltaram para Aylesford depois de adultas. O padrão se mantinha. Catherine a convidava para eventos sociais — passeios de barco no Iate Clube Hudson e uma partida beneficente de polo no ano anterior. Coisas às quais Rose jamais teria como ir ou bancar por conta própria. Mas elas se encontravam mais mesmo era para tomar café ou almoçar juntas, bater papo, compartilhar detalhes da vida ou recordar os bons tempos.

Agora, Ted atende a porta. Rose já os tinha visto juntos em muitos eventos sociais. Sempre o achou atraente — alto, ombros largos, o tipo forte e calado. Está feliz por Catherine poder contar com ele. Sorri e pergunta:

— Oi, Ted, posso entrar?

— Não é um bom momento, Rose — diz, como quem pede desculpas. — Catherine acabou de voltar da delegacia.

Rose ouve a voz da amiga ao fundo:

— É a Rose?

Então ela surge por trás de Ted, juntando-se a eles na entrada.

— Rose — diz sua amiga.

Ela sorri, mas é um riso quase à beira das lágrimas.

— Ah, Catherine! — exclama Rose, aproximando-se para um abraço.

Ela fica ali, abraçada, inspirando a fragrância familiar da amiga. Rose tenta conter as lágrimas e aperta os olhos.

Catherine é uma amiga querida, mas Rose sempre sentiu inveja das coisas que não podia ter e a amiga sim, dos privilégios que o dinheiro trazia. Rose foi criada sozinha pela mãe, viúva, que teve que economizar a vida inteira. O fato de ter conseguido se tornar algo é fruto do seu próprio esforço, pensa. Sabe que os Merton não eram uma família feliz, mas ao menos tinham milhões.

Ainda assim, Catherine é sua melhor amiga. Rose estremece um pouco enquanto se abraçam. Eles não podem saber o que ela fez.

Reyes fica observando Jenna Merton entrar na sala de interrogatório usando jeans rasgado e uma jaqueta de couro preta. Novamente se surpreende ao ver como os três filhos dos Merton eram diferentes uns dos outros. Pensa um pouco nos próprios filhos, os dois também são muito diferentes um do outro em aparência, temperamento e gostos. Então volta a se concentrar na jovem sentada diante de si. Depois de algumas questões iniciais, ele vai direto ao ponto.

— A senhora e Jake Brenner foram os últimos a ver os seus pais vivos — começa.

Ela ergue as sobrancelhas.

— Só saímos cinco minutos depois dos outros.

Reyes a observa demoradamente.

— Só que isso não é verdade. Vocês não saíram logo depois das sete, como os outros. Foram embora uma hora depois, pouco depois das oito.

Ela enrijece um pouco, mas fica calada, como se estivesse pensando no que dizer.

O investigador aguarda. Eles se encaram.

— A senhora foi vista por um vizinho que tinha saído para passear com o cachorro na entrada de veículos de casa pouco depois das oito. Ele reconheceu o seu carro. Já o viu várias vezes.

Ela respira fundo e diz:

— Tá, que seja.

— O que aconteceu naquela hora a mais?

Ela faz uma careta e balança a cabeça.

— Nada de importante. Conversamos um pouco. Acho que perdi a noção da hora.

O investigador tenta pressioná-la, mas Jenna mantém sua versão. Então Reyes muda o foco:

— A senhora saiu de novo naquela noite?

— Não. Voltamos para a minha casa. Jake passou a noite lá. Fomos direto para a cama.

Depois de coletarem as digitais de Jenna e ela ir embora, Reyes se vira para Barr.

— Temos que conferir todos os álibis deles.

Audrey quase decide dar o dia por encerrado. É muito desconfortável e, mais ainda, chato, passar o dia todo dentro de um carro num estacionamento. Ela já está ali há horas. Catherine a viu, logo vai dizer para os outros que estava de olho neles. Que bom.

Sabe agora que os investigadores falaram com Catherine e Jenna, bem como com Dan e Irena. Acredita que tenha acabado. Está prestes a dar partida no carro quando vê uma pessoa familiar seguindo a pé para a entrada da delegacia. Ela se aproxima do para-brisa, observando. Reconhece a esposa de Dan, Lisa. Devem estar de olho nele, conferindo se tem um álibi. Satisfeita, ela se recosta no banco.

Lisa engole o medo e entra na sala de interrogatório. Seu coração está disparado. Está se arriscando. Dan não queria que viesse. Disse que era para recusar, esperar até ele ter um advogado. Tinham horário marcado naquela tarde com um dos melhores advogados criminalistas, Richard Klein, graças a Catherine.

Mas ela se manteve irredutível.

— Dan, vou lá dizer que você ficou comigo a noite toda. Só isso. Como vai parecer se eu simplesmente me recusar a falar com eles?

E, então, cá está Lisa. Ela sabe o que deve e o que não deve dizer.

Eles começam a falar de coisas genéricas, mas logo o investigador Reyes diz:

— Sabemos que aconteceu *alguma coisa* na noite de Páscoa. A senhora quer nos contar?

Isso é inesperado. Ela fica se perguntando quem teria deixado a informação escapar e balança a cabeça, fazendo uma expressão de quem não sabe do que ele está falando.

— Não, foi um jantar de Páscoa bem comum.

— A senhora ou o seu marido saíram novamente naquela noite depois de voltarem para casa? — pergunta Reyes.

Ela sabia que o investigador ia perguntar isso; é por isso que está aqui. Diz, de forma bastante convincente:

— Não. Depois que fomos para casa, ficamos lá. A noite inteira.

Ted não está nada confortável; consegue sentir o suor — debaixo dos braços, escorrendo pelas costas. Está furioso com Catherine por colocá-lo nessa posição. É claro que não podia se recusar a comparecer quando o chamaram. Todos foram convocados à delegacia hoje, como formigas em direção a um piquenique. E todos tiveram suas digitais coletadas.

— É só dizer para eles que passei a noite toda em casa — disse Catherine quando estavam enfim a sós. — Não é assim tão difícil.

— Você deveria ter dito a verdade — rebateu ele.

— Provavelmente — admitiu, irritada. — Mas não disse. Foi um erro. Agora a questão é: você vai piorar as coisas ou vai me ajudar?

Ele concordou que, dadas as circunstâncias, o melhor era manter sua história original. Então, cá está Ted. Ele também está um pouco chateado com a esposa por ter decidido, tão rápido, pagar as custas do advogado de Dan. E se isso acabar custando centenas de milhares? Mas o dinheiro é dela, é ela quem está herdando uma fortuna, não Ted, então não tem muito o que ele possa dizer.

Mas ele é um homem confiante e tem certeza de que conseguirá se sair bem na oitiva. Sabe que Catherine não matou os pais.

— Obrigado por vir — diz Reyes.

Ted nega que algo de estranho tenha acontecido no jantar naquela noite. Todos tinham concordado em manter essa versão — de que tinha sido uma noite agradável e que não houve conflitos. Por fim, Reyes faz a pergunta esperada:

— Depois que voltaram da casa dos Merton na noite da Páscoa, o senhor saiu outra vez?

— Não.

— E a sua esposa?

Ele faz que não com a cabeça.

— Não. Ela passou a noite toda em casa comigo.

Quando Ted deixa a delegacia, Audrey decide dar o dia por encerrado. Foi frustrante ficar presa no estacionamento quando tudo estava acontecendo no interior do prédio. O único lugar que talvez seja mais interessante hoje é a casa de Catherine ou Dan, e ela também não pode ir para lá.

Verifica o celular mais uma vez e dá uma breve olhada nas notícias. As equipes da polícia agora estão fazendo buscas no rio próximo a Brecken Hill, tentando encontrar pistas do assassinato dos Merton. Ela sai dirigindo do estacionamento.

VINTE E SEIS

Audrey fica parada olhando o rio Hudson. Uma brisa fria agita a superfície escura da água. Tem um barco da polícia lá, circulando delicadamente, onde mergulhadores com roupas de neoprene estão trabalhando. Policiais fardados fazem buscas nas margens do rio. Audrey consegue ver as duas pontes de Aylesford, uma mais ao sul, outra ao norte, passando por cima do rio em direção às montanhas Catskill do outro lado. Seria um cenário lindo e sereno, mas foi estragado pelo que estava acontecendo ali.

Ela faz parte de uma pequena multidão que assiste aos trabalhos da polícia nesse dia agradável de primavera. A imprensa também veio. Ela fica observando em silêncio por um tempo, parada ao lado de uma mulher de trinta e poucos anos que parece ser do ramo. Audrey fica se perguntando se seria jornalista. Depois observa o logotipo do *Aylesford Record* em sua jaqueta, confirmando a suspeita.

— O que eles estão fazendo? — pergunta à mulher.

— É o caso do assassinato dos Merton — responde, olhando rapidamente para Audrey, depois voltando a atenção para o rio outra vez. — Eles não disseram quase nada, mas claramente estão procurando evidências. A arma do crime, provavelmente. A faca.

Ela se cala por um instante, depois prossegue:

— E as roupas ensanguentadas. Num assassinato tão violento, o assassino provavelmente precisou se livrar das roupas. Também devem estar procurando por elas.

Faz sentido, Audrey pensa com seus botões. Fica incomodada com o fato de não saber mais sobre o crime que a repórter, sendo parte da família. Fred era seu irmão e, mesmo assim, ninguém a incluiu ou algo do tipo. A polícia não diz nada, e a família não revelou nada para a imprensa. Ela tenta conter a raiva que sente de todos eles.

— Alguma novidade? — pergunta Audrey, torcendo para que a repórter lhe dissesse alguma coisinha.

A mulher ao seu lado faz que não com a cabeça e dá de ombros.

— Aposto que eles sabem mais do que estão dizendo. Gente rica, sabe como é. Sempre recebe tratamento privilegiado, mais privacidade. Mais respeito.

Sem ter planejado, Audrey acaba dizendo de repente:

— Conheço a família.

A mulher se vira para ela e pela primeira vez parece interessada.

— Conhece? Como?

— Fred Merton era meu irmão.

A mulher a estuda, como se tentasse ver se ela era louca. Talvez julgue a idade e a aparência de Audrey e perceba que ela pode estar dizendo a verdade.

— Sério? Quer falar sobre isso?

Audrey hesita, olhando para o barco da polícia no rio.

Faz que não com a cabeça e se vira para ir embora.

— Espera — diz a outra mulher. — Deixa eu te dar o meu cartão.

Ela entrega um cartão de visita a Audrey.

— Se quiser conversar, me liga. Quando quiser. Eu realmente gostaria de conversar contigo, se você for mesmo quem diz ser.

Audrey pega o cartão e dá uma olhada. Robin Fontaine. Ela olha para a frente e oferece a mão para a mulher.

— Audrey Stancik. Mas o meu sobrenome de solteira era Merton.

Depois ela se vira e volta para o carro.

***

Reyes fica estudando o jovem diante dele. Jake Brenner tem aquele ar de artista que passa fome — jeans rasgado, camiseta amarrotada, jaqueta de couro surrada, barba por fazer. Tenta aparentar calma, parecer que não liga para nada no mundo, mas o investigador sabe que ele não está tão confortável quanto tenta demonstrar. Ele ri demais, para começo de conversa. E fica batucando na mesa com o polegar de uma forma irregular e irritante.

— Obrigado por ter vindo da cidade para conversar com a gente. Como o senhor veio, a propósito? — pergunta Reyes, casualmente.

— De trem.

Reyes concorda com a cabeça.

— Só queremos fazer algumas perguntas sobre a noite de 21 de abril, domingo de Páscoa.

Jake faz que sim com a cabeça.

— O senhor estava com Jenna Merton naquele dia, na casa dos pais dela, para o jantar, certo?

Jake olha para eles com firmeza.

— Isso.

— E como foi o jantar?

Jake respira fundo e solta o ar.

— Bom, foi meio requintado. Eu estava preocupado se estava usando o garfo certo. — Ele sorri outra vez. — Eles têm muito dinheiro, sabe? Pareciam gente boa.

— Todos se deram bem?

Ele faz que sim com a cabeça.

— Acho que sim.

— Certo — diz Reyes. — Soube que o senhor e Jenna foram os últimos a ir embora naquela noite. — Jake parece paralisar por um instante, mas depois relaxa. Reyes acrescenta: — Sabemos que o senhor e Jenna foram embora uma hora depois dos outros. Por quê?

Ele não está mais sorrindo.

— O que o senhor e Jenna fizeram naquela hora a mais na casa dos Merton? — pergunta Reyes em tom coloquial.

— Nada — responde, dando de ombros. — Só ficamos conversando. Eles queriam me conhecer melhor.

— Ah, é? — diz Reyes, inclinando-se para a frente. — E sobre o que exatamente conversaram?

Jake engole em seco, nervoso.

— Sobre arte, principalmente. Sou artista.

— Rolou alguma discussão naquela noite, Jake? Aconteceu alguma coisa durante o jantar? Ou talvez depois?

Ele nega, balançando a cabeça com firmeza.

— Não, não rolou discussão nenhuma. A gente só ficou conversando um pouco e depois foi embora. Eles estavam bem quando saímos, juro.

— Vamos continuar — diz Reyes. — O que vocês fizeram depois de sair da casa dos Merton?

— Voltamos para a casa dela. Passei a noite lá.

— Nenhum dos dois saiu outra vez?

— Não.

Reyes o encara demoradamente e diz:

— Está bem. Vamos manter contato.

Ele o manda com Barr para a coleta das digitais.

Quando a investigadora retorna, Reyes comenta:

— Os três têm álibis muito convenientes, não acha?

Ela aquiesce com cinismo.

— Bom, não engulo essa. Vamos ter que verificar. Veja se consegue algum vídeo da estação de trem de Aylesford. Se ele pegou o trem de volta para a cidade naquela noite. — E acrescenta: — E, caso não tenha, veja também a gravação da manhã. Quero me certificar.

Ela faz que sim com a cabeça.

— Nesse meio-tempo, vou ver com os legistas como está a segunda necropsia.

Ele olha de relance para o relógio — são quase cinco da tarde — e vai de carro até lá.

Sandy Fisher, a patologista forense, o cumprimenta.

— Ia te ligar agora mesmo.

Ela o conduz até o corpo de Fred Merton, que está deitado descoberto sobre uma mesa de aço. Eles observam o corpo.

— Quatorze ferimentos de facadas, alguns demonstram certa brutalidade. Mas o que o matou mesmo foi o corte na garganta, que foi desferido primeiro. Ele foi agarrado por trás, teve o pescoço rasgado da esquerda para a direita, ou seja, o assassino é destro; depois ele caiu ou foi jogado no chão, de bruços, e esfaqueado quatorze vezes nas costas, com ferimentos cada vez menos profundos, provavelmente porque o assassino foi ficando cansado. — Ela faz uma pausa, depois acrescenta: — Havia muita raiva aqui.

— Ã-hã — concorda Reyes.

— Mais uma coisa interessante. Fred Merton estava com câncer de pâncreas em estágio avançado. Ia morrer de qualquer jeito. Provavelmente tinha só três ou quatro meses de vida.

— Ele sabia disso? — perguntou Reyes, surpreso.

— Ah, eu chutaria que sim, quase com certeza.

Reyes volta para o carro, pensativo. Aquilo certamente corroborava a alegação de Audrey Stancik de que Fred ia mudar o testamento. O investigador se pergunta quem sabia que Fred estava morrendo e o que ele pretendia fazer.

VINTE E SETE

Já é fim da tarde de quarta-feira quando Dan vai de carro até o escritório do advogado na cidade, com Lisa ao seu lado, no banco do carona, em silêncio. Ela lhe disse que a oitiva de Ted foi logo depois da sua, então Dan sabe que também estão investigando os passos de Catherine naquela noite. Ele fica pensando naquilo enquanto para o carro no estacionamento do prédio onde fica seu advogado criminalista. Mas Catherine não está passando por uma crise financeira. E ela não teve um desentendimento público com o pai.

Eles atravessam as portas de vidro da luxuosa firma de advocacia. Não era a mesma que seu pai usava. Essa tinha o melhor advogado criminalista que Aylesford podia oferecer. Eles não precisam aguardar. Richard Klein os recebe e os conduz diretamente ao seu escritório.

Dan não repara muito no ambiente. Ele se concentra no advogado como se fosse sua tábua de salvação. Klein lhes dirá o que fazer. Ele vai provar para a polícia que Dan não teve nada a ver com isso. Era o seu trabalho.

— Que bom que o senhor me ligou — diz o advogado, tranquilizando-o. — Foi a coisa certa.

Dan conta tudo ao advogado, fala sobre o jantar tenso de Páscoa, sobre como os corpos foram encontrados, o que Irena fez com a faca, a discussão com o pai, a crise financeira na qual estava, a maneira agressiva como foi interrogado pela polícia. Mas ele não diz que saiu para dirigir naquela noite, que era um hábito, e que Lisa mentiu para a polícia para protegê-lo. O advogado ouve tudo com atenção, fazendo algumas perguntas vez ou outra.

Klein diz:

— Então o senhor estava em casa a noite toda. Sua esposa confirma isso.

Dan e Lisa acenam positivamente com a cabeça.

— Então não tem nenhum problema.

O advogado se debruça sobre a mesa, baixando a cabeça.

— Eles estão de olho no senhor, e provavelmente nos seus irmãos, por causa do dinheiro. É normal. Mas não importa se acham que o senhor tinha um motivo, se não conseguirem nenhuma evidência. Temos que ver o que eles vão levantar.

— Eu não fiz nada — declara Dan.

— Certo. Então a polícia *não vai* levantar nada. O senhor não tem com o que se preocupar. É só aguardar. Eles não podem te enquadrar falsamente enquanto eu estiver com o senhor. — Então acrescenta: — Não falem com a polícia se eu não estiver presente, nenhum dos dois. Se alguém quiser falar com os senhores, liguem para esse telefone — diz, deslizando um cartão sobre a mesa, depois de rabiscar um número nele a caneta. — É o meu celular. Podem ligar a qualquer hora. Dia ou noite. Eu estarei lá.

— Certo — diz Dan, pegando o cartão.

Eles acertam os honorários. Dan garante que não haverá nenhum problema, sua irmã, Catherine, lhe fez um empréstimo. E, quando tudo aquilo passar, pensa consigo mesmo, vai devolver tudo usando a herança. Por fim, Dan se levanta para sair com Lisa.

— Só mais uma coisa — diz o advogado. — Não importa o que o senhor faça, nada de falar com a imprensa. Sem provas, a polícia não pode fazer nada, mas a imprensa ainda pode acabar com o senhor.

Audrey dirige direto do rio até a casa de Ellen e chega sem avisar. Elas têm esse tipo de amizade. As duas são viúvas que moram sozinhas, então não tem o risco de interromper nada. Elas costumam aparecer na casa uma da outra. Audrey passou o dia inteiro contendo as emoções, mas, assim que vê o rosto familiar e gentil de Ellen, começa a chorar.

— O que houve? — pergunta Ellen, assustada.

Audrey despeja tudo: a visita a Walter naquela manhã, como Fred não alterou o testamento para colocá-la nele, como desconfiava de que um dos filhos tinha matado os pais antes que Fred pudesse concluir seus planos.

Não tinha contado para ninguém suas grandes expectativas, a não ser para Ellen. Ela é a única pessoa que sabe, a única com quem pode se abrir.

Num primeiro momento, sua amiga fica sem palavras, mas depois diz:

— Ai, Audrey, sinto muito.

Quando Audrey finalmente para de chorar, sente-se vazia, esgotada.

— Você não acha mesmo que foi um dos filhos, acha? — pergunta Ellen, hesitante, como se a ideia fosse demais para ela.

Todos sabiam agora como os Merton foram mortos; está em tudo que é jornal.

— Tenho certeza. E vou descobrir qual deles foi — jura Audrey.

— A polícia também acha, interrogaram todos eles hoje.

Enquanto a noite cai, Catherine vai jantar com Ted na cozinha. Eles não precisam preparar nada, a geladeira está repleta de comida. Ted tira algumas coisas que acha que a esposa vai gostar; tinha sido um dia longo e difícil. Além de todo o estresse da polícia interrogando todo mundo, ela passou o dia atarefada com as ligações de amigos da família. Foi difícil ter que aceitar os pêsames ao mesmo tempo que precisava afastar a curiosidade das pessoas. Ela passou o dia todo tão tensa que seu corpo inteiro agora doía. Mas pelo menos o velório está quase todo resolvido — será no sábado, às duas da tarde. Eles esperam uma multidão. Seus pais eram cidadãos importantes de Aylesford e a forma como morreram vai atrair muita gente que, em outras circunstâncias, não apareceria. Depois do velório, vão recepcionar todos no clube de golfe, com comida, bebida e a já esperada projeção de fotos passando sem parar ao fundo. Quando isso finalmente acabar, Catherine vai desmoronar. Não acha que terá tempo de processar as coisas direito até lá. Ela se pergunta como vai reagir quando finalmente puder lidar com tudo

Ted se debruça na mesa para perto dela.

— Você está bem?

Ela faz que não, movendo a cabeça devagar.

— Come alguma coisa — insiste ele, apontando para a lasanha, sua comida preferida.

Ela se serve de um pouco da lasanha requentada no prato, sem muita vontade, coloca um pouco de salada e tenta comer. Mas começa a tremer. O garfo em sua mão balança tanto que não consegue levá-lo à boca. Ela o deixa cair no prato com um tinido.

— Catherine, o que foi? — diz Ted.

Ela deixa escapar:

— E se...

Mas não consegue continuar.

Ted deixa seu lugar à mesa e se senta ao lado dela. Ele a abraça, e Catherine chora convulsivamente em seu peito.

— E se o quê? — sussurra.

Ela olha para o marido.

— *E se tiver sido o Dan que matou os dois?*

O medo que Ted sentia vem à tona. Catherine finalmente disse algo que ele vinha tentando ignorar desde a tarde anterior, quando Dan estava tão estranho. O cunhado ficou muito nervoso e agitado e disse coisas bastante inadequadas. Agora, Ted não sabe o que dizer, como confortar a esposa. Apenas a abraça. Por fim, ela se afasta com o rosto manchado de lágrimas. Suas bochechas parecem ter afundado nos últimos dias.

Ele afaga seu cabelo.

— Catherine, vai ficar tudo bem — diz, impotente. — Eu te amo.

Ele nunca a tinha visto tão angustiada.

— Vem — diz, gentilmente, enquanto a leva de volta para a sala.

Os dois perderam a vontade de comer. Eles afundam no sofá, e Catherine volta seus olhos enormes para Ted, marejados de lágrimas.

— Ele *odiava* o papai, Ted. Você não faz ideia.

— Mas ele seria capaz de fazer *isso?* — pergunta, tentando conter a repulsa. — Você o conhece melhor do que eu.

— Não sei — responde Catherine, a voz baixa. — Talvez.

Ted sente um frio na espinha. Simplesmente pensar em Dan estrangulando a própria mãe e esfaqueando o pai várias vezes, num surto de fúria, e depois fingindo ser inocente na frente de todos era tão perturbador que ele ficou enjoado.

— Não sei o que fazer — sussurra ela.

— Você não tem que fazer nada — diz Ted.

Mas, ao dizer isso, ele próprio se pergunta: *O que eles devem fazer?* Se Dan for um assassino, não podiam continuar recebendo-o em casa, não é? Ele poderia estar mesmo enlouquecendo.

— Ele tem razão. Vão achar que ele é o culpado — comenta Catherine, agitada. — E vão me interrogar outra vez.

Ted, cheio de preocupação, olha pela janela da sala, para o nada, os braços ao redor da esposa. Então vê duas pessoas do outro lado da rua, indo até a porta dos seus vizinhos. Elas parecem levemente familiares. Então, levando um susto, Ted se dá conta de quem eram. Eram os investigadores, Reyes e Barr. O que eles estão fazendo na sua rua?

Então a ficha cai. Só havia um motivo para eles estarem ali.

Catherine deve ter notado sua tensão repentina, porque ela olha para o marido e pergunta:

— O que foi?

Ela acompanha seu olhar para fora, reconhece os investigadores e respira fundo.

— Merda — diz Ted.

— E se alguém tiver me visto? — comenta Catherine, assustada.

A mente de Ted está a toda. Alguém poderia ter visto sua esposa saindo naquela noite. Ela pode ter sido gravada por alguma câmera. Se a polícia está investigando seu álibi, talvez acabe descobrindo a verdade. É disso que ele tem medo.

— Aí você vai ter que contar a verdade — diz pausadamente. — Que você não contou antes porque estava em choque e com medo do que iam pensar por causa da herança. Que você foi até lá, viu os seus pais, que eles estavam bem e você voltou para casa.

— Mas... — sussurra ela para o marido.

Seu rosto está pálido de um jeito bizarro, o que o assusta.

— Mas o quê? — pergunta.

— Eles não estavam bem. Eles já estavam mortos.

VINTE E OITO

Ted olha para a esposa, chocado e confuso.

— O quê?

— Desculpa, Ted, eu menti para você também.

Ela está chorando outra vez, copiosamente, as lágrimas rolando pelas bochechas.

Ele se afasta, olhando para a esposa, horrorizado.

— Como assim eles estavam mortos? E você não disse nada?

Seu coração dispara ao perceber que a esposa, a mulher que ele acreditava conhecer tão bem, tinha voltado para casa depois de ver que os pais tinham sido brutalmente assassinados e foi dormir como se nada tivesse acontecido. E disse para ele, casualmente, na manhã seguinte, que tinha falado com a mãe e inventou uma mentira de que ela havia pedido que Catherine intercedesse junto ao pai em favor de Jenna. Tudo começa a girar.

— Que merda é essa? — arqueja ele, furioso.

— Não fica com raiva de mim, Ted — implora ela. — Eu não sabia o que fazer.

Ela pega lenços numa caixa na mesinha de centro e seca os olhos. Tenta se recompor enquanto Ted a observa com o coração dolorosamente acelerado, a pulsação tão forte que dava para ouvir.

— Eu fui lá falar com a mamãe. Quando cheguei já era tarde, umas onze e meia. Tinha uma luz acesa no andar de cima. Então bati à porta. Ninguém atendeu, bati outra vez. Sabia que eles ainda deviam estar acordados. Mas comecei a achar estranho, porque a mamãe não atendeu o telefone e ninguém veio até a porta. Vi que não estava trancada. Então entrei. O corredor estava escuro, mas tinha um pouco de luz vindo da cozinha. Olhei de relance para a sala e vi uma luminária no chão, então vi a mamãe. Ela estava deitada no chão da sala. — Ela começa a hiperventilar. — Eu fui até lá. Ela estava morta. Seus olhos estavam abertos. Foi horrível.

Ted vê o sofrimento e o medo da esposa e fica ouvindo, em pânico.

— Eu queria sair correndo, mas era como se estivesse paralisada. Não conseguia me mexer. Estava apavorada. Pensei que tinha sido o meu pai. Que ele finalmente tinha surtado. — Sua voz começa a falhar. — Não sei quanto tempo fiquei ali. Mas não ouvi nada. Depois pensei que ele poderia ter se matado também.

Meu Deus, pensa Ted.

Ela engole em seco.

— Não sei como, mas fui do corredor para a cozinha. Vi que havia sangue no chão e evitei pisar nele. E então...

Ela para de falar.

Ted fica observando, perplexo. Não consegue processar nada daquilo.

— Anda — diz ele. — Me conta tudo.

— Eu não entrei na cozinha, só fiquei parada na porta. Papai estava no chão. Havia sangue por toda parte. A faca de trinchar estava lá, ao lado dele.

Ela parece paralisada, como se estivesse revivendo tudo aquilo. Como se Ted nem estivesse ali. A expressão no rosto da esposa lhe causa náuseas.

— Por que você não ligou para a emergência? — grita Ted. — Por que você não *me* contou?

— Eu achei... achei...

Mas ela não consegue verbalizar.

Então Ted entende e fala por ela:

— Você achou que tinha sido Dan.

Ela faz que sim com a cabeça de forma quase imperceptível. Não está mais chorando, só parece anestesiada.

— Pensei que Dan tinha voltado e os matado. Eu sabia que ele precisava de dinheiro e que o papai não ia lhe dar um centavo. E fiquei com medo.

— Com medo...

— De que descobrissem que foi ele — diz, olhando para Ted.

— Eu só queria que ele ganhasse tempo, tempo para fugir ou para arrumar as coisas... Sabia que ele não estava com a cabeça no lugar.

— Catherine — diz Ted, tentando parecer o mais calmo possível, embora esteja completamente abalado. — Se Dan fez isso, ele tem que ser preso. Ele... Ele é *perigoso*.

Ela tapa o rosto com as mãos e começa a chorar.

— Eu sei. Mas não consigo suportar isso.

Ela por fim olha para o marido, como quem implora, e diz:

— Ele é o meu irmãozinho. A gente tem que cuidar dele.

Ela não chega a dizer, mas Ted não consegue deixar de pensar: *E ele nos fez um favor.*

As luzes na casa de Catherine Merton estão acesas, nota o investigador Reyes enquanto ele e Barr vão até a casa do vizinho do outro lado da rua.

Eles mostram os distintivos e são convidados pelos donos a entrar, um homem e uma mulher de sessenta e poucos anos. Reyes explica que estão investigando a morte de Fred e Sheila Merton, cuja filha mora do outro lado da rua. Eles arregalam os olhos.

— Os senhores estavam em casa no domingo à noite? — pergunta Reyes.

— Ã-hã, mas fomos deitar cedo — conta o homem. — Tivemos um belo jantar de Páscoa na casa da nossa filha.

Reyes diz:

— Por acaso os senhores viram alguém saindo da casa em frente, a casa de Ted Linsmore e Catherine Merton, depois das sete e meia da noite do domingo de Páscoa?

Os dois se entreolham e fazem que não com a cabeça. Antes que Reyes pergunte, o homem diz:

— Mas temos uma câmera na varanda que consegue captar os carros indo e vindo na rua. Quer dar uma olhada?

— Podemos?

— Claro — diz, enquanto a esposa fica para trás, hesitando.

No andar de cima fica um escritório onde as gravações da câmera de segurança podem ser acessadas por um notebook. Ele volta a imagem para a noite do domingo de Páscoa às sete e depois vai avançando. À medida que veem as imagens em preto e branco, um ou outro pedestre ou carro passam, então notam o carro de Ted voltar e estacionar na entrada às sete e vinte e um da noite.

Eles continuam assistindo, acelerando a gravação, até Reyes dizer:

— Para.

Os vizinhos prestativos voltam um pouco o vídeo e o passam de novo, mais lentamente. Às onze e nove da noite eles veem o carro de Catherine saindo de ré da garagem. O vídeo não mostra quem entrou no carro, mas, quando ele passa na rua, eles reconhecem Catherine no banco do motorista, sozinha.

Ela está mentindo, pensa Reyes. E o marido está lhe dando cobertura. Ele e Barr se entreolham por cima do homem.

— Vamos ver a que horas ela volta — diz Reyes, voltando a olhar para a tela.

Catherine fica ao lado da janela da sala, tomando cuidado para não ser vista. Os investigadores estão na casa da frente há bastante tempo. Fica esperando-os sair. Quando isso finalmente acontece, nota que os investigadores olham para sua casa enquanto seguem para o carro. Eles não foram falar com mais ninguém. Claramente não precisam.

Provavelmente foi vista. Eles devem saber que ela saiu naquela noite. Que mentiu. Que Ted mentiu. Ele mentiu por ela, e Catherine sabe que ele não está nada feliz com isso.

Se eles estão investigando Catherine, então também vão investigar Dan e Jenna. Dan disse que não saiu mais depois que voltou da casa dos pais. Lisa confirmou.

Ela sabe o que isso significa.

Dan está na garagem, o portão que dá para a rua aberto. Logo ele os vê. Os dois investigadores estão conversando com seus vizinhos, tentando descobrir se alguém o viu saindo de casa na noite de domingo. Ele fica na sombra, apavorado.

Talvez ninguém o tenha visto.

Catherine ligou para seu celular há pouco, contando o que os investigadores estavam fazendo. Perguntou se alguém na sua rua tinha câmera de segurança. Ele não sabia. Com a sua sorte, é claro que alguém tinha a porra de uma câmera. Ele disse para Catherine — na verdade, para todo mundo — que havia passado a noite toda em casa. É claro que ela não acredita, ou não teria ligado.

Todos têm um álibi, menos ele, pensa.

Começa a entrar em pânico. Volta para casa e encontra Lisa na cozinha, lavando as coisas.

— Os investigadores estão aqui — avisa, seco.

— O quê? — pergunta ela, assustada.

— Na rua. Olha lá pela janela — diz, ríspido. — Não deixa eles te verem.

Ela olha para o marido, preocupada, e vai até a janela da sala, ficando atrás da cortina.

Ele fica atrás dela e nota sua expressão mudar ao perceber o que aquilo quer dizer.

Ellen Cutter prepara um banho de banheira, cantarolando e pensando na visita de Audrey mais cedo. Parece que ela não vai herdar uma fortuna, no fim das contas. Como as coisas mudam rápido. Ela foi bem severa ao falar dos filhos de Fred, que deviam ter descoberto seus planos de mudar o testamento e o matado junto com Sheila. Que ridículo, pensa Ellen, enchendo a banheira de espuma. Isso é demais até para Audrey, que sempre teve uma imaginação fértil.

Elas eram amigas havia muito tempo, mas Ellen não consegue evitar um sentimento de *schadenfreude*, sentindo-se um tanto feliz com o infortúnio de Audrey.

VINTE E NOVE

Jenna fica feliz em ver que, ao menos uma vez, a compostura característica da irmã tinha desaparecido. Catherine havia ligado pedindo que viesse, mesmo sendo tarde. Logo ela, que sempre foi tão superior, está desabando diante dos seus olhos, e Jenna diz a si mesma que é humano da sua parte estar curtindo isso, ao menos um pouco.

Ainda assim, o que Jenna ouve é preocupante. Catherine e Ted mentiram para a polícia. O que não chega a ser muito surpreendente, ela própria também tinha mentido. O que é chocante é que Catherine encontrou os corpos naquela noite e não contou para ninguém. Nem mesmo para o marido. Ela esperou dois dias e deixou que Irena os encontrasse. Alegou que o silêncio era para proteger Dan.

Jenna olha para Ted, que parece sério e preocupado, e fica se perguntando o que ele acha de Catherine agora. Ainda era a mulher com quem pensou ter se casado? Quão frio alguém tem que ser para ver os corpos dos pais, voltar para casa e agir como se estivesse tudo bem?

Isso revela algo sobre Catherine: que ela é uma excelente atriz. Pelo menos até certo ponto. Mas parece que agora está sendo consumida pelo estresse.

— Você acha mesmo que foi Dan? — pergunta Jenna.

— Foi o que achei na hora — diz Catherine, inquieta. — Por isso não disse nada naquela noite. Mas ele disse que passou a noite em casa com Lisa.

— Talvez tenha passado — comenta Jenna, hesitante.

— Bom, logo vamos saber, porque os investigadores estão procurando testemunhas.

Jenna diz, com a voz carregada:

— Talvez seja melhor perguntar logo para ele se é culpado. Assim podemos saber com o que estamos lidando. Talvez possamos ajudá-lo.

— Mas ele já negou — diz Catherine. — E por que ele admitiria isso para a gente? Ele nunca confiaria na gente a esse ponto.

— Nós nunca confiamos muito uns nos outros — acrescenta Jenna.

— Bom, mas agora somos adultos — retruca Catherine, como se isso fizesse alguma diferença.

Mas de fato, pensa Jenna, os riscos agora eram muito maiores.

— Estou confiando em você agora — afirma Catherine — te contando a verdade.

— Bom, se a polícia descobrir que você saiu naquela noite, o que você vai dizer?

Catherine olha de relance para Ted e depois volta a olhar para Jenna. Ela engole em seco.

— Talvez eu deva contar a verdade. Que fui até lá, que eles já estavam mortos, que voltei para casa e não disse nada.

— Eles vão querer saber por que você fez isso — insiste Jenna.

— Digo que estava em estado de choque — diz Catherine.

— Porra, Catherine, pelo amor de Deus, você é médica. Precisa de uma explicação melhor que essa.

Catherine não diz nada. Ted está afastado, mordendo os lábios, ansioso. Um longo e demorado silêncio paira no ar enquanto eles ponderam suas opções.

— Se não quer que pensem que você desconfiou de Dan imediatamente — sugere Jenna —, você *pode* contar que o papai falou para a gente naquela noite que ia vender a casa. Pode dizer que estava com medo de acharem que você era a culpada.

Catherine olha para a irmã com frieza.

— Eu confirmo a história da casa — diz Jenna —, e com certeza Dan também vai. Se você não é culpada, não tem por que temer.

Parece faltar ar na sala.

Enfim, Catherine oferece outra opção:

— Ou posso dizer que eles estavam bem, que falei com a mamãe e voltei para casa.

Jenna olha para o cunhado. Ele claramente não está nada confortável com a mentira.

— Talvez você devesse só dizer a verdade — sugere Ted.

— O que você acha que vai parecer se eu disser a verdade? — objeta Catherine. — Eles vão achar que fui eu ou Dan. Mesmo que ele tenha ficado em casa a noite toda e Lisa confirme isso, eles podem não acreditar.

Jenna dá de ombros e diz:

— Eles vão achar que foi um de nós de qualquer forma.

— Imagino que você tenha um álibi — diz Catherine.

— Tenho. Jake estava comigo no meu apartamento a noite toda.

Naquela mesma noite, bem mais tarde, Ted está deitado na cama, acordado. Catherine ainda não se decidiu sobre o que dizer à polícia, mas concordou quando ele insistiu que fosse acompanhada de um advogado na próxima vez que os investigadores a chamassem para alguma conversa.

Eles assistiram ao noticiário local das onze antes de deitar. A polícia ainda não tinha fornecido novas informações ao público sobre o andamento da investigação. Continuavam procurando a picape que foi vista perto da casa na noite dos assassinatos. Ted ainda torce, embora com cada vez menos convicção, para que a caminhonete seja a resposta, para que o motorista seja o assassino e que baste encontrá-lo.

Não gosta do que a esposa fez para proteger o irmão que, Ted precisa admitir, pode ser um assassino.

— Irena com certeza acha que foi Dan — disse Catherine, preocupada, enquanto apagava a luz. — Por que outro motivo ela limparia a faca?

Agora Ted encara o teto no escuro. Não consegue fechar os olhos, porque quando o faz, visualiza Catherine encontrando a mãe morta. Aquela família era mais fodida da cabeça do que ele imaginava. Fica pensando na esposa enfim reunindo forças para ir até a cozinha e encontrando o corpo mutilado do pai, o lampejo de que provavelmente tinha sido o irmão dela quem os matou. Mesmo que não concorde com aquilo, Ted entende o desejo dela de proteger Dan. Catherine deve entender por que ele teria feito aquilo — com certeza acha que o irmão tinha seus motivos. Porém, sejam eles quais forem, não são uma desculpa para matar alguém, pensa Ted.

Mas o que lhe parece difícil de engolir é como ela pôde voltar para casa naquela noite, se deitar ao seu lado e sussurrar "Está tudo bem", antes de lhe dar um beijo no rosto e dormir.

TRINTA

Na manhã seguinte, quinta-feira, logo cedo, Reyes se senta em sua cadeira, pensativo. Faz dois dias que os corpos foram encontrados. Ele fica batendo a caneta no risque-rabisque em sua mesa. Não há nenhum indício de que o cartão de crédito dos Merton tenha sido usado, nenhuma tentativa de saque em um caixa eletrônico. Não há sinal das joias ou das pratarias roubadas. A violência excessiva na morte de Fred. O cuidado do assassino — a pessoa estava sem sapatos, pelo amor de Deus. Tudo o leva a crer que não foi apenas alguém invadindo a casa. E eles não conseguiram avançar nada quanto à caminhonete misteriosa. Continuam indo a cada loja de pintura automotiva para tentar localizá-la.

O que sabem é que Dan Merton e Catherine Merton forjaram seus álibis.

Reyes pede que Dan venha prestar um depoimento formal. Desta vez ele vem com um advogado. Os dois chegam às dez da manhã, e Merton está de terno. Reyes se pergunta se o advogado tinha lhe dito o que vestir. Será que ele estava esperando ser preso? Dan parece cansado e mal.

Depois de ouvir seus direitos, e depois das informações iniciais para a gravação, eles começam. Reyes diz:

— Temos uma testemunha que jura que viu o senhor saindo na noite dos assassinatos por volta das dez horas, e outra que diz que viu o senhor voltando mais tarde, por volta de uma da manhã.

Reyes nota que o advogado lança um olhar sério para o cliente. Dan parece ainda pior e fecha os olhos.

— Podem nos dar um minuto? — pede o advogado.

— Claro.

Reyes desliga a fita e ele e Barr deixam a sala e vão até o corredor esperar. Quando o advogado sinaliza para que voltem e eles continuam o depoimento, Reyes pergunta:

— Gostaria de nos contar alguma coisa, Dan?

Ele respira fundo, ofegante, e diz:

— Eu saí para dar uma volta de carro. Estava com coisa demais na cabeça, e isso me ajuda a desanuviar. Faço isso com frequência.

— Mas três horas é bastante tempo. Para onde o senhor foi?

— Não sei, nenhum lugar em específico. Não me lembro.

Reyes ergue as sobrancelhas, descrente.

— O senhor não voltou para Brecken Hill para ver os seus pais?

— Não. Não passei nem perto da casa deles. Não estive em Brecken Hill.

É possível ver uma veia pulsando sob a pele pálida da sua têmpora.

— Por que o senhor mentiu para a gente, Dan?

— Não queria ser considerado um suspeito — responde, firme.

— O senhor pediu dinheiro ao seu pai no jantar de Páscoa?

Dan olha com raiva para Reyes.

O advogado intervém:

— Acho que basta de perguntas por enquanto.

Dan parece se contorcer em seu terno.

— A não ser que os senhores tenham mais alguma coisa? — pergunta Klein, voltando-se para Reyes. — Alguma prova material, por exemplo?

Reyes faz que não com a cabeça.

— Vamos — diz o advogado, conduzindo o cliente para fora.

Depois que eles vão embora, Barr diz:

— Se foi ele, mesmo que tenha conseguido se livrar das roupas ensanguentadas, ainda deve ter traços do sangue do pai em algum lugar no carro, não importa quão bem ele pense que limpou.

Reyes concorda, balançando a cabeça, e diz:

— Vamos conseguir um mandado de busca e apreensão.

Ele solta o ar com força.

— A gente tem que encontrar essas roupas. Enquanto isso, vamos conversar de novo com Catherine Merton.

Sedenta por informações, Audrey aparece na delegacia de novo. Nesta manhã, a imprensa também está presente, esperando pacientemente na entrada. Ela decide que, desta vez, vai descer do carro. Ela se mistura aos repórteres e cinegrafistas e espera para ver o que vai acontecer.

Audrey logo é recompensada com Dan atravessando as portas de vidro com um homem alto e bem-vestido — ela se dá conta de que devia ser seu advogado. A imprensa se aglomera e os enche de perguntas inconvenientes, enquanto o advogado tenta afastá-los. Ela está feliz por ter vindo. Espera que tenham lhe dado uma dura. Tenta avaliar a expressão de Dan, mas ele está de cabeça baixa, com as mãos na frente do rosto, se afasta apressado com o advogado.

Pouco depois, a paciência de Audrey é recompensada outra vez quando vê Catherine chegar com uma mulher de terno, carregando uma maleta. Elas atravessam o mar de repórteres, tentando ignorá-los da melhor forma possível. As coisas estão ficando sérias, pensa Audrey. Está começando a gostar disso.

Catherine Merton está bem diferente do dia anterior, observa Reyes. Ela teve que atravessar a confusão da imprensa para chegar e talvez isso a tenha desestabilizado. Não parece ter dormido bem, e, embora tenha se dedicado em sua roupa e maquiagem, seu cansaço ainda assim é evidente. Veio com uma advogada.

Uma vez que o investigador lê seus direitos e a fita está gravando, Reyes diz:

— Sra. Merton, a senhora nos disse ontem que passou a noite de Páscoa toda em casa, depois de voltar dos seus pais.

Ela não diz nada, mas parece pronta para o pior.

— Temos vídeos seus deixando sua casa de carro às onze e nove da noite e voltando à meia-noite e quarenta e um. Um dos seus vizinhos tem uma câmera de segurança. Aonde a senhora foi?

Ela respira fundo e olha para a advogada, que lhe dá um aceno discreto com a cabeça.

— Fui para a casa dos meus pais. Quando estávamos lá, para o jantar, minha mãe disse que tinha que me contar uma coisa importante, mas acabamos sendo interrompidas. Acabei não tendo outra oportunidade de falar com ela sobre isso e fiquei preocupada. Então liguei para ela pouco depois das onze da noite, mas ninguém atendeu.

— Ã-hã, sabemos disso — diz Reyes. — Temos os registros de ligações dos seus pais. Por que a senhora não ligou para o fixo?

Ela hesita por um instante.

— Achei que o meu pai podia estar dormindo e não queria acordá-lo. Então fui para lá de carro, não é longe. Quando cheguei, conversei com a minha mãe. Ela queria que eu intercedesse por minha irmã, Jenna, com o meu pai. Ele queria cortar sua mesada. Isso acontecia com frequência, mas ele nunca cortava de fato.

— E por que a senhora mentiu? — pergunta Reyes.

Ela olha em seus olhos e diz:

— Por que o senhor acha? Não queria que pensassem que eu era culpada.

Reyes olha para ela e fica se perguntando se ela e o irmão tinham estado os dois lá, ao mesmo tempo.

TRINTA E UM

Lisa assiste atônita aos investigadores chegando com um mandado de busca e apreensão e uma equipe forense apenas algumas horas depois de Dan voltar da delegacia. Alguns deles entram em casa; Reyes, Barr e o restante abrem as portas do carro de Dan, que está parado na entrada. Eles ficam analisando o carro, sem pressa, bem à vista de toda a vizinhança, enquanto um caminhão da polícia aguarda para levar o veículo para algum lugar onde será desmontado em busca de alguma evidência de que seu esposo é um assassino.

Ela se sente enjoada, mesmo sabendo que Dan não era culpado. Ele não voltou para casa naquela noite coberto de sangue. Não tinha como ser o assassino. Ela se recorda das roupas que Dan estava usando quando saiu para dar uma volta de carro — o jeans e a camisa de colarinho desabotoado que tinha usado no jantar. E ele provavelmente colocou a jaqueta quando saiu, a que sempre usa na primavera. Uma que está pendurada no nicho do hall. Lisa já a tinha visto desde então e não havia nenhuma mancha nela. Ainda que não se lembre do marido voltando para casa, na manhã seguinte ela encontrou o mesmo jeans e camisa, as meias e a cueca no chão ao lado da cama e as colocou no cesto de roupa suja. Isso foi na segunda-feira. Ela lavou roupa naquele dia e guardou tudo. Não havia manchas de sangue em nenhuma peça. Lisa sabe que não tem com o que se preocupar. Então por que está tão tensa?

Dan aparece ao seu lado. O advogado dele tinha acabado de vir, para verificar a validade do mandado. Depois foi embora, dizendo antes para Dan, a sós, que mantivesse o queixo erguido, a boca fechada e se acalmasse se houvesse qualquer "desdobramento".

— Isso é um absurdo — reclama Dan.

— Apenas tente ficar calmo — diz Lisa.

Ela não quer que o marido se descontrole na frente de todo mundo. Ele tem andado tão instável, isso a preocupa.

— Eles não vão encontrar nada.

O celular de Jenna toca e ela olha para a tela. É Jake outra vez.

— Oi — responde ela.

Está em frente à casa de Dan e Lisa; Dan ligou, apavorado, quando a polícia chegou. Ela está parada na rua, a certa distância do irmão e da cunhada, que estão observando o carro dele ser analisado.

— Como estão as coisas por aí? — pergunta Jake.

Ela gosta do som da voz dele, grave e rouca. Tinha mentido por ela ontem. Ela fica se perguntando se era apenas questão de tempo até Jake pedir algo em troca. Provavelmente vai querer dinheiro, quando ela tiver acesso. Agora que Jenna pensa nisso, Jake é uma pessoa difícil de ler.

— As coisas estão feias para Dan. Estão revistando a casa dele agora.

Audrey seguiu os investigadores quando eles deixaram a delegacia — ela os reconheceu e os viu entrando em um sedã escuro genérico — e foi atrás do carro até a casa de Dan. Lá, na rua tranquila e rica do sobrinho, uma van da equipe forense se uniu a eles. Uma equipe em roupas brancas desceu cheia de equipamentos. Dois deles começaram a examinar o carro na entrada, e os demais entraram na casa. Os investigadores pararam para olhar o carro.

Audrey está encantada. Aquilo está ficando cada vez melhor. Dan é claramente o principal suspeito, pensa. Sua vontade é de sair e ajudar a virar a casa dele de ponta-cabeça. Em vez disso, fica no carro, parada na rua, desejando ter um binóculo.

Vizinhos assistem dos gramados e das entradas das garagens, e a imprensa está na rua. Audrey reconhece aquela repórter, Robin Fontaine, entre eles. Está com seu cartão de visita na carteira.

Ela volta a atenção para Dan, que está de pé na entrada de veículos com a esposa, Lisa, observando enquanto revistam o carro dele. Como se pudesse sentir seu olhar, ele se vira e dá de cara com a tia. Ele começa a andar rápido em sua direção, impassível. Audrey se prepara para ser confrontada. Ele que se dane, pensa, a rua é pública e ela não era a única pessoa ali vendo o que estava acontecendo. Dan se aproxima da janela, o rosto desfigurado de raiva, e Audrey baixa metade do vidro.

— O que diabos você está fazendo aqui? — dispara o sobrinho.

Seu rosto parece bastante pálido em contraste com o cabelo escuro.

Audrey nota o furor nos olhos dele e vacila. Por um milésimo de segundo, ele a faz se lembrar de Fred quando era jovem. Depois a impressão passa e ela só consegue pensar que pode estar olhando nos olhos de um assassino. Ela levanta o vidro imediatamente. Dan olha feio para ela, depois se vira e esmurra o capô do carro enquanto se afasta, o que lhe dá um susto.

O dia passa, e Dan fica observando com frieza os investigadores e a equipe forense revistarem meticulosamente sua casa. Seu coração está disparado, mas ele tenta não deixar transparecer a angústia. Eles fazem perguntas que Dan não sabe se deve responder. Seu advogado não está mais lá e o instruiu para que não respondesse a nada. Mas, quando perguntam o que ele estava usando naquela noite, sente que deve dizer para eles. Ele e Lisa entregam o jeans e a camisa que ele usou na Páscoa, o blazer e a jaqueta que usou quando saiu mais tarde. Ele não lembra que meias ou cueca estava usando, todas pareciam iguais na gaveta. Eles levam todas.

Lá fora, a polícia encontra terra recém-mexida no jardim. O investigador Reyes é informado e todos vão até lá, um lugar bastante isolado, onde um técnico aponta para a terra revirada, uma área com pouco menos de meio metro quadrado. Reyes olha para Dan.

— Eu enterrei a minha cachorrinha aí alguns dias atrás — explica ele. — Ela morreu de velhice.

Para horror de Dan, eles começam a cavar. Lisa fica ao seu lado, apertando sua mão. Logo encontram um saco de lixo preto. Eles o removem cuidadosamente do jardim enquanto Dan parece angustiado. Abrem a sacola e são atingidos em cheio por um cheiro horrível. Lá dentro encontram o corpo de um cachorro em decomposição. E mais nada.

— Felizes? — diz Dan, sem conseguir esconder a raiva.

— Continuem cavando — ordena Reyes. — Mais fundo.

O investigador Reyes ficou decepcionado quando analisou o interior do carro de Dan. Parecia não ser limpo havia anos. Tinha poeira no painel, embalagens de comida no chão. Pelo de cachorro nos bancos. O fato de o carro claramente não ter sido limpo sugeria que talvez Dan não fosse o responsável pelas mortes no fim das contas. Haveria sangue por toda parte após um assassinato violento como o de Fred Merton. Mesmo que ele tivesse se limpado e trocado de roupa, ainda assim teria precisado limpar o carro. Mas quem sabe eles não acabam tendo sorte. Quem sabe ele não trocou de roupa depois dos assassinatos e achou que não precisava limpar o carro?

Conforme as horas passam e nada de incriminador é encontrado, a frustração de Reyes aumenta. Eles conseguiram as roupas que Dan afirma ter usado na noite do assassinato — confirmado por sua esposa, mas eles sabem que ela já mentiu uma vez para a polícia. Colocam a roupa no saco de evidências, mesmo sabendo que foram lavadas, e o blazer, que parece imaculado. Reyes não confia que nenhum deles esteja dizendo a verdade. Se Dan for o assassino, a roupa que estava usando com certeza já está no fundo do rio Hudson ou em uma caçamba por aí. Não estava escondida no túmulo da cachorra — Reyes se certificou disso. Eles levam todos os aparelhos eletrônicos de Dan, contra sua vontade. Usam luminol nos banheiros, na lavanderia, na cozinha, mas não encontram vestígio de sangue em lugar nenhum.

Mas então, na garagem com capacidade para dois carros, eles encontram algo interessante. Dentro de uma grande lixeira de plástico, acham um pacote aberto de máscaras N95, um pacote de macacões descartáveis brancos com capuz e um pacote aberto de propés. A embalagem de macacões descartáveis está aberta e só restava um dos três que vinham.

É claro, pensa Reyes. Um assassino esperto o bastante para colocar luvas e meias e não usar sapato, que não deixa nenhuma evidência, poderia ter usado um traje de proteção, do tipo que ele e Barr estavam olhando naquele momento. Eram bem parecidos com aqueles usados pela equipe forense. Isso explicaria a ausência de provas materiais na cena do crime. A falta de evidências no carro e na casa. E também mostrava que tinha sido um crime premeditado. Ele olha para Barr.

— Aqui — diz, chamando o técnico que estava mais próximo.

Ele se vira para Dan, que está perambulando na entrada da garagem com sua esposa, e o chama.

— Para que o senhor tem isso?

— Comprei quando estava fazendo o isolamento do sótão com uma espuma expansiva há alguns anos — responde Dan, corando.

— É preciso usar um desses para fazer isso. E a máscara. É um material bem perigoso.

Um membro da equipe forense fotografa a embalagem de macacões descartáveis e a de propés, depois as reúne cuidadosamente. Reyes olha para Dan, que encolhe diante do seu olhar.

O investigador sabe que precisa de provas materiais que liguem o assassino à cena do crime. O fato de terem encontrado um pacote de macacões descartáveis na casa de Dan não é suficiente. Eles precisam de mais. Precisam achar as roupas, ou talvez o macacão usado.

Mas, até agora, não há nenhum sinal deles.

TRINTA E DOIS

Quando chega à casa de Catherine naquela tarde, após ser convocada, Irena está ansiosa. Enquanto cumprimenta todos, tenta avaliar o clima da sala. Catherine parece tensa, assim como Ted. Dan está emotivo e dizendo um monte de besteira. Jenna observa tudo com cautela. Os próprios nervos de Irena estão ficando em frangalhos.

Ela observa Dan com mais atenção. Sua testa está suada. Lisa parece doente e ora fita o marido, ora desvia o olhar. Irena se lembra de Dan, Jenna e Catherine quando crianças, brigando e chorando, e de como ela tentava melhorar as coisas. Mas não pode mais fazer isso.

Dan diz:

— Eles vão me prender... e não fui eu!

Ele conta da busca, de como até o corpo da sua cachorrinha foi desenterrado. Por fim, conta do macacão descartável que encontraram na garagem.

A sala mergulha num completo silêncio.

Dan diz:

— Eles acham que usei uma roupa descartável, que é por isso que não encontraram nenhum vestígio na cena do crime ou em qualquer outro lugar. Expliquei que comprei o macacão para aplicar espuma expansiva no sótão, mas eles já tinham colocado essa ideia na cabeça. Pensam que sou culpado, *mas não fui eu*!

Nada além de um silêncio chocado.

Então Catherine diz:

— Não importa o que eles *acham*, Dan. Eles precisam de provas, e pelo visto não têm nada. O fato de você ter uns macacões descartáveis na garagem não quer dizer nada. Você já explicou por que comprou.

— Mas eles sabem que eu saí naquela noite — retruca Dan, nervoso, olhando em seguida para a esposa. — Lisa tentou me acobertar, mas eles conseguiram testemunhas dizendo que me viram sair. Eu só fui dar uma volta de carro. Faço isso o tempo todo. Não fui lá matar os nossos pais!

Irena tenta conter uma sensação de náusea.

— Não importa — diz Catherine depois de um tempo. — Eles sabem que eu também saí naquela noite.

Alarmada, Irena olha para ela.

— O quê? — diz Dan.

— Eu também saí naquela noite — repete Catherine. — Uma câmera de segurança do vizinho da frente acabou me gravando.

— Você mentiu para a polícia? — pergunta Dan, incrédulo.

— Menti, igual a você — responde Catherine, ríspida.

— Por quê?

Irena nota que Catherine hesita e depois olha, insegura, para o marido e Jenna. Ela engole em seco e continua:

— Fui até a casa de mamãe e papai naquela noite, por volta das onze e meia. E... eles já estavam mortos.

Há outro momento de completo silêncio, quando apenas se ouve o som do relógio.

— *Você* encontrou os dois — exclama Irena, em choque — e não disse nada? Deixou os corpos lá para que eu encontrasse?

Catherine tenta se explicar. Sua voz falha.

— Desculpa, Irena. Escondi que fui lá porque não queria que suspeitassem de mim.

— Eles não vão achar que foi *você* — objeta Dan. — Você era a filha preferida. Por que *você* mataria os nossos pais?

Jenna entra na conversa:

— Papai disse naquela noite que ia vender a casa, lembra?

Dan se vira para a irmã caçula.

— E daí? Não seria motivo para matar. — Então se vira para Catherine. — Nunca vão desconfiar de você. — Ele faz uma pausa. — Mas isso não é do seu feitio. Por que você não ligou para a emergência?

Irena já havia compreendido, mas agora ela nota a expressão de Dan ao se dar conta.

— Ah, entendi — diz o irmão, devagar. — Você acha que o culpado sou *eu*. — Ele olha para a irmã mais velha, perplexo.

Irena percebe o choque no rosto de Lisa, a expressão de culpa de Catherine, Ted e Jenna, e compreende. *Pobre Dan*, pensa. Ela fecha os olhos brevemente e os abre outra vez.

— Eu não sabia o que pensar — diz Catherine, cautelosa. — Então não fiz nada. Estava em choque. Fingi que não tinha acontecido nada.

— Porra nenhuma! — exclama Dan, de forma grosseira. — Você achou que tinha sido eu!

Ele corre os olhos irritado pela sala.

— Todas vocês acham!

Ninguém diz nada, e Dan se volta contra eles.

— Bom, eu *sei* que não fui eu... então talvez tenha sido uma de vocês.

Irena se lembra de como eles se voltavam uns contra os outros na infância. As relações e os padrões são estabelecidos cedo e não mudam. As dinâmicas familiares vivem se repetindo.

Dan volta sua atenção para a irmã mais velha.

— Por que a gente deveria acreditar em *você*, Catherine?

— Como assim? — pergunta ela.

— Quer dizer, talvez eles nem estivessem mortos quando você chegou. Talvez *você* tenha ido até lá para matá-los.

— Ah, pelo amor de Deus — diz Catherine com desdém. — Você mesmo acabou de dizer que eu não tinha motivo para matá-los.

Ele a olha com frieza.

— Talvez eu estivesse errado. Nós todos os queríamos mortos. Todo aquele dinheiro. E você queria a casa. Talvez tenha se cansado de esperar e decidiu armar para mim, assim sobraria mais dinheiro para você e Jenna.

Ele encara Jenna com um olhar feroz.

— Foi isso que aconteceu?

Catherine o encara em completo choque.

— Dan, isso é ridículo, você sabe disso.

Jenna protesta:

— Se tem uma coisa que a gente queria, era te *proteger*, Dan. E não te jogar para os leões.

— Me proteger? — diz o irmão, amargurado. — Quando foi que vocês me protegeram? Ninguém nunca tentou me ajudar.

Dan agora se vira para Irena, o rosto retorcido de emoção.

— Menos você, Irena. Você pelo menos *tentou* me proteger, e nunca vou me esquecer disso. — E acrescenta, amargo: — Mas você não deveria ter limpado aquela faca.

Irena olha para eles, cansada, essa ninhada rebelde que ela criou.

Catherine diz:

— A gente não está tentando te prejudicar, Dan. Eu disse para a polícia que falei com a mamãe e fui embora. E estamos pagando o seu advogado de defesa.

Dan se vira para Jenna.

— E você?

— O quê? — pergunta ela, assustada.

— Você também tinha muito a ganhar. Como sabemos que não foi *você* que matou os dois? Todo mundo sabe do seu temperamento violento.

— Jake passou a noite toda comigo — retruca Jenna com frieza.

— Ã-hã, claro que passou — responde Dan com sarcasmo. — Todos nós sabemos o que isso quer dizer. Ele pode estar mentindo por você.

— Só que ele não está.

— Ótimo. Então tudo bem se eu perguntar para ele.

— Para de ser babaca.

Irena fica observando, os nervos à flor da pele, quando Dan olha de Jenna para Catherine, sem pressa, como se estivesse pensando em alguma coisa. Depois ele diz:

— É, só que vocês duas sabiam do meu macacão descartável na garagem. E qualquer uma poderia facilmente ter pegado.

Em meio ao silêncio pesado, a campainha toca. E todos se viram para olhar.

Audrey está morrendo de medo do que está prestes a fazer. Mas alguma coisa a levou a dirigir para a casa de Catherine. Quando chegou e viu o carro de todo mundo na rua, logo soube que estavam reunidos lá dentro. De alguma forma, foi da entrada de veículos até a porta e tocou a campainha. Agora está ali, parada, esperando, a respiração ofegante.

Ela se lembra do quanto Dan a assustou mais cedo e pensa: *Que merda eu vim fazer aqui?* Cogita dar meia-volta e ir embora, mas então a porta se abre e é tarde demais.

— O que *você* quer? — pergunta Catherine em tom de hostilidade.

— Posso entrar?

Catherine parece refletir um pouco, depois abre caminho para que ela passe. Audrey vai até a sala. Encara Dan e desvia o olhar. O ar estava pesado. Ela claramente tinha atrapalhado alguma coisa, uma briga familiar, quem sabe. Pensa: *Alguém nessa sala é o assassino...* Sente o medo eriçar os pelinhos da sua nuca.

— Não vou demorar — diz bruscamente, tentando disfarçar o medo, não se dá nem ao trabalho de sentar. — Conversei com

Walter ontem. Tenho certeza de que a essa altura vocês já sabem que o seu pai não mudou o testamento.

— Claro que não mudou — diz Jenna com desdém.

Audrey se vira para ela, exasperada com seu tom.

— Ele não teve *tempo*, porque um de vocês o matou antes que ele pudesse fazer a mudança!

Ela olha para os outros, que a encaram com clara animosidade, talvez medo. Audrey continua, mal disfarçando sua raiva:

— O seu pai disse para vocês que ia alterar o testamento? Ou talvez a sua mãe, pelas costas de Fred. *Ela* sabia o que o seu pai ia fazer e não estava nada feliz. Então me pergunto para quem ela contou.

Ela encara cada um deles e diz, em tom de ameaça:

— Eu sei que foi um de vocês. E sei dos seus segredos. Talvez seja hora de saberem como essa família *realmente* é.

Então ela se vira e sai, empolgada e apavorada com o que tinha acabado de fazer.

TRINTA E TRÊS

Depois que Audrey sai, Dan vai embora, seguido por Lisa. Ele entra no carro da esposa e bate a porta. Ela entra e se senta ao seu lado. Ele sai de ré, cantando pneu, e segue pela rua.

— Vai devagar — pede Lisa.

Ele desacelera, mas suas mãos agarram violentamente o volante.

— Elas acham que fui eu, Lisa, as minhas próprias irmãs — diz, desolado.

Ele faz uma curva em alta velocidade.

— E aquela piranha da Audrey, ela e aquela língua enorme.

Dan pensa no que ela sabia sobre ele e no que poderia acabar falando. As palavras de conforto que esperava ouvir da esposa nunca chegam. Ele olha para Lisa. O rosto dela está completamente inexpressivo.

Lisa está em choque. Ela fica ali, sentada no banco do carona, uma das mãos no painel, enquanto Dan dirige desvairadamente. Ele está falando alguma coisa, mas ela não consegue lhe dar ouvidos. Está tentando lidar com o que tinha acabado de acontecer. Catherine e Jenna acham que Dan matou os pais. Isso está claro. A questão é: o que *ela* acha?

Ela começou a ter dúvidas.

No início, achava que Dan não tinha tido nada a ver com aquilo. Sabia com que roupa ele havia saído naquela noite. Não havia

179

sangue nela. Então não se importou de mentir para a polícia para ajudar o marido.

Mas então os investigadores encontraram o pacote de macacões descartáveis. Ela ficou parada na entrada da garagem, a mente entrando em pane. Se ele tivesse usado o macacão e os propés, então não teria se sujado de sangue. Poderia ter voltado para casa de roupas limpas.

E Catherine, como ela pôde encontrar os corpos e não dizer nada? Era perturbador. Não parecia ser do feitio dela. É claro que não faria isso a não ser que estivesse tentando proteger o irmão, tentando ganhar tempo para ele se livrar das provas. Esse é o problema, ela acredita mais na cunhada que no próprio marido. O sangue de Lisa parece congelar. O marido passou muito tempo fora naquela noite.

Ela acredita que as cunhadas queriam protegê-lo, por mais que Dan não ache isso. Se elas eram capazes de aceitar aquilo, então Lisa talvez também fosse. Dan está prestes a herdar uma fortuna. A não ser que seja condenado.

Mas Catherine e Jenna não tinham que *viver* com ele.

E Audrey... por que eles todos tinham tanto medo dela?

Ted fica observando Dan e Lisa irem embora, então fecha a porta. Lentamente, volta para a sala. Ele se joga no sofá ao lado da esposa e se recosta. Tudo aquilo tinha lhe sugado as energias. Era grato pela sua infância relativamente tranquila, sendo filho único. A família de Catherine era uma tremenda de uma bagunça.

Jenna se levanta.

— Bom, eu vou indo. Se acontecer alguma coisa, me avisem.

— Também vou — diz Irena.

Eles quase tinham se esquecido de Irena, sentada no canto, pensa Ted. Ele se pergunta se ela se sentia irrelevante para eles.

Catherine as acompanha até a porta.

Ted fecha os olhos. Logo ouve a esposa voltando para a sala e se sentando ao seu lado no sofá.

Ele está pensando no que Dan disse. Seu cunhado estava atirando para todos os lados, estava encurralado, e Ted sabia disso. Catherine e Jenna estão tentando ajudá-lo. Ted decidiu não se meter; vai deixar as coisas seguirem seu próprio rumo.

Mas o que Dan disse o incomoda. A acusação que fez contra Catherine e Jenna. Porque o fato é que Catherine estava *lá* naquela noite. E Ted ainda não aceitava que sua esposa tinha sido capaz de voltar para casa e fingir nada tinha acontecido. Ele não sabe mais se a conhece tão bem assim.

— Por que ele disse aquilo sobre os macacões? — pergunta Ted, voltando-se para olhar a esposa.

— O quê?

— Que você sabia onde eles ficavam. Como você saberia?

Ela balança a cabeça, fazendo pouco-caso.

— Jenna e eu fomos lá um dia na hora do almoço quando ele estava trabalhando no sótão. Só isso. A gente riu de como ele ficava naquela roupa. Acho que você tinha ido jogar golfe nesse dia.

Ted desvia o olhar.

— E do que Audrey estava falando?

Catherine bufa.

— Esquece Audrey. Ela só está com raiva porque não vai herdar o dinheiro. Ela é inofensiva.

Mas Ted sabe que a esposa está preocupada. E isso também o preocupa.

Jenna volta de carro para casa, indo do bairro de classe média confortável da irmã rumo ao norte. Logo está nos limites da cidade e depois nas estradas de terra do interior. Enquanto dirige, pensa no quanto odeia tia Audrey. Ela não sabe bem por quê, mas Audrey sempre pareceu gostar menos dela que dos outros. Era de se esperar que sua lista de favoritos fosse como a dos seus pais:

Catherine em primeiro lugar, depois Jenna, e, por fim, Dan. Mas Audrey parecia ter a própria ordem de preferência, pondo Jenna em último lugar. E não é como se ela tivesse feito algo contra a tia.

Ficou claro que Audrey estava ameaçando todos eles. Ela jamais teria coragem de fazer aquilo se o pai deles ainda estivesse vivo. Mas estava claramente se sentindo vingativa e destemida. Acha que lhe roubaram uma fortuna e que a culpa é dos sobrinhos.

Sua tia sabe a maior parte dos segredos da família. Sabe de coisas que podem colocar a polícia e a opinião pública contra eles. Sabe, por exemplo, do lado violento e precoce de Jenna.

Quando tinha 6 anos, empurrou Dan do alto do escorregador no jardim, contrariada porque o irmão a tinha provocado. Ele caiu para trás, gritando, e bateu no chão. Poderia ter sido bem pior, ele só quebrou um braço, não o pescoço. Catherine viu tudo e foi correndo e chorando contar para os pais.

— Que tipo de criança empurra a outra do alto de um escorrega? — arfou Audrey, horrorizada, piorando as coisas.

Infelizmente ela estava lá naquele dia. Depois ficou com o pai deles enquanto a mãe levava Dan para o hospital para engessar o braço. Jenna ficou embaixo da mesa da cozinha brincando com suas Barbies e ouviu o pai e Audrey falando dela.

— É bom você controlar esse temperamento, mocinha — disse Audrey ao ir embora.

Jenna não gostava da tia desde então.

Depois disso, Jenna ainda causou uma concussão em Catherine, e Audrey também ficou sabendo, porque seu pai dizia tudo das crianças para a irmã, especialmente as coisas ruins. Durante uma discussão, Jenna pegou um taco de plástico e acertou Catherine, que caiu e deu com a cabeça na calçada. Catherine foi levada para o hospital. Os pais disseram que a menina tinha caído enquanto brincava.

Jenna recebeu uma boa punição por isso.

* * *

Naquela noite, em casa, Audrey assiste ao noticiário das onze de pijama tomando um chá de camomila. Não há nenhuma novidade no caso Merton. Fica sentada na cama, irritada com a TV, pensando desgostosa na herança perdida, que havia sonhado tanto em desfrutar. Tinha imaginado a casa própria em Brecken Hill, roupas elegantes, viagens para a Europa e para as Bahamas. A TV mostra uma breve gravação das buscas na casa de Dan mais cedo, mas ela não faz ideia se a polícia achou algo comprometedor. Eles não dizem nada. Audrey se lembra de como ficou assustada quando o sobrinho veio em sua direção, da raiva no punho dele quando acertou o carro.

Agora que consegue pensar melhor nas coisas, Audrey mal acredita que se meteu na reunião da família, logo depois, na casa de Catherine. Como foi que reuniu coragem?

Ela decide visitar os investigadores pela manhã.

TRINTA E QUATRO

É sexta de manhã, e os investigadores Reyes e Barr estão revendo o caso. A cena do crime não tinha fornecido quase nada de provas ou pistas. Eles não encontraram provas materiais deixadas pelo assassino. Reyes começa a achar que estão lidando com alguém inteligente, alguém capaz de planejar um duplo homicídio e talvez sair impune. Mas isso não vai acontecer se Reyes puder impedir.

Eles sabem que possivelmente havia outro veículo na vizinhança naquela noite, aquele que a vizinha, Sra. Sachs, afirma ter visto. Uma picape que não teria como ser confundida com o carro de Catherine, Dan ou Jenna. Nem de Irena. Quem estava dirigindo esse carro pode ter visto alguma coisa. É possível que a pessoa na caminhonete tenha matado os Merton. Mas seus instintos lhe dizem que não. A não ser que um — ou mais — dos filhos dos Merton tivesse contratado alguém para matar os pais, possivelmente a pessoa da caminhonete. Mas os boletins da polícia, as descrições feitas para a imprensa, as investigações nas lojas que faziam esse tipo de pintura customizada, tudo isso não levou a lugar algum.

A sargento da recepção bate de leve à porta de Reyes.

— Senhor — diz ela.

— Diga?

— Tem alguém aqui querendo falar com o senhor sobre o caso Merton. Audrey Stancik?

Reyes olha de relance para Barr.

— A irmã de Fred Merton.

Eles ainda não a haviam convocado para uma oitiva, mas seu nome estava na lista. Ele se levanta.

— Vamos ver o que ela quer.

Eles vão até a sala de espera, e Reyes vê uma mulher gordinha, com cabelo loiro na altura dos ombros, se levantar. Está bem-vestida, usa batom coral, terninho bege, blusa estampada colorida e sapatos com saltinho. Avalia que a mulher tenha por volta de 60 anos. Fred, lembra-se, tinha 62.

Eles acomodam Audrey em uma sala de interrogatório. Barr oferece café, que ela aceita de bom grado.

— Com leite e duas colheres de açúcar — diz.

— O que traz a senhora aqui? — enfim pergunta Reyes.

— Sei que os senhores ouviram todo mundo na família — diz, os olhos argutos. — Menos a mim.

Ela dá uma golada no café e o põe de lado.

Reyes se pergunta se Audrey era apenas uma intrometida que estava se sentindo negligenciada, mas o que ela diz depois o deixa em alerta.

— Sei muitas coisas sobre essa família. E, diferentemente dos demais, estou disposta a contar.

Jenna embarca no trem para Nova York na sexta de manhã e se encontra com Jake para tomar café num lugar de que os dois gostavam, o café Rocket Fuel. Era um espaço frequentado por artistas — barato e bagunçado, com mesas velhas, cadeiras desencontradas e café forte. Ela chega primeiro e fica olhando pela janela, esperando Jake entrar pela porta. Não o conhecia havia muito tempo. Não o conhece tão bem. Torce para que isso não seja um erro.

Ela o vê entrar no café, alto e esguio, e se lembra do quanto se sente atraída por ele. Quase tinha se esquecido. Sorri enquanto ele se aproxima. Ela se levanta e lhe dá um beijo demorado, o que chama a atenção dos demais clientes.

— Oi — diz Jake com sua voz grave e sexy. — Senti a sua falta.

— Eu também — diz Jenna e se dá conta de que é verdade.

Ela adora o cheiro de tinta e aguarrás que ele exala, misturado ao suor.

Quando ele pega o café, eles se aninham na mesinha de Jenna.

— Que bom te ver — diz Jake, alisando o cabelo dela. — Como você está? Está tudo bem?

Ela faz que sim com a cabeça.

— Acho que sim. Mas, Jake... — Ela olha nos seus olhos e baixa o tom de voz. — Eu e Catherine achamos que talvez tenha sido o Dan.

Ele olha para Jenna, sério. Ela percebe que isso não parece surpreendê-lo tanto assim. Cai a ficha de que todo mundo vai considerar Dan o suspeito mais óbvio.

Ela se aproxima, sussurrando:

— A polícia claramente acha que ele é o culpado. Dan disse que passou a noite toda em casa e Lisa confirmou, mas os policiais conseguiram testemunhas que o viram sair de casa, e parece que ele passou horas fora. — E acrescenta: — Ele tem um advogado agora.

— Ele vai ser preso?

— Não sei. Tomara que não. Catherine diz que a polícia não tem provas. Não acharam nada na casa dele. — Ela faz uma pausa. — Exceto...

— Exceto o quê? — pergunta Jake.

Jenna conta dos macacões descartáveis na garagem e faz com que ele jure segredo.

Jake diz, hesitando:

— Eu vi o seu irmão pedir dinheiro para o seu pai naquela noite, o velho acabou com o coitado. Não contei isso para os investigadores.

Ela olha para a mesa riscada à sua frente.

— Não sei o que fazer.

— Não tem nada que você *possa* fazer — conforta-a. — Só esperar isso passar. O que tiver que acontecer, vai acontecer.

Ele se inclina para a frente e pega as mãos de Jenna.

— E você pode contar comigo. Sabe disso, não é?

Ela se aproxima e beija sua boca delicadamente, agradecida. Depois interrompe o beijo.

— Quer que eu vá ao velório amanhã? — pergunta ele.

— Se estiver tudo bem para você — diz Jenna, fazendo cara feia. — Vai ser um horror. A polícia vai estar lá de olho em tudo.

Se Dan tentar falar com Jake no velório, pensa, ela estará lá, ao seu lado, e poderá impedir. Eles terminam o café, e Jenna diz:

— A gente podia ir para a sua casa ver o que você vai vestir amanhã.

— Isso é só uma desculpa para me levar para a cama, não é? — diz Jake.

Ela sorri.

TRINTA E CINCO

— Continue — diz Reyes para Audrey, interessado em saber o que a mulher tem a dizer.

— Essa é uma família bem problemática — começa Audrey. — Sheila não era boa para o meu irmão. Era fraca e fútil. Não despertava as melhores qualidades de Fred. Ele odiava gente fraca, ficava furioso com isso.

— Então por que ele se casou com uma mulher fraca? — pergunta Barr.

Ela olha para a investigadora.

— Não sei — confessa, suspirando, então continua: — Talvez achasse isso mais fácil do que se casar com uma mulher forte. — Ela para de falar por um instante. — Sheila era uma mulher egocêntrica que não se interessava muito pelos filhos. Era uma família perturbada. Eles não vão te contar isso, mas eu sei. Eles querem que todo mundo pense que tudo era perfeito. Mas as crianças odiavam Fred.

— Por quê? — pergunta Reyes.

— Porque ele era péssimo com eles. Ele podia ser bem cruel, principalmente com Dan. — Audrey dá outra golada no café e continua: — Fred tinha tanto dinheiro que não sabia o que fazer com ele, e não economizava com os filhos, ainda mais nos primeiros anos. Aquelas crianças foram criadas com tudo do bom e do melhor — explica. — Mas então Fred começou a cortar algumas coisas. Estava decepcionado com os filhos. Tinha tanta expectativa neles quando eram crianças. Dan era o maior desgosto. As meninas estavam numa situação melhor que ele, na minha opinião. Enfim, Fred era um homem de negócios incrível, e Dan não tinha o seu dom. Ele queria agradar o pai, mas nada era bom o bastante. E Fred o menosprezava sempre que podia, destruía sua autoconfiança. É como se, ao perceber que Dan nunca chegaria aos seus pés, ele não pudesse mais deixar de descontar a raiva e o desgosto a cada oportunidade. Fred vendeu a empresa para que Dan não assumisse. Sei que foi uma decisão de negócios acertada, mas também sei que ele fez isso por maldade. Queria magoar Dan por ser uma decepção. — Ela para de falar e respira fundo. — Ele podia ser bastante mesquinho.

— Então a senhora acha que Dan matou os dois — diz Reyes.

— Não sei. Mas estou certa de que foi um deles.

— Por que a senhora tem tanta certeza?

— Fred estava morrendo. Estava com câncer de pâncreas e sabia que não tinha muito tempo. Ele recusou qualquer tipo de tratamento, só aceitava tomar analgésicos. Enfim, achava que tinha sido muito generoso com os filhos e que isso talvez os tivesse estragado.

Ela conta como Fred pretendia mudar o testamento e como ela acreditava que pelo menos um dos filhos sabia disso, que talvez Fred ou Sheila tenham contado e pagado um preço alto por isso, antes que o irmão pudesse concluir os planos.

O que faz com que seja pouco provável que Audrey tenha matado os Merton, pensa Reyes. Ela ia receber o dinheiro em breve.

Audrey declara:

— Na minha opinião, um deles é um psicopata e não teve nenhum problema em matar os pais. Só falta saber quem.

Ela se recosta na cadeira e diz:

— Me deixe contar para o senhor umas coisinhas sobre aquelas crianças.

* * *

Perto da hora do almoço, Lisa sai de casa enquanto Dan está se distraindo na garagem. Ela pega o carro, dizendo que vai resolver umas coisas, embora tenha outro destino em mente. Seu marido está revoltado com as irmãs; tem certeza de que o traíram, só por esperarem o pior dele. Ela também não tinha gostado daquilo e entende como ele se sente magoado e traído. E assustado. Mas também acredita que as irmãs queriam protegê-lo. Quando Lisa mencionou isso, Dan disse:

— Você não as conhece como eu. — E se recusou a continuar a conversa.

Ela não quer que a briga entre Dan e as irmãs transpareça amanhã no velório. Precisa fazer com que ele volte a si. Eles precisam se unir; ele não pode parecer isolado das irmãs. E ele anda tão aflito, tão à beira de explodir.

A outra questão é que ela não tem tanta certeza de que as irmãs estejam erradas. Lisa precisa de apoio, de acolhimento. Porque nunca na vida se sentiu tão assustada.

Vai até a casa de Catherine, pensando no que iria dizer. Tinha se aproximado muito dela desde que havia se casado com Dan. Lisa confidenciou a Catherine mais sobre a situação financeira deles do que Dan gostaria.

Estaciona na entrada de veículos, notando que as cortinas da sala estavam fechadas. Era difícil acreditar que fazia apenas três dias desde que os corpos de Sheila e Fred foram encontrados; parecia ter sido tanto tempo atrás. Seu mundo virou de ponta-cabeça.

Catherine a convida para entrar. Assim que a porta se fecha, Lisa começa a chorar copiosamente. A cunhada a abraça e ela põe tudo para fora.

Por fim, elas se sentam na sala e, quando Lisa chora tudo que tem para chorar, ela pede desculpa. Ted vem até a sala, mas logo tem o bom senso de se retirar, indo para o andar de cima.

— Não estou lidando bem com isso — comenta Lisa, destruída.

— Você está lidando tão bem quanto qualquer um lidaria — diz Catherine.

Lisa olha para a cunhada, nota a tensão em seu rosto e corpo. Ela reúne a coragem para perguntar aquilo que a levou até ali.

— Você o conhece. Acha mesmo que ele seria capaz de fazer isso?

Catherine desvia o olhar e depois se força a encarar Lisa novamente.

— Não sei no que acreditar.

— Nem eu — admite ela num sussurro. — Pelo menos não desde que encontraram aqueles macacões descartáveis.

Depois de terminar a oitiva na delegacia, Audrey vai para a casa de Ellen e estaciona o carro na entrada de veículos. Precisa falar com alguém e não podia falar disso com mais ninguém além dela.

— Audrey — cumprimenta Ellen, abrindo a porta depois de ver o carro dela pela janela. — Aceita um café?

— Claro — diz ela, acompanhando-a até a cozinha.

— Alguma novidade? — pergunta Ellen, enquanto cuida da cafeteira.

Audrey se acomoda à mesa da cozinha, pensando o quanto deveria revelar para Ellen sobre aonde tinha ido.

— Acabei de voltar da delegacia — confessa.

Ellen se vira e a encara.

— Por quê? O que aconteceu?

— Contei a verdade para eles.

— Que verdade? — pergunta Ellen, esquecendo-se do café.

Audrey engole em seco.

— Falei que achava que um dos filhos era o assassino. Que Fred e Sheila provavelmente contaram para um deles que o testamento ia ser alterado, me incluindo.

— Ai, Audrey — diz Ellen, devagar. — Tem certeza de que foi uma boa ideia?

— Não sei — admite. — Talvez não.

— Você tem certeza absoluta de que Fred ia mudar o testamento? — pergunta Ellen.

— Tenho — responde Audrey, firme. Ela nota que a amiga não está acreditando muito nela. Mas o que raios ela acha que sabe? — Certeza absoluta. Ele jurou. Queria punir os filhos. E acho que estava me recompensando pelo meu silêncio durante todos esses anos.

— Silêncio pelo quê? — pergunta Ellen, curiosa.

— Nada que você precise saber — responde Audrey de pronto.

Na noite de sexta, depois do trabalho, Rose está deitada na cama, ainda de saia e blusa, cansada demais para pensar em preparar algo para comer. Em vez disso, de olhos fechados, ela se aflige com sua situação, remoendo o mesmo pensamento de novo e de novo. Seus nervos estão acabando com ela. Agora, sente-se arrependida pelo que fez. Foi um erro. *Por que fez isso?* Mas ela sabe por quê: porque é gananciosa, impaciente e resolveu pegar um atalho. Se pudesse voltar no tempo e desfazer tudo, ela o faria.

Após um tempo, Rose se levanta da cama e olha para o armário. Precisa achar algo para vestir no velório amanhã. Decide que vai ter que ser um terninho preto mesmo.

TRINTA E SEIS

O sábado começa ensolarado e ameno, um lindo dia para um velório, pensa Reyes, ajeitando a gravata. Ele e Barr vão comparecer, assim como outros policiais à paisana, misturando-se à multidão para ficar de olho na família e nas pessoas próximas. Para ficar de olho em todo mundo.

Reyes dirige até a Igreja de Santa Brígida, em Brecken Hill, frequentada pelos ricos. É bem grande e ele nunca tinha estado lá. Deixa o carro no estacionamento e vai andando para a igreja, sem pressa, olhando ao redor. Ainda é cedo, mas há um grupo de pessoas em carros de luxo entrando no estacionamento. Ele continua do lado de fora, observando as pessoas andando, chegando para prestar condolências. Elas formam pequenos grupos, mulheres de meia-idade de vestido e chapéu, homens de terno escuro, encontrando-se e se misturando com as pessoas que conheciam, falando em voz baixa. A pedido da família, o caixão não ficou aberto na capela funerária. Seria apenas o velório e o enterro, este reservado aos familiares. Pela experiência de Reyes, o caixão ficava aberto na capela durante o velório. Depois disso haverá uma recepção no clube de golfe.

Ele vê Barr chegar. Ela está tão diferente em seu vestido preto simples e salto alto que, por um instante, ele não consegue reconhecê-la.

O velório está marcado para as duas da tarde. Ninguém da família chegou ainda. Então Reyes vê Audrey com uma mulher de cerca de 30 anos. Elas se parecem, deve ser a filha dela. Ele se pergunta se a sobrinha de Fred também o odiava. Não parecia muito feliz, e Reyes poderia apostar que não era tristeza pela morte da tia e do tio. Ela não teve muito contato com eles, segundo tinha ouvido o investigador.

A família chega junto, em duas limusines que param em frente à igreja. Catherine, Ted e Irena descem da primeira, seguidos por Dan, Lisa, Jenna e Jake Brenner na segunda. Reyes fica observando cada um atentamente. Dan Merton parece pálido e sobressaltado e fica o tempo todo mexendo no colarinho; sua esposa, Lisa, está tensa e parece temer o que está por vir. Catherine está bem arrumada, de vestido preto feito sob medida, empertigada, controlada e com ar de realeza. Parece se adequar às circunstâncias, enquanto Dan e a esposa parecem um pouco intimidados por elas. Ted está ao lado de Catherine, forte e resoluto, pronto para o que viesse. Jenna acabou fazendo uma pequena concessão à ocasião e colocou uma saia preta e uma blusa discreta, uma aparência bem convencional, exceto pelo cabelo roxo chocante.

A família atravessa o pátio e sobe os degraus da igreja, de olhos baixos, sem parar para falar com ninguém. Na porta principal, o padre os cumprimenta e os conduz para dentro. Aos poucos, as outras pessoas vão entrando também.

Barr se junta ao investigador no alto da escada.

— Você está muito bonita — comenta Reyes.

— Obrigada.

— Cuide do lado esquerdo, e eu cuido do direito.

Enquanto ela se afasta, Reyes localiza os policiais à paisana se misturando aos enlutados e faz contato visual com cada um deles. Não acham que algo vá acontecer, mas é sempre bom contar com alguns pares de olhos a mais. Tem outro policial no estacionamento e mais um na rua, caso o estacionamento lote; os dois estão procurando por uma picape com chamas pintadas na lateral. Se virem alguma coisa, o telefone de Reyes vai vibrar. Mas ele não acha que a caminhonete vai aparecer; o motorista deve saber que está sendo procurado.

A música de órgão preenche a igreja; Reyes se senta do lado direito, perto da frente da igreja, na ponta da fileira do corredor externo. Ele percebe que há quase trezentas pessoas lá quando a cerimônia está prestes a começar. Fica pensando quantas daquelas pessoas realmente conheciam os Merton e quantas estão ali só porque eles foram assassinados.

Há dois caixões iguais e reluzentes, de mogno, na frente da igreja. Ao redor deles, muitas coroas de flores com rosas e lírios; o aroma chega a Reyes, lembrando-o de outros velórios aos quais já tinha ido. Mas esse não era pessoal, era trabalho. Ele fica de olho na família na primeira fileira enquanto a cerimônia começa.

Catherine nota que seu corpo todo está retesado à medida que a cerimônia se encaminha para o fim e tenta se forçar a relaxar. Ela se sente grata por tanta gente ter comparecido. As flores são lindas — Jenna fez um bom trabalho, pensa. Está satisfeita com a escolha dos caixões. A cerimônia é respeitosa e de bom gosto. Fizeram tudo direitinho. Não era fácil organizar um velório grande e pomposo em tão pouco tempo e em circunstâncias tão desgastantes. Agora tudo o que precisam fazer é aguentar até o fim da cerimônia e depois até o fim da recepção. À noite, tudo terá acabado, e ela vai poder enfim desabar.

A manhã começou um pouco complicada, mas Lisa conseguiu fazer com que Dan voltasse a falar com Catherine e Jenna, convencendo-o de que não pegaria bem se ele e as irmãs parecessem afastados. Lisa o convenceu de que tinham que parecer unidos, uma família lidando unida com o luto.

Catherine viu os dois investigadores na multidão; eles estão atrás dela, e consegue sentir seus olhares na sua nuca. Está sentada na ponta da primeira fileira, perto do corredor central. Ted está ao seu lado. Depois dele, está Jenna, seguida por Jake. Ela ficou surpresa com o fato de ele ter um terno decente. Talvez seja alugado. Depois estão Dan, Lisa e Irena. Catherine sabe que Audrey está sentada com a filha — que pegou um voo para o velório — na outra ponta da fileira e isso a aborrece. Ela se pergunta se a tia disse alguma coisa para os investigadores. Catherine termina sua leitura, e o padre está prestes a encerrar. Houve cantos — uma bela performance da ave-maria. A cerimônia está quase no fim quando ela nota uma movimentação à direita. Olha de relance. Não, não é possível. Dan está se levantando enquanto o padre fala com sua voz arrastada. Lisa está segurando o braço do marido, puxando-o, o rosto dela completamente consternado, e ela sussurra alguma coisa em seguida. Catherine acha que ela está pedindo ao marido que se sente. Dan está vermelho, com aquela expressão teimosa de quando era criança. Ele cansou dessa hipocrisia e quer ir embora, pensa Catherine. Então, enquanto ele passa pelas pernas da esposa, de Irena, de Audrey e da filha dela, chegando ao fim da fileira, ele segue para a frente da igreja, e sua irmã nota, horrorizada, que ele vai dizer alguma coisa. Ela olha para Lisa, que está em pânico. Sua cunhada implora, em silêncio, para que faça alguma coisa, que impeça que uma catástrofe aconteça. Mas o que ela podia fazer? Será que deveria interrompê-lo? Catherine olha para a frente da igreja e fica observando, indecisa, Dan se aproximar do altar. Ela consegue ouvir a agitação das pessoas que, até então meio sonolentas com a cerimônia, agora estão abaladas ao ver Dan lá na frente. Ela sente a mão de Ted apertando a sua, tentando acalmá-la.

Catherine engole em seco e tenta conter a vontade de interferir. Talvez fique tudo bem. Quando o padre termina e se afasta, Dan começa a falar.

— Eu não ia falar nada durante o velório da minha mãe e do meu pai. — Ele engole em seco, o rosto ainda mais vermelho, e puxa o colarinho, nervoso. — Não sou bom de falar em público, então isso é bem difícil para mim.

Ele para, encara a multidão e parece perder a coragem. Catherine torce para que seja isso, que ele acabe dizendo alguma coisa breve e inofensiva, como "obrigado por virem", e volte para o lugar. Mas então ele parece recobrar a coragem.

— Eu não ia falar porque, como muitos de vocês sabem, o meu pai e eu não nos dávamos muito bem. Mas eu gostaria de dizer umas coisas.

TRINTA E SETE

Catherine fica ouvindo, o corpo retesado. A voz de Dan treme de nervoso, mas ele parece decidido a seguir em frente.

— Muitos de vocês viam o meu pai como um homem bom e decente. Ele era um empresário de sucesso e sentia bastante orgulho disso.

Dan encara a multidão, evitando olhar para a família na primeira fila.

— Mas ele era diferente em casa. A gente conhecia um outro lado dele que vocês nunca viram. Ele era um homem complicado. Difícil de conviver. Era exigente e difícil de agradar. — Ele faz uma pausa.

Catherine nota as pessoas se agitando desconfortáveis em seus assentos, mas ela está paralisada, olhando para o irmão, temendo o que viria em seguida.

Dan continua:

— Eu sofria bullying sem misericórdia; não na escola, mas do meu próprio pai. Ele era cruel e vingativo. Era especialmente duro comigo, o único menino, e provavelmente porque fui o que mais o decepcionou. Eu era sua maior decepção, ele vivia me dizendo isso. — Dan para, como se tentasse se controlar. — A gente aprendeu a não falar disso.

Então ele parece mudar o tom, como se estivesse improvisando. As palavras saem mais rápido.

— Ele era abusivo. Hoje percebo isso. Quando era pequeno, achava que merecia aquilo, mas hoje sei que ninguém merece ser tratado daquela forma. Ele deve ter sofrido, no fim. Foi uma forma terrível de morrer. Vocês provavelmente vão ouvir coisas péssimas sobre mim, mas quero que saibam que não fui eu. Mesmo depois de tudo que ele me fez, eu não o matei. E eu jamais mataria a minha mãe. Espero que ela não tenha sofrido muito. Espero que tenha morrido rápido.

Ele começa a soar desconexo.

Catherine está horrorizada. Ele não está mais vermelho, mas pálido. Ela nota que o irmão está perdendo o controle. Ele se segura no altar como se pudesse cair se não fizesse isso. Ela nota o brilho do suor no seu rosto. Precisava acabar com isso. Catherine se levanta e vai até o corredor central, pegando o caminho mais curto até o altar. Dan para de falar e fica observando a irmã se aproximar, desconfiado, enquanto a igreja mergulha no silêncio. Ela pega seus braços delicadamente. Dan tenta afastá-la, mas acaba cedendo, como se tivesse se esquecido do que queria dizer, e volta com ela até a fileira, onde todos se movem para o lado, e se senta junto à irmã. Quando ela se acomoda, consegue ouvir o burburinho das pessoas cochichando. Vai todo mundo falar disso; vai sair na imprensa. Ela está furiosa com Dan, mas tenta não demonstrar. Tenta trocar um olhar com Lisa, mas a cunhada está olhando para o chão.

Reyes fica pensando no que acabou de ver. Fica se perguntando se Dan era um rapaz perturbado. Ele se vira e olha para trás, tentando achar Barr à sua esquerda. Ela olha para ele, erguendo as sobrancelhas. A cerimônia acaba. Reyes olha para o telefone ao se levantar. Nada. Se tivessem encontrado a picape, teriam ligado. Ele engole a decepção.

Rose Cutter se levanta do seu banco no fim da igreja e pensa em sair de fininho, sem entrar na fila para falar com a família. Catherine devia esperar vê-la. Mas tem tanta gente; vai levar uma eternidade. Ela não quer falar com a família. Só quer ir embora. Ela sai da igreja.

Irena fica por perto, de olho nas coisas, enquanto a família se reúne na entrada da igreja para as pessoas prestarem suas condolências ao saírem. Ela ficou muito abalada com o discurso de Dan. Agora ele estava ali, preso entre as irmãs, que disseram que ele não deveria dizer nada além de "obrigado por vir". Estão todos preocupados com o que os outros vão pensar, com o que os investigadores vão pensar.

Irena torce para que essa provação acabe logo. O velório, a recepção, a investigação. É tudo tão cansativo. Ela não vinha dormindo bem. Sente como se tivesse uma vertigem, como se estivesse à beira de um precipício, prestes a cair. Ela fica olhando para Dan.

Ele se vira para a direita e se inclina para perto de Jenna e Jake, dizendo:

— Jenna disse que você passou a noite toda com ela quando a mamãe e o papai foram mortos. É verdade?

Ele não baixou o tom de voz, e Irena consegue ouvi-lo mesmo estando a alguns metros de distância, e as pessoas ao redor começam a olhar para ele.

Jake parece constrangido e diz algo que ela não consegue ouvir. Dan dá um sorriso antipático.

— Claro. Até parece que você não mentiria para protegê-la.

Irena então nota, em choque, que o investigador Reyes está ao seu lado, observando e ouvindo. Sente-se desconfortável com a proximidade, escutando tudo. Ela assiste consternada ao desastre se desenrolar diante deles. Não tem como impedir aquilo.

Jenna se vira para o irmão e diz algo que Irena não consegue ouvir. Provavelmente estava mandando-o calar a boca.

— Por quê? — pergunta Dan, irritado. — Quando é que você fez alguma coisa por mim?

Irena prende a respiração. Está furiosa com o investigador ao seu lado, vendo tudo. Lisa parece tentar convencer Dan a ir embora. Ela fala com o marido em voz baixa, puxando a manga da camisa dele.

Mas Dan olha na direção de Irena e vê o investigador Reyes ao seu lado. E diz:

— Investigador! — E acena para que ele se aproxime. — O senhor precisa saber de uma coisa.

Irena vê que toda a família, exceto Dan, fica tensa ao ver o investigador. As pessoas na fila se afastam, constrangidas. Reyes dá uns passos até estar perto de Dan.

— Não é melhor a gente ir lá para fora? — sugere o investigador em voz baixa.

Dan rejeita a sugestão e diz, em alto e bom som:

— As minhas irmãs também não têm álibis. Você sabe que Ted mentiu para proteger Catherine. E aposto que o Jake aqui está fazendo o mesmo por Jenna.

Reyes olha para Jake, que desvia o olhar.

— E Catherine e Jenna sabiam dos macacões descartáveis na minha garagem. — Sua voz agora é maliciosa. — Qualquer uma poderia pegar um; na maior parte do tempo a minha garagem nem fica trancada. O senhor precisa saber disso. Eu não os matei, mas pode ser que uma delas tenha matado.

Todos dentro da igreja parecem paralisados, presos naquele momento. Irena vê Audrey e a filha na extremidade. Audrey parece estar adorando aquilo, com um sorriso debochado no rosto.

Irena conhece aquela família. Eles vão se voltar uns contra os outros. É isso que elas fazem, essas crianças. É o que sempre fizeram. Irena logo nota o som de fotógrafos fazendo diversos registros.

Exausto depois de tudo o que havia acontecido na última semana, Reyes se joga na sua poltrona preferida à noite, pensando no velório ocorrido mais cedo, enquanto sua esposa prepara os filhos para dormir. Deveria ajudá-la, mas ela olhou para ele e o mandou colocar os pés para cima, disse que ele parecia acabado.

Será que era verdade que as duas irmãs sabiam dos macacões descartáveis na garagem de Dan Merton e que tinham acesso, como ele alegou? Será que uma delas matou os pais, torcendo para que a culpa caísse sobre ele? Tudo isso só para tentar ficar com uma parte maior da herança?

Catherine mentiu sobre ter voltado para a casa dos pais naquela noite. Será que foi ela então quem os matou? Ela poderia ter pegado um macacão em vez de correr o risco de comprar um ela mesma e ainda podia jogar a suspeita sobre o irmão. Talvez estivesse apenas fingindo que era uma irmã protetora. Audrey afirma que Fred ou Sheila devem ter contado a um ou mais filhos sobre os planos do pai de mudar o testamento para incluir seu nome. Se aquilo era verdade, quem sabia? Perder metade do patrimônio para a tia era suficiente para fazer algum deles cometer um assassinato?

E Jenna... Bem, Jake não era um mentiroso muito bom. O que teria realmente acontecido naquela hora em que eles estiveram na casa com Fred e Sheila? Será que voltaram depois e cometeram os assassinatos juntos? Ou será que Jenna agiu sozinha? Por enquanto, Jake segue sendo seu álibi.

Ele precisa falar com as duas irmãs outra vez. E quer ouvir a antiga babá de novo, que provavelmente conhece essa família melhor do que ninguém.

TRINTA E OITO

Catherine acorda na manhã de domingo completamente esgotada do dia anterior, longo e difícil. Ela pega o jornal do lado de fora e nota repórteres e vans da TV na rua. Até ali, a imprensa os tinha deixado em paz. Eles começam a correr na sua direção e ela bate a porta na mesma hora. Então começa a olhar o jornal nas suas mãos.

O *Aylesford Record* trouxe mais uma vez a história do assassinato dos seus pais na capa. Só que agora é diferente. Tem uma foto que a deixa sem ar — uma foto daquele momento horrível na igreja em que Dan começou a destilar seu veneno para o investigador. Catherine fica analisando a foto — ela parece fria e irritada. Dan parece animado; Jenna, assustada. É uma foto nada favorável da família, o que lhe causa desconforto. Catherine vai lentamente até a cozinha e se senta à mesa, correndo os olhos pela matéria, sentindo-se cada vez mais desgostosa. O distanciamento e o respeito que os Merton tinham conseguido até ali graças à sua fortuna e posição tinham desaparecido. O pudor havia acabado e agora a imprensa estava com sede de sangue.

QUEM MATOU CASAL MILIONÁRIO?
BRIGA FAMILIAR PERTURBA VELÓRIO

Ela passa os olhos pela matéria e, ao fazer isso, alguns trechos lhe chamam mais a atenção:

... especulações de que foi um latrocínio... Talvez esteja surgindo uma nova teoria sobre o caso... Dan Merton disse em alto e bom som à polícia que suas irmãs, Catherine Merton e Jenna Merton, deveriam ser consideradas suspeitas... uma exibição surpreendente de tensão em uma família que até então sempre foi muito reservada e ciente de sua posição na comunidade...

Conforme continua a leitura, o coração de Catherine fica ainda mais apertado.

A polícia está focando a atenção nos três filhos adultos... cada um deve herdar uma parte do patrimônio dos Merton... Uma fonte anônima afirma que o dinheiro pode não ter sido a única motivação dos assassinatos... Ao que tudo indica, era uma família problemática, hipótese que parece ser confirmada pelo que aconteceu ontem no velório...

Catherine ergue o olhar ao ouvir Ted chegar à cozinha.

— Você não vai acreditar — diz, enjoada, arremessando o jornal na mesa, diante do marido, enquanto ele se senta à sua frente.

Ela se levanta para servir o café.

Ted lê, em silêncio, com uma expressão sombria.

— Meu Deus.

Catherine diz, amargurada:

— Por que Dan não entende de uma vez por todas que é melhor só calar a porra da boca? E todos nós sabemos quem é a tal fonte anônima.

Lisa observa seu café, que acabou esfriando. Tinha lido a matéria perturbadora do *Aylesford Record*.

Nunca se sentiu tão assustada e sozinha. Dan perdeu o controle. Sua postura no velório no dia anterior os isolou das irmãs dele. Dan espera que ela seja leal a ele e não fale mais com Catherine e Jenna. É como se tivesse enlouquecido. Eles brigaram na noite passada por isso, depois do desastre que foi o velório e o evento interminável no clube de golfe, mas ele se recusava a ouvir a voz da razão. É como se estivesse convencido de que uma das irmãs matou seus pais e armou para que ele levasse a culpa.

Ou será que ele apenas quer que ela acredite nisso?

Nada faz sentido. Lisa está numa posição impossível.

Reyes e Barr ouvem Irena Dabrowski outra vez, no domingo de manhã, enquanto esperam um mandado de busca e apreensão para Catherine Merton. A faxineira se senta de frente para eles na sala de interrogatório pela segunda vez. Reyes acredita que ela tenha a resposta. Está convencido de que um dos filhos dos Merton matou os pais e de que Irena também acha isso. Não há dúvida de que ela sabe mais do que está dizendo.

— Sabemos que a senhora está protegendo alguém.

— Não estou protegendo ninguém. Não sei quem foi. — Ela encara a mesa e, um pouco desesperada, diz: — Não quero saber.

Reyes se inclina para a frente, atento.

— Mas a senhora sabe ou pelo menos imagina quem foi. Foi um dos filhos, não é? A gente sabe que foi um deles, ou talvez dois ou mesmo todos eles. E a senhora também sabe.

Ela ergue a cabeça, e o investigador vê os olhos da mulher ficando marejados. Ele aguarda, mas tudo o que ela faz é balançar a cabeça.

Reyes abre a pasta sobre a mesa e espalha fotos da cena do crime. Ela dá uma espiada e logo desvia o olhar.

— E então, qual das suas crianças seria capaz disso, na sua opinião?

Por fim, ela umedece os lábios, como quem se prepara para falar. Reyes aguarda, tentando não deixar transparecer sua impaciência.

Ela diz:

— Não sei quem foi. — E afunda, derrotada, como se o esforço de segurar aquilo por mais tempo fosse demais para ela. — Mas acho que qualquer um deles seria capaz.

— Por quê? — insiste Reyes com um tom de voz mais suave.

Ela engole em seco. Dá um gole no copo de água com a mão trêmula. Seca as lágrimas com um lenço.

— Porque, por mais que eu ame todos eles, os conheço bem. Eles são inteligentes, egoístas e ambiciosos e foram criados por um psicopata. Fiz o meu melhor, mas não descartaria nenhum deles — diz, secando outra lágrima e olhando para o investigador. — Mas jamais teriam agido juntos. Eles não fazem nada juntos.

Audrey relê a matéria do *Aylesford Record* e, por mais que aprecie que a animosidade entre os filhos de Fred e Sheila esteja agora escancarada para todos verem, isso não diminui seu sentimento de injustiça. A matéria não diz nada sobre Audrey ter sua parte do patrimônio negada. Ela não contou isso para Robin Fontaine. Era ela a fonte anônima que falou dos problemas da família Merton, mas nenhum dos detalhes sórdidos tinha entrado na matéria. Provavelmente tinham medo de ser processados, pensa. Talvez esteja na hora de subir o tom. Talvez devesse ligar de novo para aquela jornalista e revelar o que ela falou para os investigadores — que Fred ia mudar o testamento e que um dos filhos era um assassino. Mas também não iam publicar isso. Não tinha provas.

Ellen aparece para suas caminhadas habituais das manhãs de domingo. Elas gostam de caminhar pelas várias trilhas de Aylesford quando o tempo está bom. Todo domingo, vão de carro até o começo de uma das trilhas. Agora, cada uma leva sua garrafa de água e, enquanto caminham, conversam.

A trilha está tranquila, apenas um ou outro corredor ou ciclista passa por elas. Audrey acaba contando para Ellen, no impulso, o que está pensando em fazer.

— Foi você que falou com a jornalista — diz Ellen.

— Foi. Por quê? Você acha que eu não deveria ter falado?

Ellen demora a responder. Enquanto Audrey a acompanha, fica estudando a amiga. Ellen não era muito de se meter em problemas, levava uma vida calma. Já Audrey sempre foi mais agitada, pensa, ao passo que a amiga era mais reservada, um pouco tímida, com seu cabelo castanho com mechas grisalhas, suas calças simples e cardigãs cinza. Como se quisesse passar despercebida.

— Não sei — admite Ellen, por fim. — Acusar uma pessoa assim de assassinato...

— Mas não consigo ficar parada sem fazer nada — insiste Audrey. — Pelo menos posso tentar fazer justiça por Fred.

— Talvez você devesse deixar isso para a polícia — sugere Ellen. — Você não tem como *saber* que foi mesmo um deles.

Audrey dá um riso debochado.

— Como é que você pode ter tanta certeza? — insiste Ellen.

Audrey para de caminhar e olha para ela, como se tivesse acabado de tomar uma decisão.

— Vou te contar uma coisa. Uma coisa horrível. Mas você precisa jurar que nunca vai contar essa história. Para *ninguém*.

TRINTA E NOVE

Audrey conta sua história, com Ellen andando ao seu lado. Ela volta ao passado. Achava que nunca revelaria aquilo para ninguém, mas agora Fred tinha morrido e ela não precisava mais protegê-lo. Sabe que Ellen não dirá nada a ninguém. A cada palavra, lembranças e emoções há muito suprimidas começam a aflorar. É um alívio enfim poder contar a alguém depois de guardar aquilo por toda uma vida.

Conta para a amiga sobre a casa onde eles cresceram, uma casa de campo caindo aos pedaços em Vermont, que já tinha visto dias melhores. Audrey estava com 11 anos e Fred, 13, naquele verão. Seu pai vinha numa derrocada havia alguns anos. Ele foi perdendo um trabalho atrás do outro por causa da bebida, e Audrey não sabia como os pais conseguiam continuar pondo comida na mesa. Achava que, às vezes, seus avós maternos mandavam um cheque pelos correios. Mas toda noite havia uma garrafa nova de uísque na bancada da cozinha, que na manhã seguinte, quando Audrey se arrumava para a escola, já estava vazia. E, de alguma forma, sempre aparecia uma garrafa nova de noite. Ela sempre se perguntava, envergonhada e aborrecida quando algumas crianças do ônibus escolar caçoavam das suas roupas puídas, de onde vinha o dinheiro da bebida.

Havia um fogão a lenha na cozinha imunda. Na sala, sobre a lareira, havia uma foto antiga numa moldura do seu bisavô paterno, que tinha como único feito ter sido enforcado por assassinato. Uma escadinha estreita de madeira levava até o segundo andar, onde havia três quartos e um banheiro. Audrey se lembra do som da porta do quarto dos seus pais batendo. O som do choro da mãe vindo do corredor.

Ela não levava os amigos da escola para casa. Às vezes era convidada para a casa de outras meninas voltando da escola, mas nunca retribuía o convite. De alguma forma, as outras crianças entendiam. As pessoas sabiam que seu pai era alcoólatra.

Mas a coisa era ainda pior. Seu pai era um alcoólatra inveterado e agressivo. E, quanto mais bebia, pior ficava. Descontava em Fred quando ele era muito respondão, e ele andava um bocado respondão naquele verão. Ele batia na cara do filho. Fred nunca chorava. Mas cresceu e ficou forte naquele ano e finalmente revidou, fazendo o pai cair na mesa da cozinha e depois no chão, enquanto Audrey e a mãe assistiam, atônitas. Ele nunca mais bateu em Fred.

Em vez disso, ele batia na mãe deles às vezes. Mas era mais agressivo verbalmente, xingava Audrey, dizia que ela era gorda e burra, como a mãe. Fred não defendia a irmã, mas ela ainda assim o idolatrava. Ela o via como o cérebro da família. Achava que, de alguma forma, ele conseguiria salvar todos eles daquilo.

Tudo que Audrey mais queria era ser normal, fingir que eram como as outras famílias. Então ela recolhia as garrafas vazias do carro do pai — algumas vezes eram latas de cerveja, mas no geral eram garrafas de uísque e vodca — e as jogava no lixo. Limpava a casa. Esforçava-se. Sua mãe ficou cada vez mais dependente dela. Audrey se dedicava na escola, porque, se tinha algo que sabia, era que não queria acabar como os pais; queria dar o fora daquela casa. Às vezes parecia que **ela e** Fred eram os adultos, tomando conta dos pais.

Fred era **um gênio. Todo mundo** dizia. Não tinha dificuldades na escola, **só tirava notas altas.** Audrey achava que o irmão era a pessoa **mais inteligente que conhec**ia. Ele se destacava nos esportes, fazia amizades com facilidade. Era bonito e todas as meninas tinham uma quedinha por ele. Audrey também fazia amizades com facilidade, ia bem na escola, mas era gordinha, sem atrativos e não se destacava em nada específico além de seguir ordens. Mas Fred era diferente. Ele tinha confiança. Sabia que ia longe.

Vez ou outra, quando as coisas estavam difíceis em casa, eles sentavam no celeiro vazio para conversar.

— Queria que ele estivesse morto — disse Fred um dia.

Audrey sabia de quem o irmão estava falando. Ela sentia o mesmo. Às vezes ficava sonhando com o pai dirigindo bêbado e batendo o carro, morrendo na mesma hora. Nesses sonhos, ninguém mais saía machucado. Quem sabe não havia dinheiro de algum seguro de que eles nem sabiam? A maior parte dos sonhos de Audrey na infância era de se deparar com uma boa soma de dinheiro, já que eles não tinham quase nada. Uma herança inesperada. Um bilhete de loteria premiado. Um tesouro enterrado.

— Se ele morresse, a gente podia voltar para a cidade e viver com a irmã da mamãe — disse Fred, como se não fosse a primeira vez que pensava naquilo.

Fred gostava da tia Mary. Havia anos que não a viam, mas ela era louca por ele quando era pequeno.

— Pensei que a mamãe não falasse mais com a tia Mary — disse Audrey.

— Você não faz a menor ideia, né? — questionou Fred. — A tia Mary odeia o papai. Por isso ela não vem visitar a gente.

— Então por que a gente não faz uma visita a ela sem ele? — perguntou Audrey.

Fred olhou para ela de um jeito que a fez se sentir burra.

— Porque a gente não tem dinheiro. O papai bebe a grana toda.

Audrey ficou em silêncio. Talvez fosse a tia Mary quem mandava dinheiro. Sentiu uma pontada de esperança.

— Talvez a mamãe deixe o papai e a gente possa ir morar com a tia Mary.

Ele olhou para ela, frustrado.

— Ela não vai fazer isso.

— Por que não?

— Porque ela é burra demais e morre de medo.

Ele se sentou, pensativo e calado por um tempo.

— Mas eu já estou de saco cheio desse babaca.

As coisas ficaram ainda mais tensas naquele verão. Sem aulas, Audrey não tinha o que fazer. Fred "encontrou" uma bicicleta antiga de dez marchas e ia visitar os amigos nela, deixando a irmã sozinha em casa. Sua mãe conseguiu um emprego de meio período na mercearia da cidade. Seu pai dormia a manhã toda, depois acordava de ressaca e cruel. Audrey fazia o que podia para ficar longe do caminho dele.

Até que, num dia de agosto, ela estava voltando de uma caminhada pelos campos no meio da tarde. Fred tinha saído de bicicleta para encontrar os amigos no lago, dizendo que só voltaria mais tarde. Sua mãe estava no trabalho na mercearia.

Quando ela passou pelo celeiro, a porta foi aberta e Fred saiu de lá de dentro. Ele estava todo vermelho e com as roupas e o cabelo bagunçados, mas estava sorrindo como se estivesse feliz. Ela se surpreendeu ao vê-lo ali e se perguntou se ele estava com alguma garota no palheiro. Estava prestes a virar para o outro lado e fingir que não o tinha visto, quando ele deu por sua presença. Fred ficou petrificado e a encarou, o sorriso desapareceu.

— O que você está fazendo aqui? — disse, ríspido.

— Nada — respondeu Audrey na mesma hora.

— Você estava me espiando?

— Não. Eu estava no campo.

Ele pareceu tomar uma decisão, depois olhou para a porta do celeiro do qual tinha acabado de sair.

— Acho que os nossos problemas estão resolvidos.

— Como assim? — perguntou Audrey, sem entender.

Ele acenou com a cabeça para que a irmã o seguisse. Ela se aproximou e entrou no celeiro logo atrás de Fred, sentindo o cheiro mofado e familiar de feno. Então seus olhos se acostumaram com a baixa iluminação e ela deu um berro.

Seu pai estava pendurado por uma corda grossa no pescoço, pendendo de uma viga que ficava no meio do celeiro. Seus olhos estavam esbugalhados e sua língua, para fora da boca, o pescoço curvado num ângulo incomum. Era uma cena grotesca. Ele estava imóvel, claramente morto.

Ela continuou a gritar.

— Cala a porra da boca — disse Fred, sacudindo a irmã.

Ela se calou e o encarou. Pela primeira vez, parecia inseguro, como se não pudesse prever o que Audrey faria. A menina tinha apenas 11 anos, mas conseguiu se recompor. Olhou para o pai e tudo o que conseguiu foi engolir em seco. Havia um barril de petróleo velho caído de lado no chão de barro. Parecia suicídio, mas Audrey sabia que não era o caso.

— Alguém tinha que fazer isso — disse Fred.

O choque a deixou sem palavras. Nunca imaginou que o irmão faria algo assim. Pensava que talvez convencesse a mãe a ir embora. Mas nunca achou — na verdade, nunca sequer cogitou — que ele fosse capaz de uma coisa dessas

— Preciso ir — falou. — Volto mais tarde.

— E o que é que eu faço? — perguntou Audrey, apavorada.

Ela não queria ficar sozinha com o cadáver no celeiro.

— Sai para procurar o papai perto da hora da janta. Você pode encontrar o corpo. E ligar para a polícia. Ninguém vai suspeitar de nada. Ele era um fodido. Ninguém vai ficar em choque por ele ter se matado.

— Mas...

— Mas o quê? — questionou ele, frio.

— Como...

Ela queria perguntar "como você foi capaz?", mas as palavras não saíram.

O irmão entendeu errado a pergunta.

— Disse que queria mostrar uma coisa para ele no celeiro. Quando ele chegou aqui, fui por trás e o sufoquei com a corda até ele perder os sentidos. Depois o pendurei. Essa foi a parte mais difícil. Ele é mais pesado do que parece. — Então acrescentou: — Não era para você ter me visto.

Ela se virou para o irmão.

— Você teria me contado a verdade, se eu não tivesse te visto? Ele inclinou a cabeça para Audrey.

— Não. Mas, agora que você sabe, vai ficar de bico fechado. Não era um pedido. Era uma ordem.

— Fiz isso por nós.

QUARENTA

Ellen volta de carro para casa em total descrença. Teve que fingir que não tinha ficado tão abalada com o que Audrey havia lhe contado. Mas era uma coisa horrível, de verdade. Não sabe se um dia conseguirá olhar para Audrey da mesma forma. Ela concordou com aquilo. Acobertou a morte do próprio pai. Ellen lembra a si mesma que Audrey tinha apenas 11 anos, não passava de uma criança.

Ellen nota que está sentada no carro na entrada da garagem de casa, olhando fixamente para o nada, imóvel. Desce do carro, entra em casa e tira os tênis de caminhada. Depois vai até a cozinha e se debruça no balcão, tentando processar o que acabou de descobrir.

Tenta conciliar o que Audrey lhe contou com a imagem do Fred que havia conhecido. Segundo a amiga, ele era um assassino a sangue-frio. Por que ela mentiria sobre aquilo? Não tinha nada a ganhar inventando aquela história. E Fred sempre teve um quê de frieza e egoísmo. Ellen achava que ele era narcisista. Nunca ouviu dizer que ele era violento, nem mesmo quando estava irritado, mas estava sempre pensando nos próprios interesses. Depois da revelação de Audrey, agora estava quase certa de que ele era um psicopata.

Audrey está convencida de que esse *traço de psicopatia*, como o chama, também está presente em um dos filhos de Fred. Seria genético? É bom conferir no Google. Segundo Audrey, é. Ela disse que o bisavô deles também era um assassino.

Ellen se lembra bem do dia em que conheceu Fred Merton, porque foi o dia que mudou a sua vida. Tinha acabado de se formar e se sentia intimidada pelo jeito como ele conduzia a entrevista. Ele lhe fez algumas perguntas e depois disse que gostava da sua aparência. Ela não sabia bem como lidar com aquilo — será que ele estava sendo inconveniente? Mas foi uma questão passageira, à época, e ela não ficou remoendo aquilo por muito tempo. Precisava do trabalho. Ele lhe ofereceu a vaga e ela aceitou. Ao longo dos dez anos em que trabalhou para ele, Ellen acabou conhecendo-o bem. Fred só queria saber de si próprio — as outras pessoas eram apenas um meio para alcançar seu fim. Era charmoso e carismático, mas ela sabia bem o que era aquele carisma, algo que ele usava para conseguir o que queria. Então, quando Fred tentou usá-lo com ela, Ellen resistiu. E assim fez por anos. Quando por fim cedeu, foi nos seus próprios termos, com seus próprios objetivos, embora não tenha contado a ele quais eram. Pelo menos não naquela época.

Mas o que Audrey lhe contou a deixou perturbada. Só agora percebe o risco que correu. Ela se serve de uma taça de vinho, embora não seja nem meio-dia.

É um dia quente de primavera, e, depois da longa caminhada com Ellen, Audrey vai direto para a cozinha e abre a geladeira. Pega uma jarra de plástico com chá gelado, enche um copo e bebe metade dele num só gole, pensando no que tinha contado para Ellen, após tantos anos. Ela pareceu chocada. Bom, *era* algo chocante mesmo. Ellen sempre levou uma vida tranquila, comparada à de Audrey. Ela completa o copo e vai até a sala. Senta e pega o notebook na mesa de centro, apoiando-o sobre as pernas.

Enquanto dá uma olhada no e-mail e nas notícias on-line, começa a se sentir um pouco zonza. Ela se levanta, vai até o banheiro e molha o rosto com água fria. Volta para o computador, ainda se sentindo esquisita. Tenta deixar para lá, até que começa a se sentir mal. Está com dor de cabeça e náuseas. Ela se pergunta se pegou alguma coisa. Mas então nota que não consegue usar o *touchpad* direito nem pegar o copo de chá gelado. Tem algo muito errado. Sua visão fica embaçada. Assustada, ela pega o celular para ligar para a emergência, depois vomita do lado do sofá.

É quase meio-dia de domingo quando Catherine atende a porta e vê algumas pessoas reunidas na entrada da sua casa. Os investigadores Reyes e Barr estão com um mandado de busca e apreensão e com uma equipe completa atrás deles. Ted chega e fica ao lado da esposa.

Ela quer reclamar, mas diz para si mesma que não tem com o que se preocupar. Deixa os investigadores entrarem. O que mais podia fazer? Não tem nada ali para eles acharem.

Enquanto a casa é revistada, ela e Ted ficam por perto. Ela se sente cada vez mais desconfortável conforme vasculham seus objetos pessoais. Enrubesce quando reviram sua gaveta de calcinhas e o cesto de roupa suja. Eles fotografam tudo com cuidado, inclusive os itens do seu porta-joias. Levam os eletrônicos, até mesmo seu celular.

Começa a entender como Dan deve ter se sentido quando revistaram a casa dele. Está irritada e furiosa, mas não havia nada que pudesse fazer.

Ellen põe a taça na pia e deixa a cozinha. O álcool a ajudou a se acalmar um pouco. Está quase subindo a escada para se deitar, quando a campainha toca. Ela se vira para atender.

É sua filha, Rose. Parece cada dia pior, e a ansiedade de Ellen só agrava ao vê-la.

— Rose, meu bem, entre. Está tudo bem?

— Está — diz Rose, claramente mentindo.

Está com cara de quem não dormiu. Ou de quem não tem comido direito ultimamente. Suas roupas parecem largas.

— Não parece — comenta Ellen, preocupada. — Você está com cara de cansada. E não para de emagrecer. Por que você não diz o que houve?

— Não houve nada! É só o trabalho, mãe. É estressante, só isso. Só vim fazer uma visita. Não precisa desse interrogatório.

Ellen levanta as mãos, num gesto de paz.

— Desculpa. Está com fome? Quer que eu faça algo para você comer? Um sanduíche?

— Quero. Obrigada.

Rose a acompanha até a cozinha, onde Ellen começa a preparar uns sanduíches de atum.

— Que pena que você perdeu o velório ontem — diz a filha.

— Prometi à sua tia Barbara que ia visitá-la.

— Eu sei. Mas você tinha que ver. Dan... disse umas coisas bem perturbadoras. Me senti tão mal por Catherine.

Ellen se vira e observa a filha, ainda pensando nas coisas horríveis que Audrey lhe contou durante a caminhada.

— Li no jornal hoje de manhã.

Rose parece preocupada e conta os detalhes que o jornal deixou de fora.

— Sempre soube, através de Catherine, que as coisas não eram muito boas naquela família, mas não tinha noção do quanto eram ruins.

Ellen balança a cabeça.

— Você falou com ela? Vocês são tão amigas.

— Fui fazer uma visita — diz Rose. — Ela está arrasada.

Ela foca no sanduíche.

— Você deveria se encontrar mais com ela — sugere Ellen. — Ela é uma das suas melhores amigas e tenho certeza de que ela precisa de apoio.

Catherine fica observando borrifarem produtos químicos na sua casa, especialmente nas pias da cozinha e do banheiro e na lavanderia do porão, em busca, presume, de sangue, como fizeram na casa de Dan. Não encontram nada.

Eles procuram na frente e nos fundos do terreno, o que Catherine acha aterrador. Os vizinhos ficam assistindo da rua ou das janelas. A imprensa está lá. Ela fica em casa, escondida.

Leva horas até enfim terminarem. Os investigadores e suas equipes levaram o carro de Catherine. Ela também está furiosa com isso. Pelo menos ainda tinham o carro de Ted, mas era de dois lugares e pouco prático. Ela pergunta a um dos peritos quanto tempo vai levar até devolverem o seu carro, mas ele não diz nada.

Quando finalmente vão embora, Catherine bate a porta com força, com vontade de quebrar alguma coisa.

— Pelo menos isso acabou — comenta Ted, parecendo aliviado. — Quem sabe agora nos deixem em paz.

Ela olha para o marido, os olhos cerrados. Por que ele estava tão aliviado? Ele não estava esperando que encontrassem alguma coisa, estava? Ela tenta esboçar um sorriso. Ele não pode estar duvidando dela. Tudo a irrita. Tudo tem irritado todos eles.

QUARENTA E UM

N a manhã seguinte, segunda-feira, Catherine se dá conta de
que dia era. Não que fazia seis dias que seus pais foram
encontrados mortos. Mas que era 29 de abril. Com tudo o que
aconteceu, acabou perdendo a noção do tempo. Sua menstruação
estava atrasada.

Ted já tinha saído para o trabalho, mas ela havia tirado mais uns
dias de folga. Está feliz que ele não esteja ali. Vai até o banheiro no
segundo andar, nervosa. A polícia esteve ali no dia anterior, e ela
se lembra de como reviraram tudo do armário do banheiro. Agora,
ela pega o teste de gravidez. Abre a embalagem e se prepara para
fazer xixi na tira do teste. Tenta não alimentar esperanças. Só está
atrasada há quatro dias. E todo o estresse poderia ter bagunçado o
ciclo. É provável que não esteja grávida. Mas bem que ela precisava
de uma boa notícia.

Ela faz xixi na tira e espera.

Mal tem coragem de olhar. Mas, quando olha, desata a chorar.

Está grávida. Finalmente.

Às nove, Reyes está com Jenna novamente na sala de interrogatório.
Ela garante que não precisa de advogado. Quando estão prontos e
a fita está gravando, Reyes diz:

— No domingo de Páscoa, quando a senhora ficou uma hora
a mais que os outros, seus pais mencionaram algo sobre ele ter

mudado o testamento e deixado metade do patrimônio dele para a irmã?

Ela franze o rosto e balança a cabeça.

— Não. Até porque isso não é verdade, é coisa da Audrey. É balela.

— Talvez não seja. O seu pai estava com câncer de pâncreas. Estava morrendo e tentando colocar as coisas em ordem.

Ela parece surpresa.

— A gente não sabia.

Ele a encara com firmeza.

— O seu irmão, Dan, disse umas coisas no velório.

— É, a cara do Dan.

— Você sabia dos macacões descartáveis que ele tinha na garagem?

— Sabia, todo mundo sabia, inclusive Irena. Todas nós o vimos usando um desses macacões quando ele estava ajeitando o sótão.

— A senhora sabia que ele deixava a garagem destrancada?

— Acho que todas nós sabíamos. Ele nunca trancava, sabe-se lá por quê. Só trancava a casa.

— Ele deu a entender que foi a senhora ou a sua irmã quem matou os seus pais.

Ela arqueia as sobrancelhas.

— O senhor não está levando isso a sério, está? Ele sempre se sentiu injustiçado. Ele acredita que as coisas foram mais difíceis para ele, que eu e Catherine não tivemos problemas. — Ela dá um profundo suspiro. — A gente não se aborrece muito com isso, porque é verdade.

Audrey acorda numa cama de hospital, de camisola, cercada por máquinas, com um acesso no braço. Por um instante, não consegue entender o que está acontecendo. O que estava fazendo ali? Ela sofreu um acidente? Depois se lembra — o mal-estar, o vômito, a ligação para a emergência antes de desmaiar no chão. A sensação de que estava morrendo, a perda de consciência. Ela não se lembra de mais nada depois daquilo.

Mas antes disso estava tomando um chá gelado da sua geladeira.

Ela está morrendo de sede e pega o copo de papel na mesa ao lado e toma toda a água que tem nele. Aperta um botão e espera que alguém venha.

Catherine Merton chega com sua advogada.

— Bom dia — diz Reyes, educado, enquanto os quatro se acomodam na sala de interrogatório.

Ele inicia a gravação, faz as falas iniciais e começa:

— A senhora sabia que o seu pai pretendia deixar metade do patrimônio para a irmã, Audrey?

Ela dá uma bufada.

— Isso é o que ela diz. Nenhum de nós acredita nela.

— Isso não foi mencionado no jantar naquela noite?

— Não, claro que não. Porque é mentira dela. Ele jamais faria algo assim.

— Não estou tão certo disso — retruca Reyes. — Ele chegou a agendar um horário com o advogado, mas ele estava viajando. Depois tentou reagendar, mas no dia marcado já estava morto.

Ela fica encarando o investigador, sem hesitar.

— O seu pai estava morrendo — declara ele.

Reyes nota uma expressão de surpresa em seus olhos.

— Talvez estivesse tentando colocar tudo em ordem.

— Eu não sabia — diz Catherine. — O que ele tinha?

— Câncer de pâncreas em estágio avançado. Provavelmente tinha apenas alguns meses.

O investigador dá um tempo para que ela processe aquilo. Depois continua:

— Encontramos algo interessante quando estávamos na sua casa.

Ela o observa, agora cautelosa.

— Do que o senhor está falando?

— Um par de brincos.

— O senhor precisa ser mais específico — diz Catherine, ríspida.
— Tenho muitos brincos.

— Mas esse é um par de brincos que desapareceu do porta-joias
da sua mãe na noite em que ela morreu.

— O quê?

Agora ela parece na defensiva.

— Um par de brincos de diamantes. Quadrados e com um qui-
late cada. Bem valiosos.

Ele abre uma pasta diante de si e entrega uma foto dos brincos
para Catherine. Ela observa a foto, o rosto enrubescendo. Reyes diz:

— Essa foto é do inventário feito pela seguradora com o que
sumiu da casa dos seus pais.

— Eu peguei os brincos emprestados algumas semanas atrás.

— Alguém tem como confirmar isso?

Ela olha para o investigador, irritada.

— O que o senhor está tentando insinuar? Que eu matei os meus
pais e fiquei com esses brincos?

— São os únicos itens que sumiram da casa dos seus pais que
foram encontrados e eles estavam no seu porta-joias.

— Porque eu *peguei emprestado.*

— Vou perguntar outra vez: alguém tem como confirmar que a
senhora os pegou emprestado?

— Não, claro que não. Foi entre mim e a minha mãe. Mas eu
pegava coisas emprestadas com ela de vez em quando.

— Alguém viu a senhora usar esses brincos nas semanas anteriores aos seus pais serem mortos?

Nesse ponto, a advogada intervém:

— A minha cliente disse que foi um empréstimo. Vamos continuar.

Ele não sabe se Catherine está dizendo a verdade. Ela é difícil de
ler. Sua advogada, no entanto, parece cada vez mais preocupada.

— Por que a senhora deixou o celular em casa naquela noite, quando voltou para a casa dos seus pais?

Ela parece assustada. Engole em seco, nervosa.

— Eu esqueci de pegar. Acabei deixando na mesa do hall de entrada quando peguei as chaves. Eu... Eu sempre me esqueço das coisas quando estou com a cabeça cheia.

Reyes olha incrédulo para ela. Ele se inclina para a frente.

— Olha só, Catherine, é o seguinte. A senhora e os seus irmãos estão prestes a ganhar milhões com a morte dos seus pais. Seu irmão diz que a senhora sabia das roupas de proteção na garagem dele e que ele não trancava a porta lateral dela, algo que a sua irmã, Jenna, também confirmou. As únicas joias encontradas foram localizadas na *sua* casa. Sabemos que a senhora esteve lá de novo mais tarde, conforme admitiu. Mas, primeiro, mentiu, depois fez com que o seu marido também mentisse. E deixou o celular em casa naquela noite, talvez para que os seus passos não pudessem ser rastreados.

— Isso é um absurdo — grita Catherine, irritada. — Eu não matei eles. Eles já estavam mortos quando cheguei lá!

Ela o encara durante o silêncio repentino que se faz; parece chocada com o que acabou de dizer.

Sua advogada está perplexa.

Depois de muito tempo, Reyes diz:

— Mas isso não faz sentido. Se isso é verdade, por que a senhora não ligou para a emergência?

Ela responde, arrasada:

— Acho que o senhor sabe por quê.

Ele não fala nada, apenas fica sentado, esperando.

Por fim, Catherine diz, com a voz falhando:

— Porque eu achei que tinha sido Dan.

QUARENTA E DOIS

Catherine agendou um horário para uma da tarde no escritório do advogado para discutir os testamentos. Ela combinou com Walter Temple e avisou os irmãos. Era o que todos vinham esperando.

Ted saiu do trabalho e buscou Catherine em casa. Ela teve que ir e voltar do depoimento com os investigadores de Uber, porque o seu carro estava apreendido. Agora, enquanto entram no prédio no Centro de Aylesford onde fica a firma de advocacia, Catherine se sente um pouco enjoada. Ainda está abalada com o depoimento que deu aos investigadores naquela manhã, uma mistura de ansiedade e medo fazem seu estômago revirar. Ou talvez seja o início dos enjoos matinais. Ela guarda o segredo só para si, sua pequena faísca de alegria. Vai esperar o momento certo para contar para Ted. Fica dizendo a si mesma que não tem com o que se preocupar. O pai não tinha alterado o testamento, apesar do que Audrey tinha dito. Foi o próprio Walter quem contou isso para Dan.

Ela e Ted são os primeiros a chegar. Enquanto aguardam numa sala de espera, Dan e Lisa chegam. Catherine se levanta, e Lisa automaticamente vai até ela para lhe dar um abraço; Dan se mantém uns passos afastado. Quando Jenna chega, as mulheres ficam conversando ao passo que Ted e Dan permanecem em silêncio a maior parte do tempo.

Walter vai até a sala de espera exatamente à uma da tarde e os conduz até uma sala de reuniões, onde eles se sentam ao redor de uma mesa retangular. Ele está com um arquivo e o coloca em cima da mesa.

— Fico feliz que estejam aqui — diz, olhando para cada um deles. — Ainda que jamais tenha imaginado que seria em circunstâncias tão trágicas.

Catherine sente a tensão no ar. Seu pai podia ter mudado o testamento anos antes e não ter contado para ninguém. Ela o imagina na sepultura rindo deles. Ela o imagina sentado na cadeira vazia, pronto para se divertir. Catherine olha de relance para os irmãos, acreditando que estejam pensando coisas parecidas. Dan está pálido e agitado, e Lisa segura uma das suas mãos, tentando acalmá-lo.

— O testamento da sua mãe é bem direto. Há anos, ela assinou uns documentos concordando em ficar fora do testamento do seu pai em troca da casa e de uma soma para ela. Ela não queria atrapalhar vocês a receberem sua herança se o seu pai morresse antes. O patrimônio dela deve ser dividido em partes iguais entre vocês três. O testamento do seu pai é mais complexo. Vou começar com alguns itens específicos que ele deixou, depois falo do restante do patrimônio — diz Walter. — Há alguns valores menores para diversas organizações. — Ele menciona o nome de um hospital local e algumas outras instituições de caridade que seus pais ajudavam.

Catherine se ajeita na cadeira, impaciente e ansiosa. Por fim, ele vai ao cerne da questão.

— Um milhão de dólares para Irena Dabrowski.

Era uma quantia considerável. Ela corre os olhos pela mesa. Eles parecem um pouco surpresos também, mas felizes pela antiga babá.

— Um milhão de dólares para Audrey Stancik.

Catherine se permite relaxar. Então era verdade. Ele não mudou o testamento deixando metade para a irmã.

Walter continua:

— O restante do patrimônio, depois de descontadas as taxas, as despesas e assim por diante... Vou poupar vocês do juridiquês... — Walter olha para eles. — O restante do patrimônio do seu pai deve ser dividido igualmente entre os filhos.

Ele olha ao redor da mesa, observando cada um deles.

Catherine sente o alívio na sala, quase um suspiro. Nota, agora, que não eram apenas ela e os irmãos que estavam tensos. Ted parece visivelmente mais relaxado, e ela percebe uma calma no semblante de Lisa também. Estavam todos na expectativa nesses últimos dias angustiantes. Ela olha para Ted e aperta sua mão com força.

Dan se recosta na cadeira e fecha os olhos, a verdadeira cara do alívio. Catherine vê que Walter está olhando para o seu irmão com ar de reprovação. Fica se perguntando no que ele estava pensando. Walter também foi ao velório e era um dos amigos mais próximos do seu pai.

Catherine fala:

— Você pode nos dizer de quanto é esse patrimônio, aproximadamente?

Ela nota os olhos de Dan se abrindo imediatamente, enquanto ele se ajeita e volta a atenção para o advogado.

— Só um instante — diz Walter com firmeza.

Todos olham para ele, ansiosos.

— Isso pode ser um tanto inesperado, mas vocês três não são os únicos filhos de Fred.

Reyes analisa as finanças de Dan Merton outra vez, com mais atenção. Eles sabem que, há cerca de seis meses, pouco antes de o seu pai vender a empresa, Dan sacou a maior parte do dinheiro que tinha numa empresa de investimento para emprestar meio milhão de dólares para um certo Amir Ghorbani, ficando com uma casa em Brecken Hill como garantia. Por isso Dan estava sem dinheiro.

Mas o que chama a atenção de Reyes, desta vez, é o nome da advogada no documento. Rose Cutter. Ele fica olhando para o nome. Rose Cutter é a meia-irmã ilegítima dos Merton, que está herdando a mesma quantia no testamento de Fred. Aquela da qual os filhos legítimos nem sabiam da existência. Ele diz para Barr:

— Dá só uma olhadinha nisso.

Catherine encara Walter, pasma, depois corre os olhos pela mesa; todos estão perplexos.

— O quê? — diz. — Não sabemos de nenhum outro filho.

— Não acredito nisso! O papai tinha um filho bastardo, é isso? — indaga Dan. — E agora ele tem uma parte da herança? Nem fodendo.

— Quem é? — pergunta Catherine.

— Uma moça — responde o advogado. — Chamada Rose Cutter.

Catherine olha imediatamente para Dan, que retribui o olhar, chocado. Lisa, ao seu lado, de repente fica imóvel.

— Vocês a conhecem? — pergunta Walter, claramente surpreso.

— Ela é uma grande amiga minha — diz Catherine, incrédula. Ela sente falta de ar.

Após um tempo, Dan diz:

— Foi ela que me convenceu a investir com ela e comprometer a maior parte das minhas economias. É por causa dela que eu estou sem dinheiro. — Agora todos encaram Dan. Por segundos intermináveis, a sala fica em silêncio. Depois Dan diz, aumentando o tom de voz: — É por causa dela que a polícia pensa que eu matei os nossos pais. — Ele se vira para Catherine. — É tudo culpa sua. Foi você que sugeriu que ela viesse falar comigo.

De início, Catherine não tem uma resposta. Mas depois ela devolve:

— Eu não sabia que você ia comprometer quase todo o seu dinheiro. E não sabia que o papai ia vender a empresa e te deixar desempregado.

— É, muito menos eu — retruca Dan.

Walter pigarreia.

— Não sabia que vocês a conheciam. Ninguém sabia que Rose Cutter estava no testamento, a não ser o seu pai. Nem a mãe de vocês sabia. Com certeza Rose Cutter também não sabe.

— Acho que ele queria fazer uma surpresa — comenta Jenna, com sarcasmo.

— Mas ela sabe que temos o mesmo pai? — pergunta Catherine.

Ela se pergunta se Rose sempre soube disso. Tantos anos de amizade, e Catherine não fazia a menor ideia. Mas talvez Rose soubesse.

— Bom, isso eu já não sei — responde Walter. — A mãe dela pode ter contado. Mas a mãe dela também não tinha como saber do testamento, disso tenho certeza.

Se Rose *sabia* disso o tempo todo, pensa Catherine, não tinha como não se sentir traída, usada ou mesmo espionada.

— Podemos contestar? — pergunta Catherine.

— Eu não aconselharia isso — diz Walter. — Fred me contou há muito tempo que ela era filha dele. Sua mãe, Ellen Cutter, trabalhou para o seu pai por um tempo. Ele bancou o sustento de Rose por vinte anos. E tem o exame de DNA. Seria muito caro contestar e acho que vocês acabariam perdendo.

Catherine pensa, amargurada: *Talvez Rose saiba exatamente quem ela é.* E talvez ela espere que Catherine e os outros a recebam na família como irmã e dividam o dinheiro de bom grado.

Ela não os conhecia de verdade.

— Quanto vale o patrimônio? — pergunta Dan.

— Descontadas as taxas, cerca de vinte e seis milhões — informa Walter. — Os bens da sua mãe somam mais seis milhões.

A expressão do advogado ganha um ar mal disfarçado de nojo.

— Parabéns. Mesmo com a meia-irmã, vocês agora estão podres de ricos.

Catherine encara o advogado, tentando ler sua expressão. Percebe que ele acha que um deles é um assassino. Talvez fosse melhor procurar um novo advogado quando tudo aquilo acabar, pensa.

Eles deixam o escritório e param para conversar no estacionamento ao sair. O clima parece ter amenizado entre Dan e os demais. Agora estavam unidos contra um inimigo em comum, uma usurpadora.

— Porra, não acredito nisso — comenta Jenna.

— Não sei como a gente não previu isso — diz Dan. — Ele era tão escroto com a mamãe. — Ele faz careta. — Acho que demos sorte de ser só uma.

— Como testamenteira dele, tenho que ligar para Audrey e dizer que ela vai ganhar um milhão — avisa Catherine. — Mas não vou ser eu quem vai contar que vamos dividir o restante com Rose, não quero dar esse gostinho para ela. Mas fico feliz por Irena.

Os outros balançam a cabeça em concordância.

Eles conversam mais um pouco. Antes de voltarem para os carros, Catherine diz para Dan e Jenna:

— A gente tem que se unir. Não falar nada para a polícia. Logo, logo isso vai acabar e vamos estar ricos.

QUARENTA E TRÊS

A propriedade número 22 em Brecken Hill é gigantesca — e ainda tem uma fonte italiana extravagante na entrada.

— Caramba — diz Barr ao se aproximar da casa. — Um pouco exagerado, não acha?

Reyes não dá sua opinião. O proprietário, Amir Ghorbani, está esperando por eles. Reyes toca a campainha, e um trinado elaborado ecoa no interior da casa. Barr revira os olhos.

A porta se abre e um homem de cerca de 40 anos os recebe. Ele analisa atentamente suas identificações.

— Entrem, por favor — diz, conduzindo-os até uma sala enorme, onde eles se sentam sob um lustre de cristal cheio de detalhes.

A casa parece vazia, silenciosa; Reyes imagina que não tenha mais ninguém ali.

Como se pudesse ler seus pensamentos, Ghorbani diz:

— Minha esposa e filhos estão em Dubai visitando parentes.

— Como expliquei ao telefone — começa Reyes —, estamos investigando os assassinatos de Fred e Sheila Merton.

O homem faz que sim com a cabeça.

— Foi horrível. Todo mundo em Brecken Hill está incomodado com isso. Moro na região há pouco tempo, mas, pelo que entendi, nunca aconteceu nada parecido por aqui antes.

— Sabemos que o senhor tem negócios com o filho, Dan Merton — diz Reyes.

O homem fica imóvel.

— Negócios? Não, não tenho negócio nenhum com ele.

Reyes pega uma pasta e entrega ao sujeito o documento que mostra que Dan Merton emprestou quinhentos mil dólares para Amir Ghorbani, tendo como garantia a casa em que estavam naquele momento. O homem lê o documento, claramente atônito.

— Nunca vi isso antes. Nunca peguei dinheiro emprestado de Dan Merton. O único financiamento dessa casa foi feito com o banco. Isso não tem como ser verdade. O banco jamais permitiria isso. — Ghorbani olha para o papel outra vez. — Nunca ouvi falar dessa Rose Cutter. Ela não é minha advogada.

Ele se recosta.

— Mas vou te falar uma coisa. Já vi Dan Merton sentado lá fora, de noite, várias vezes. Ele ficava ali sentado no carro, olhando para a casa.

Reyes fica surpreso com isso. Era um comportamento bem estranho.

— Então o senhor o conhece? — pergunta o investigador.

— Não. Contratei um detetive particular para descobrir quem era. Eu estava preocupado, não sabia o que ele estava fazendo ali. — Ele balança a cabeça, parecendo preocupado. — Alguém pegou o dinheiro dele, mas não fui eu.

Reyes troca um olhar com Barr. Rose Cutter passou a perna no meio-irmão, Dan.

Ghorbani diz:

— O senhor acha que ele matou os pais? Ele estava aqui naquela noite, no domingo de Páscoa. Em frente à minha casa.

— A que horas? — pergunta Reyes.

— Eu percebi por volta das dez e meia, talvez um pouco antes. Ele costumava passar uma hora, mais ou menos, mas dessa vez foi embora depois de uns dez ou quinze minutos. Me lembro de olhar pela janela e ver que ele já tinha ido, porque eu nunca me deitava antes de ele ir.

* * *

Mesmo com a irmã inesperada, pensa Ted enquanto dirige a caminho de casa, a parte de Catherine no patrimônio será de aproximadamente oito milhões. Era algo a se comemorar. Mas ela parecia bastante atormentada desde que descobriu que Rose Cutter, que sempre considerou uma grande amiga, era sua meia-irmã. Ted admite que ele também ficou surpreso. Isso ia mudar as coisas entre as duas, e ele sabia que Catherine não gostava nada daquilo.

— Bem — diz Catherine, recostando-se no banco —, agora sabemos.

Ted não quer tocar no assunto, mas precisa saber. Então pergunta:

— O que aconteceu na delegacia hoje de manhã?

Ela se vira para ele.

— Encontraram um par de brincos da mamãe no meu porta-joias.

— E daí? — pergunta, mas sua mente já está acelerada.

— E daí que eles estão dizendo que é um par que sumiu da casa da minha mãe na noite do assassinato. Eles tinham um inventário da seguradora. Mas eu peguei esses brincos emprestados umas semanas antes. E depois do que Dan disse no velório...

— É sério que eles suspeitam de você? — pergunta Ted, incrédulo, olhando para ela.

— Sinceramente, não sei, mas foi o que pareceu.

Ted encara a estrada à frente, as mãos segurando firme o volante. Parece que está em algum filme surrealista, dirigindo por uma estrada familiar enquanto sua vida virava de ponta-cabeça.

Eles fazem o restante do caminho em silêncio. Ted fica pensando nos brincos. Ele não se lembra de Catherine pegar nenhuma joia emprestada com a mãe. Mas por que se lembraria?

Quando estão prestes a encostar o carro na entrada, Catherine diz:

— Ted, você podia confirmar a minha história dos brincos. Dizer que sabia que os peguei emprestado.

Ele estaciona o carro e olha para a esposa, preocupado. Tinha decidido que não mentiria mais para a polícia. Como é que ele foi se meter nessa situação? Mas Catherine não matou os pais. Era impossível. E ela havia acabado de herdar oito milhões de dólares. Talvez mais, se Dan for condenado, porque ele perderia sua parte.

— Claro — diz Ted.

Lisa ficou surpresa com a revelação sobre Rose Cutter. Não a conhecia. Mas não via qual era o problema. Oito milhões era bastante dinheiro. Eles podiam dividir. Mas sua satisfação com os testamentos foi estragada pela forma como o advogado olhou para o seu marido. Ele claramente acha que Dan é o culpado; mal conseguia disfarçar a repulsa. Ela está morrendo de vergonha. Não aguentava que as pessoas pensassem isso deles. Mas o medo era ainda pior.

Dan está de cara amarrada no banco do carona enquanto ela dirige até em casa.

— Está tudo bem — diz Lisa. — Ainda é muito dinheiro.

Dan dá uma bufada e diz:

— Uma pena que a gente não possa aproveitá-lo.

Ela continua em silêncio.

— A gente deveria estourar um champanhe, planejar uma viagem para a Itália. Comprar uma casa nova. Mas não podemos fazer nada disso. O que iam achar? As pessoas já estão dizendo que eu os matei.

— Mas vai demorar um pouco até concluir o inventário. E, quando encontrarem o culpado, nós *vamos* poder aproveitar — diz Lisa, tentando confortá-lo, ou talvez a si própria.

Ele fica olhando pela janela, roendo uma unha, ansioso.

Ao deixar o escritório de Walter, Jenna segue para casa pensando nos testamentos. Era para estar feliz — ela *está* feliz. Vai ficar rica. Mas uma meia-irmã de quem nem tinha conhecimento ser tratada da mesma forma que eles era irritante. Não conhecia bem Rose Cutter, embora a tenha visto no casamento da irmã há alguns anos.

Está um pouco preocupada com Jake. Ele mentiu por ela. Seu caso — ou o que quer que aquilo seja — está divertido por enquanto, mas e se eles cansarem um do outro? E se um deles quiser terminar? Será que poderia continuar confiando nele?

Seria bom se alguém fosse preso, e Jenna quase não se importa com quem seria, desde que não fosse ela.

QUARENTA E QUATRO

A cabeça de Barr desponta na porta da sala de Reyes, levemente sem ar.

— O que houve? — pergunta Reyes.

— Acabei de receber uma ligação do hospital. Audrey Stancik deu entrada ontem, e acham que foi envenenamento.

Reyes e Barr vão ao hospital o mais rápido possível. Finalmente encontram o médico de Audrey Stancik, Dr. Wang.

— Ela foi envenenada? — pergunta Reyes. — O senhor tem certeza?

O médico faz que sim com a cabeça, rapidamente, e diz:

— Sem dúvida. Etilenoglicol. Se ela não tivesse ligado tão depressa para nós, poderia estar em coma agora. Nós a tratamos com fomepizol, que reverte o efeito do veneno e previne danos aos órgãos.

Ele se vira, pronto para seguir seu caminho.

— Ela vai ficar bem. Deve receber alta hoje mais tarde.

— Espera — diz Reyes, e o médico para por um instante. — De onde viria o etilenoglicol?

— Provavelmente de aditivo de radiador. Mas aí é com o seu departamento, não com o meu. O senhores podem vê-la. Ela quer muito falar com os senhores. Quarto 712.

Eles localizam o quarto de Audrey, e Reyes dá uma batidinha à porta semiaberta antes de entrarem. É um quarto compartilhado;

há outra mulher na cama em frente a Audrey. Reyes fecha a cortina ao redor da cama para lhes dar mais privacidade, e ele e Barr ficam ao lado de Audrey.

— Como a senhora está? — começa Reyes.

Ela faz uma leve careta.

— Já estive melhor — admite —, mas disseram que vou ficar bem. Que não houve danos maiores.

— O que aconteceu? — pergunta o investigador.

— Foi o chá gelado — diz Audrey com convicção. — Tenho certeza. Tenho sempre uma jarra de plástico com chá gelado na minha geladeira. Quando voltei de uma caminhada no domingo de manhã, tomei um copo. Comecei a me sentir mal depois disso.

Reyes troca um olhar com Barr.

— Alguém tentou me matar — insiste Audrey. — Alguém invadiu a minha casa e tentou me envenenar. Só pode ter sido um dos filhos de Fred.

— Por que eles tentariam te matar? — pergunta Reyes.

— Porque sei que um deles é um assassino. E, seja lá quem for, sabe que tenho conversado com os senhores e com a imprensa. Eu fui a fonte anônima do jornal de ontem.

Depois de entrarem em casa, Catherine diz a Ted que vai para o andar de cima se deitar. Ela está com uma enxaqueca terrível e com dor em volta dos seios nasais, provavelmente por causa do estresse todo — o depoimento na polícia de manhã, o testamento e a notícia sobre Rose durante a tarde.

Ela precisa pensar em Rose, no que fazer. Não sente que ganhou uma irmã, mas que perdeu uma amiga.

Catherine se deita debaixo da coberta e a puxa até o queixo. Tenta esvaziar a mente para conseguir dormir e se livrar da dor de cabeça. Tenta pensar em coisas felizes, no dinheiro que vai ganhar, no bebê que terá, em como contará para Ted. Ela torce para que seja uma menina. Fica imaginando a decoração do quartinho do bebê na casa dos pais: a casa e tudo que havia lá dentro seria dela. Dan e Jenna não ligam. Vão avaliar a casa e o que havia dentro e isso será descontado da sua parte na herança. Quando disse que era isso que queria, no estacionamento após a reunião com Walter, Dan e Jenna não pareceram surpresos, mas Ted, sim. Quando disse que queria se mudar para aquela casa, ele pareceu chocado. Ela não entendeu bem por quê; afinal, ele sabia que Catherine sempre quis a casa.

— Mas... — reclamou Ted.

— Mas o quê? — retrucou Catherine.

Ted engoliu em seco e disse:

— Os seus pais foram *assassinados* nessa casa, você ainda quer morar nela?

Não queria que o marido a achasse fria.

— Foi onde cresci — diz, teimosa e melancólica, os olhos se enchendo de lágrimas.

O que queria dizer é: "Eu consigo viver com isso, e você?"; mas não sabia se ia gostar da resposta dele. Essa é outra coisa com a qual terá que lidar, os melindres do marido.

E ainda tinha os brincos, pensa — a mente acelerada. Por que os investigadores não acreditavam que tinha sido um empréstimo? E agora é que ela não vai mesmo conseguir dormir, porque começa a pensar em Audrey. Será que ela já havia conversado com os investigadores? Lembra-se de ter visto a tia sentada no carro no estacionamento da delegacia, de olho enquanto Catherine saía, e de como havia ameaçado a ela e aos irmãos quando soube que não ia ficar rica.

Audrey sabe do seu passado. Quando Catherine era mais nova, nem sempre foi a filha exemplar. Aos 12 anos, ela roubou um colar. Estava na casa de uma amiga e os pais da menina não estavam em casa. Catherine foi até o banheiro no segundo andar e acabou entrando no quarto dos pais da sua amiga, curiosa. Não que quisesse bisbilhotar, só queria dar uma olhada no porta-joias da Sra. Gibson. A mulher tinha um monte de coisa linda. Havia um lindo colar no fundo do porta-joias que Catherine pegou e segurou contra a luz. Era de ouro e tinha um pequeno e singelo diamante. Catherine o colocou no bolso da calça jeans. Pensou que a Sra. Gibson não daria falta dele tão cedo e que não conseguiria associar o sumiço com a vinda de Catherine.

Mas foi sua própria mãe quem descobriu tudo, depois que Irena encontrou o colar escondido debaixo do colchão quando estava trocando a roupa de cama. Ela contou para a mãe de Catherine, que a confrontou e arrancou a verdade dela. Depois elas foram até a casa dos Gibson, e Sheila fez a filha devolver o colar e se desculpar, o rosto ardendo de vergonha. Ela ficou com muita raiva da mãe, porque estava certa: a Sra. Gibson nem tinha dado falta do colar. Aquilo acabou pondo fim à sua amizade com a filha deles. A mãe de Catherine ficou bem constrangida. Contou para o marido quando ele voltou para casa e ele brigou com Catherine e a fez sentir tanta vergonha e raiva que tudo que ela queria era fugir de casa.

É claro que o seu pai contou para Audrey. Ele contava tudo para ela, como se gostasse de expor os erros dos filhos. E teve ainda aquela vez, depois dessa ocasião, quando Catherine tentou roubar um bracelete de diamante de uma joalheria aos 16 anos. A polícia foi chamada, mas o seu pai conseguiu livrá-la de tudo. Achava difícil resistir a coisas brilhantes.

Reyes e Barr encontram os peritos da equipe forense na casa de Audrey. Não havia indícios de invasão recente na casa. Mas uma janela grande nos fundos da casa tinha sido deixada aberta, e dava para alguém ter entrado por lá. Logo Audrey estará de volta do hospital. Reyes fecha todas as janelas, cuidadoso, e as tranca.

Eles levam a jarra de chá gelado para ser analisada e o copo que ficou na mesa de centro. Reyes franze o nariz para o vômito escorrendo do sofá e empoçado no chão da sala.

Barr aparece por trás dele.

— Está pensando o mesmo que eu? — pergunta ela.

— Você acha que ela mesma se envenenou?

Barr dá de ombros.

— Ela parece uma pessoa meio teatral. Não me surpreenderia.

— Não há indícios de arrombamento — comenta Reyes. — Mas isso não quer dizer nada necessariamente.

Barr balança a cabeça, concordando.

— A janela estava aberta.

— E ela ligou para a emergência na hora certa — diz Reyes.

Os peritos começam a tentar encontrar digitais de um invasor, mas Reyes suspeita de que não vai haver nada. Os investigadores precisam voltar para a delegacia para lidar com Rose Cutter, então deixam os peritos continuarem o trabalho sem eles.

QUARENTA E CINCO

Rose Cutter sente o coração disparado.

Ela fica sentada à sua mesa no escritório na Water Street. Tem seu próprio escritório de advocacia e trabalha principalmente com imóveis. Ela fecha as persianas do seu escritório que dá para a rua e vira a placa da porta para FECHADO. Ela mandou sua assistente para casa mais cedo. Eram quase cinco horas. Ela só pensa em ir para casa.

Foi muito gananciosa e acabou se metendo em uma enrascada. Sempre quis mais do que tinha e sempre sentiu um pouco de inveja, talvez até raiva, dos seus amigos que tinham melhores condições de vida e conhecidos que tinham dinheiro. Era difícil começar o próprio escritório de advocacia do zero — e caro. Aluguel do espaço, equipamentos, seguro, taxas, salário da assistente — estava mais difícil se manter do que ela esperava. Ainda morava de aluguel e tinha uma dívida da faculdade para pagar.

Rose pensa nos Merton. Sabe o quanto são ricos. Afinal, Catherine tinha lhe dado um gostinho de como era sua vida. E ela fazia questão de pagar — fosse por um dia de passeio de barco, regado a champanhe e lagosta, fosse por um jantar caro —, e Rose aceitava, porque as duas sabiam que Catherine tinha como bancar aquilo, mas ela não.

Antes de Fred Merton vender sua empresa e deixar Dan desamparado, Rose sabia que ele devia ter uma soma considerável de dinheiro. Viu naquilo uma oportunidade. Conseguiu convencer Catherine a levar Dan para conversar com ela sobre uma oportunidade de investimento que poderia lhe interessar.

Ela conseguiu persuadi-lo a tirar o dinheiro que tinha e investir como credor para os proprietários da casa 22 da Brecken Hill Drive, tendo a casa como garantia. A taxa de lucro era significativamente maior que em qualquer outro investimento e era um contrato de doze meses, livre de qualquer risco. Mas, então, Dan perdeu o emprego e quis sacar o dinheiro antes. Rose não tinha como ajudar: disse que ele precisava esperar. Não havia nada que pudesse fazer.

Na verdade, não havia financiamento privado nenhum para aquela casa. Ela falsificou os documentos para conseguir meio milhão de dólares de Dan e investir em algo que acreditava ter retorno garantido. Recebeu uma excelente dica de ação para investir. Pensou que conseguiria uma bolada e levantaria um dinheiro rápido. Foi gananciosa, mas queria de verdade devolver o dinheiro na data prevista, sem que ele soubesse de nada. Porém deu tudo errado. O negócio não era assim tão garantido. Dan não sabe o que ela fez. Mas, se ela não conseguisse levantar o dinheiro nos próximos meses, ia acabar descobrindo.

Quando recebeu a ligação de uma investigadora chamada Barr há alguns minutos, Rose girou sua cadeira, ficando de costas para a assistente, e fechou os olhos. A investigadora pediu que fosse até a delegacia. Ela desligou o telefone, dispensou Kelly e ficou sentada, imóvel, perguntando-se o que a polícia sabia e do que poderiam acusá-la.

Agora, ao chegar à delegacia, Rose entra de cabeça erguida e costas eretas. Tenta emular a advogada confiante e cumprimenta os investigadores com um sorriso.

— Como posso ajudar? — pergunta, sentando-se na sala de interrogatório.

— Como a senhora deve saber, estamos investigando os assassinatos de Fred e Sheila Merton — diz o investigador Reyes. — Soube que a senhora é bastante próxima de Catherine Merton.

— Sou. Catherine e eu somos amigas há anos. Estudamos juntas.

— Soubemos que você estava cuidando de um investimento do irmão dela, Dan.

Ela precisa manter a compostura. Tudo dependia de como lidaria com isso.

— Isso mesmo.

— Pode nos falar um pouco sobre isso?

— Eu estava procurando um credor para um cliente, e Catherine disse que o irmão dela talvez tivesse dinheiro para investir. Eu e Dan nos encontramos, e ele fez o investimento, financiando a propriedade.

Reyes faz que sim com a cabeça enquanto ela fala. Depois diz:

— Acho que preciso começar a ler os seus direitos. — E o faz.

Rose sente o rosto queimar conforme o pânico toma conta dela. Os investigadores a observam atentamente. Sente que não consegue respirar.

— Quer uma água? — pergunta Reyes.

Ela faz que sim com a cabeça, sem responder, e a investigadora Barr serve um pouco de água para ela. Rose fica feliz pela interrupção; precisava pensar. Mas não consegue. Barr lhe entrega o copo, e ela o toma avidamente, as mãos trêmulas.

Audrey, que acaba de chegar do hospital, não consegue atender o telefone na cozinha antes que a ligação caia na secretária eletrônica. Ela fica imóvel na entrada do cômodo, o coração acelerado, ao reconhecer a voz de Catherine no viva-voz. Ela não atende; não quer falar com a sobrinha. É uma mensagem curta. Catherine diz que Fred deixou um milhão para ela e para Irena no testamento. Depois desliga do nada, deixando Audrey encarando o telefone. Não sabe como se sente.

Claro que está feliz de ter um milhão; quase tinha se resignado a não receber nada. Mas Audrey tinha esperado receber muito mais. Não tinha como contestar o testamento de Fred. No entanto, ela não ia desistir de lutar por justiça pelo irmão. E agora estava certa de que um deles tinha tentado matá-la também. Não era mais apenas curiosidade. Ela corria perigo.

Se foi Catherine quem tentou envená-la, e se ela pensasse que Audrey estava morta no chão, teria ligado? Sim, teria. Ela tentaria encobrir os rastros, deixaria uma mensagem cumprindo o papel de testamenteira. Se fosse *ela* a assassina e quem envenenou Audrey, imagina só sua surpresa caso tivesse atendido a ligação. Agora Audrey se arrepende por não ter atendido.

Tudo isso estava acontecendo porque tinha falado com a repórter, Robin Fontaine.

De repente, Audrey sente uma necessidade urgente de conversar com alguém em quem confiava. Ela pega o telefone e liga para Ellen.

Reyes fica analisando Rose Cutter, que está suando na cadeira diante dele e de Barr. Ela deixa o copo na mesa.

— Quero um advogado.

— Está bem — diz Reyes, deixando a sala para que ela possa ligar para um. Pouco depois, sua advogada chega e se reúne com ela. Depois, abre a porta e diz para os investigadores que estão prontas. Eles retomam seus lugares e gravam o depoimento.

Reyes começa:

— O que a senhora contou é tudo papo furado, não é? Não tem nenhum financiamento na casa 22 da Brecken Hill Drive. Já falamos com o proprietário.

Ela não responde, como se o medo a paralisasse.

Reyes pergunta:

— O que a senhora fez com o dinheiro de Dan Merton?

— Sem comentários — diz Rose, por fim, forçando a voz.

— Sabemos que o financiamento que preparou era falso e nunca foi registrado.

— Sem comentários.

— Está bem — diz Reyes, adotando outra estratégia. — Onde a senhora estava na noite de 21 de abril?

— Como é? — diz Rose, como se não entendesse a pergunta.

— É isso mesmo. Onde a senhora estava no domingo de Páscoa?

— O que é isso? — pergunta a advogada de Rose, ríspida.

— Fred e Sheila Merton foram assassinados nessa noite. E a Sra. Cutter aqui é uma das principais herdeiras no testamento de Fred Merton.

Ele nota que Rose respira fundo; parece prestes a desmaiar.

— Do que o senhor está falando? — pergunta Rose, a voz esganiçada.

— A senhora é filha ilegítima de Fred Merton. Não finja que não sabia.

Ela se vira para a advogada, de queixo caído. Então se volta outra vez para os investigadores.

— Não faço ideia do que os senhores estão falando.

Reyes diz:

— A senhora vai herdar uma fortuna.

A advogada está claramente chocada com tudo aquilo.

— O senhor está inventando isso. Só pode.

Reyes a observa atentamente.

— Pode estar certa de que não. Então, onde a senhora estava na noite de 21 de abril?

Rose começa a gaguejar.

— Eu... Eu jantei no domingo de Páscoa na casa da minha mãe, com a minha tia Barbara. Depois fui para casa.

— E passou a noite toda sozinha?

— Passei.

— O senhor não está mesmo fazendo esse tipo de insinuação, está? — comenta a advogada, recobrando a voz.

— Bom, a gente sabe que ela é movida a dinheiro — diz Reyes.

Rose olha irritada e nervosa para o investigador.

— Ela tirou meio milhão de dólares de Dan Merton. Será que não seria capaz de matar?

Ele se vira para Rose e fala:

— Pode ir, por enquanto. Mas entraremos em contato sobre a acusação de fraude.

Quando Rose se levanta, ele diz:

— Procure Walter Temple amanhã de manhã. Ele está esperando a senhora.

QUARENTA E SEIS

Dan não consegue dormir. Já passa de meia-noite e ele fica se revirando na cama. Lisa, deitada ao seu lado, finalmente caiu num sono profundo, exausta com todo o desgaste emocional dos últimos dias.

Ele se levanta da cama em silêncio, põe cueca e meias, calça jeans e suéter. Precisa sair e dar uma volta por aí. Não importa para onde. Era uma compulsão que tinha às vezes.

Ele sai de casa e entra no carro de Lisa. Sente raiva de estar sem seu veículo. Logo comprará outro, decide, quando tudo aquilo acabar, um modelo esportivo, potente e marcante. Ele desliga o celular e sai dirigindo pela noite escura de primavera.

Dan se lembra de quando, aos 17 anos, se apaixonou por uma menina da escola, Tina Metheney. Estava obcecado por ela. Vivia atrás dela na escola, ficava olhando para ela nas aulas, esbarrava nela no corredor. Era só um menino desajeitado e não sabia lidar com todo aquele desejo sexual. Pensava estar apaixonado. Mas ela não gostou daquilo. Disse a ele que a deixasse em paz, que *parasse de olhar para ela daquele jeito*. Não era só um fora. Ela fez Dan achar que lhe causava repulsa, que a garota tinha medo dele.

O pai lhe deu seu primeiro carro pouco antes disso, e Dan adorava dar voltas com ele. Saía dirigindo por aí para fugir da tensão de casa. Era o mais perto que tinha da liberdade. Passava em frente à casa de Tina várias vezes e, um dia, logo depois que ela pediu a

Dan que a deixasse em paz, ele parou o carro e ficou esperando-a voltar para casa. Queria conversar, fazer com que ela o entendesse. Mas, quando Tina o viu ali, esperando, se recusou a falar com Dan. Entrou em casa e contou para o pai, e, naquela noite, o pai da garota foi até a casa dos Merton e reclamou com o pai de Dan. Fred ficou constrangido e furioso. Arrastou Dan até o escritório e lhe deu uma bronca horrível na frente do outro homem. O pai de Tina disse que não prestaria queixa se Dan deixasse sua filha em paz. Dan ficou sentado numa cadeira, encarando o carpete, assustado, arrasado e morto de vergonha. Prestar queixa? Por quê?

Depois daquilo, ele se afogou em culpa, solidão e confusão, e por muito tempo teve certeza de que nunca teria uma namorada. Tinha sido humilhado por Tina e seu próprio pai, que contou para a família toda o que ele fez. "Ele perseguiu uma menina. Ela ficou apavorada. Ela quase chamou a polícia." Seu pai passou meses falando disso.

Dan nunca mais ousou sequer olhar para Tina depois disso. Ele se manteve afastado dela. E de todas as garotas, com medo do que poderia acontecer. Temia que ela contasse para outras meninas da escola, que dissesse que ele era um esquisitão. Era tão injusto. E às vezes, tarde da noite, quando todo mundo estava dormindo, ele passava de carro em frente à casa de Tina. Às vezes parava e ficava lá fora. Mas seu desejo e sua adoração por ela não sobreviveram à rejeição e à humilhação. Agora nutria um sentimento ruim pela garota e por todos que tinham se envolvido em sua desgraça. Ele se sentia um tanto poderoso por ficar sentado em frente à casa dela, sem que ninguém soubesse, fazendo algo que estava proibido de fazer.

Agora, enquanto dirige — uma forma que encontrava de se acalmar —, ele se pega pensando em Audrey. Ela sabia da história de Tina. A tia o acha estranho, porque seu pai exagerou a coisa toda, fez parecer o que não era. Desde a noite em que Audrey os ameaçou na casa de Catherine, Dan teme que ela possa acabar contando essa história para os investigadores ou para a imprensa. Sabia que ela era a fonte anônima da matéria do jornal. Ele não acha que a família de Tina vai dizer alguma coisa. Os Metheney eram como os Merton, ricos e muito reservados. Não deixavam as pessoas saberem das suas questões pessoais. Mas Dan se pergunta o que eles devem estar dizendo sobre ele na mesa de jantar. *Ele era tão esquisito. Sabia que tinha algo de errado com ele. Talvez ele tenha mesmo matado os pais.*

Ele agarra o volante e acaba se vendo em frente à casa de Audrey. Estava tudo escuro, nenhuma luz acesa. Ninguém ali poderia vê-lo. Ele para o carro e fica observando.

Audrey está com a cabeça cheia demais para dormir.

Ela se levanta da cama e vai até a cozinha pegar um copo de água. Sabe que na água da torneira pode confiar. Tudo mais que havia na casa e já estava aberto ou sem lacre ela jogou pelo ralo. O relógio do fogão marca uma e vinte e dois da madrugada. Ela fica parada em frente à pia, abre a torneira e deixa a água cair até esfriar, então enche um copo e o leva para a sala. A luz da lua entra pela janela e ela consegue ver bem. Não havia nem necessidade de acender as luzes. Vai até a janela e olha lá para fora. Havia um carro na rua, parado em frente à sua casa. Um homem estava sentado, apenas uma sombra na escuridão, e parecia estar observando a casa. Ela acaba dando um passo involuntário para trás, sobressaltada. Deve ter assustado o homem, porque nota que ele vira o rosto e dá partida no carro. Ele sai dirigindo e, por um breve instante, passa sob um poste de luz enquanto acelera.

Não conseguiu vê-lo direito. Mas conhecia aquele carro — era o carro de Lisa. Aquilo a pega de surpresa. Fica parada em frente à janela, o coração disparado.

Com certeza era Dan, sentado em frente à sua casa no meio da noite. Será que foi *ele* quem a envenenou? Será que estava parado tentando ganhar coragem de invadir a casa e ver se ela estava morta? Bom, agora ele sabia a resposta.

Ou talvez ele só tenha retomado velhos hábitos.

Ellen Cutter se vira inquieta na cama. Por fim, tira a coberta e vai até a cozinha preparar um chá descafeinado. Olha para o relógio de parede. Passava das três da manhã. Estava tudo tão silencioso. Isso a lembrava de quando costumava se levantar no meio da noite para dar de mamar à sua filha quando era bebê, muito tempo atrás. Eram apenas elas duas, sozinhas no sofá em meio à escuridão.

Ela pensa na filha hoje, como parecia preocupada, estressada e exausta. Não foi sempre assim. Rose tirou de letra a faculdade de direito, após passar alguns anos pulando de emprego em emprego. Mas agora estava passando por dificuldades. Se ao menos pudesse ajudá-la...

Começa então a pensar na visita de Audrey naquela noite. Sua amiga ia herdar um milhão de dólares que o irmão deixou para ela no testamento. E ainda assim estava reclamando. É claro que ela sente que merecia muito mais por ter ficado de boca fechada sobre o que Fred tinha feito tantos anos antes. Sentia que sua lealdade merecia ser recompensada.

E ainda tinha essa história de envenenamento. Ellen não sabe o que pensar. Acredita que a amiga tenha ingerido veneno. Ela ainda parecia mal. Chegou a ser hospitalizada — ainda que não tenha ligado para ela enquanto estava internada. Os investigadores a visitaram, reviraram sua casa como a cena de um crime. Não era algo que se inventasse. Seria muito fácil ser desmascarado. Mas Ellen chega a cogitar que Audrey talvez tivesse se envenenado de propósito. Os assassinatos pareciam tê-la levado ao limite. Sentia tanta raiva de ter sido passada para trás, privada daquilo que acreditava merecer, parecia tão certa de que os assassinos eram seus sobrinhos, que talvez estivesse inventando coisas...

Ellen se lembra da noite em que a amiga lhe contou que Fred ia mudar o testamento e deixar metade dos bens para a irmã, de como Audrey estava extasiada e de como Ellen sentiu inveja dela.

As duas fingem que contam tudo uma para a outra, mas não é verdade. Ninguém conta tudo para outra pessoa.

Ellen nunca contou para Audrey que Rose era filha do seu irmão. Nunca disse para ninguém além de Fred. E agora os outros filhos dele iam herdar uma fortuna. Audrey se sentia enganada, mas aquilo não era nada perto do que Ellen sentia.

Quando soube que não poderia engravidar do marido, ela enfim cedeu aos avanços de Fred e transou com ele. Depois disso, engravidou rápido. Fred ficou furioso quando descobriu. Mas se acalmou quando percebeu que ela não ia contar aquilo para ninguém. O marido dela nunca soube que Rose não era sua filha biológica.

Quando ele infartou e morreu, Rose não tinha nem 1 ano, e Ellen foi pedir dinheiro a Fred. Ela nem precisou falar nada, Fred sabia que ela podia provar que Rose era sua filha. Ele lhe deu dinheiro por anos. Não muito, mas o bastante.

Desde que Audrey lhe contou aquela história, Ellen tenta não pensar em como Fred matou o próprio pai a sangue-frio, mas não consegue deixar de ficar imaginando a cena. Ela pesquisou no Google por psicopatia e agora sabe que é, em parte, genético.

Mas sua Rose não é assim. Ela é um amor.

QUARENTA E SETE

N a manhã seguinte, terça-feira, Dan liga para Richard Klein, seu advogado.

— Querem me ouvir outra vez — avisa. — O que eu faço?

Ele nota a ansiedade na própria voz esganiçada.

— Espera, tente se acalmar — diz Klein. — O que houve?

— Aquele investigador maldito acabou de me ligar e pediu que eu fosse até a delegacia para responder a mais umas perguntas. Não sou obrigado a ir, sou?

— Não, mas seria bom você ir. Eu vou estar lá com você. Precisamos saber o que eles pretendem fazer. Te encontro lá em meia hora, tudo bem?

— Tá.

— E, Dan, vou estar lá com você. Não diga nada antes de eu chegar. E, se eu achar que você não deve responder a uma pergunta, eu aviso.

Quando Dan chega à delegacia — Lisa ficou em casa, pálida feito papel —, ele espera do lado de fora até o advogado aparecer alguns minutos depois. Ao ver o outro homem num belo terno, passando confiança, Dan se tranquiliza um pouco.

— Por que eles estão tão obcecados comigo? — pergunta ao advogado. — Isso beira o assédio! Eles não têm provas, têm? Não tem nem como. E eles teriam que o informar se tivessem encontrado alguma coisa, não?

— Teriam, mais cedo ou mais tarde. Mas ainda não. Você não foi preso, Dan. Então vamos ver o que eles têm a dizer.

Quando todos se acomodam na sala de interrogatório, a fita começa a gravar e Reyes vai direto ao ponto:

— Temos uma testemunha que viu o senhor em seu carro em Brecken Hill na noite dos assassinatos por volta de dez e meia da noite.

Dan sente suas entranhas se liquefazerem e olha, nervoso, para o advogado.

Klein diz:

— Sem comentários.

Reyes se debruça para a frente e olha nos olhos de Dan, que sente que vai desmaiar.

— Seu pai puxou seu tapete ao vender a empresa. O senhor não conseguiu encontrar um emprego. Usou a maior parte das economias, meio milhão de dólares, financiando uma casa em Brecken Hill e não teve como reaver o dinheiro quando precisou dele. O senhor ficou sentado em frente àquela casa, que, aliás, não ficava longe da dos seus pais, observando, noite após noite. O dono da casa viu o senhor lá na noite de Páscoa. É um comportamento bem estranho, Dan. O senhor sabia que nunca conseguiria recuperar o dinheiro? No que estava pensando? Estava com raiva? Desesperado? Sentindo que foi passado para trás vezes demais?

A sensação de Dan é de que todo o sangue esvaiu da sua cabeça.

— Como assim nunca vou recuperar o dinheiro? Do que o senhor está falando? — pergunta com a voz esganiçada.

— O dinheiro já era, Dan. Não existe financiamento *nenhum* do imóvel 22 na Brecken Hill Drive. O dono nunca ouviu falar do senhor ou do seu dinheiro. Foi um golpe, dado por Rose Cutter, a advogada. Mas talvez o senhor já soubesse disso.

Dan encara o investigador, perplexo. Nenhum financiamento... Não é possível. Ele assinou a papelada. Confiou nela. Ela mentiu.

— Eu não sabia! — quase grita Dan para o investigador que o atormenta.

— Seu pai se recusou a emprestar o dinheiro de que o senhor tanto precisava no jantar de Páscoa? O senhor disse que não esteve perto de Brecken Hill naquela noite, mas sabemos que isso é mentira. O senhor tinha o macacão descartável...

— Terminamos aqui — declara Klein, levantando-se. — A não ser que vá prender meu cliente, estamos saindo.

— Não vamos prendê-lo *ainda*. Só mais uma coisa — diz, ao ver os dois homens prestes a sair. — Alguém tentou envenenar a sua tia Audrey. O que sabe disso?

— Nada — responde Dan, e eles saem sem dizer mais nada.

Rose dá uma golada no seu café, olhando pela janela da sua pequena cozinha. Não tinha ido trabalhar hoje... De que adiantava? A polícia sabia da fraude e ia formalizar a acusação. Não havia saída. Seria presa, mesmo que por um breve período.

Sua intenção nunca foi que a polícia nem ninguém soubesse de algo. Era para Dan não descobrir nunca. Deveria ser um crime sem vítima, ele ia recuperar o dinheiro. Mas acabou não sendo assim. E agora pensam que ela é uma criminosa e ainda a estão acusando de assassinato.

Será que iriam descobrir tudo? Ela sente o medo subindo pela espinha. Porque não era só aquilo. Ela se veste, cuidadosa, pondo seu melhor terninho azul-marinho e uma blusa branca com cara de nova. Maquia-se com cuidado. Mantém a postura ereta e a cabeça erguida ao sair de casa para se encontrar com Walter Temple, da firma Temple Black. Manteria a cabeça erguida o máximo de tempo possível.

Ted está esfregando as mãos em uma das pias quando sua recepcionista vai até ele e avisa:

— Tem dois investigadores aqui querendo falar com o senhor.

Ele se vira e diz:

— O quê?

Sua primeira reação é de surpresa. Não queria conversar com os investigadores aqui. Não queria conversar com eles, ponto.

— Tenho pacientes para atender. Avise que não posso conversar com eles agora.

Ela sai e ele termina de lavar as mãos, o coração batendo desesperadamente. Devia ser sobre os brincos. Precisava apoiar a esposa, não tinha alternativa. Ficava nervoso só de pensar em mentir outra vez para a polícia. Já sabiam que era um mentiroso.

A recepcionista retorna, franzindo a testa.

— Eles insistem em ver o senhor. Se recusam a sair.

Ele se vira para que a recepcionista não veja sua irritação.

— Está bem. Pode mandá-los para a minha sala.

Ele leva uns minutos para se recompor e entra bruscamente em sua sala, tentando aparentar pressa e que não tinha muito tempo para os investigadores. Além disso, queria disfarçar o nervosismo. Sabe que está com manchas de suor debaixo dos braços do avental cirúrgico azul. Os investigadores Reyes e Barr estão sentados em duas cadeiras à sua mesa bagunçada.

— Como posso ajudar? — pergunta Ted, antes mesmo de se sentar.

— Só temos mais algumas perguntas — avisa Reyes.

— Certo, mas estou com um pouco de pressa, então...

— Como sabe, alguns itens desapareceram da casa dos Merton na noite dos assassinatos. Algumas joias de Sheila. Temos um inventário. Quando revistamos a sua casa, encontramos um par de brincos no porta-joias da sua esposa que eram parte desse inventário.

— Ah, claro, já estou a par de tudo — diz Ted, tentando parecer casual, enquanto se senta. — Catherine pegou esses brincos emprestados com a mãe algumas semanas atrás.

— Ela contou isso para o senhor? — pergunta Reyes. — Ou o senhor sabia?

Ted sente o rosto corar. Não conseguia pensar numa resposta.

A investigadora Barr diz:

— É muito simples. O senhor a viu usando os brincos antes dos assassinatos?

— Ã-hã, vi.

— Ótimo. Então os descreva para a gente — pede Reyes.

Mas ele não consegue. Fica olhando sem expressão para os investigadores. Catherine deveria ter lhe dito como eram os malditos brincos. Que idiotice.

— Não me lembro — declara, por fim, sentindo o rosto ficar vermelho-vivo. — Mas sei que ela os pegou emprestado.

— Entendi — diz Reyes, levantando-se. — Não vamos mais tomar o seu tempo.

Quando os investigadores se preparam para sair, Ted diz com firmeza:

— Catherine não tinha motivo para machucar os pais. Temos uma situação financeira confortável. Ela me odiaria se soubesse que estou dizendo isso, mas temo que a pessoa em que os senhores têm que ficar de olho é Dan.

Reyes se vira para encarar Ted.

— Fred Merton tinha resolvido mudar o testamento para dar metade dos bens para a irmã, Audrey, o que reduziria consideravelmente a herança da sua esposa.

— Isso é o que Audrey diz, mas ninguém acredita nela.

— Eu acredito — afirma Reyes. — Fred estava morrendo. Ele pode ter dito isso para a esposa. E, se Sheila sabia o que ele estava prestes a fazer, poderia ter contado para Catherine ou para um dos outros filhos. Isso é motivação o bastante para mim.

Os dois investigadores deixam a sala de Ted.

Ele fica esperando até se certificar de que eles saíram da clínica odontológica e então se levanta e fecha a porta da sala. Sua vontade era batê-la com força, mas ele se contém. Começa a andar de um lado para o outro em sua salinha, pensando na cara arrogante do investigador ao sair. Eles não acreditam no que Ted disse sobre os brincos. Estavam agindo como se acreditassem que Catherine matou os próprios pais. Era ridículo. Só podia ser Dan. Era ele que tinha os motivos mais óbvios. Só *podia* ser ele. Então por que estavam tão interessados na sua esposa?

Ted afunda na cadeira, sentindo-se exausto, ignorando os pacientes que estão esperando. Pensa na noite do domingo de Páscoa, na casa dos pais de Catherine. Sheila disse que tinha que lhes contar algo, mas eles acabaram sendo interrompidos com a chegada de Dan. Será que era sobre Audrey e o testamento? Mas, depois, a esposa lhe disse que era sobre a mesada de Jenna que a mãe queria falar: foi isso que Catherine lhe falou na manhã seguinte. Só depois contou que os pais já estavam mortos quando ela chegou a casa.

Seu estômago revira, e Ted se sente zonzo.

Agora ele se recorda de outra coisa daquela noite, algo que tinha esquecido. Quando estava sentado no sofá com Jake, e Dan estava no canto da sala, conversando com o pai, Catherine e sua mãe desceram a escada juntas. Ele não deu atenção ao fato, porque estava tentando ouvir a conversa de Dan com o pai. Mas talvez Sheila tivesse dito para a filha sobre Audrey e o testamento quando estavam no andar de cima. Talvez Catherine soubesse.

Ele pensa no quanto a esposa queria aquela casa. Em quão apegada pode ser a coisas materiais. Como casas e brincos. Ela deixou o celular em casa naquela noite.

Ele se senta na cadeira e tenta se recompor.

QUARENTA E OITO

Rose atravessa as portas pesadas de vidro e entra na Temple Black, chegando à recepção e tentando manter a postura o máximo possível. Era o tipo de firma de advocacia em que sempre quis trabalhar — uma que exalava dinheiro, poder e sucesso. Não aquela salinha furreca com a placa de "bem-vindos". Ela deveria ter entrado para uma firma grande e renomada como essa, em vez de tentar se virar sozinha, mas a verdade é que ela nunca conseguiu uma oferta de emprego. Talvez não tivesse se metido nessa encrenca se tivesse alguém guiando seus passos. Sempre tentam advertir os advogados sobre isso. Mas agora era tarde para pensar nisso.

Enquanto acompanha a recepcionista pelo corredor até a sala de Walter Temple, ela acaba olhando para uma das salas de reunião e reconhece uma amiga dos tempos de faculdade, Janet Shewcuk. Janet a vê e logo vira para o outro lado.

Rose nunca esteve com Walter Temple. Ele a recebe amigavelmente. Não devia saber ainda o que ela fez com o dinheiro de Dan.

— Sra. Cutter, obrigado por vir.

Ela dá um sorriso vacilante.

— A polícia me contou ontem... sobre o testamento — diz, sentando-se diante de Walter, cruzando as pernas.

O advogado mais velho faz que sim com a cabeça.

— É algo bom para você, embora imagine que também seja um pouco triste.

Ela olha para Walter.

— Então é verdade?

— É. A senhora é uma das herdeiras no testamento de Fred Merton — confirma, pigarreando. — Não sei se a senhora já sabia que ele era o seu pai biológico.

Ela faz que não com a cabeça.

— Não.

Rose fica imóvel enquanto Walter começa a listar o que ela vai herdar. Quando o advogado termina, ela respira fundo e diz, fitando o tampo da mesa:

— Não fazia ideia de nada disso. Não sabia que ele era meu pai. Isso é... surreal.

Quando Rose se levanta para sair, Walter diz, em tom de advertência:

— É bom se preparar: os outros não gostaram nada disso.

Rose dirige direto para a casa da mãe, que fica surpresa ao vê-la.

— Mãe, a gente precisa conversar — diz, entrando apressada pela porta da frente.

Elas se sentam uma de frente para a outra na pequena sala de estar. Sua mãe a observa, ansiosa.

— O que houve? — pergunta.

— O papai não era o meu pai verdadeiro, era? — questiona Rose.

Seu tom era de acusação. A expressão da mãe é de sofrimento e medo enquanto Rose a encara. Ellen olha para baixo, fitando as próprias pernas.

— Não, não era — fala, hesitando por um instante. — O seu pai não podia ter filhos. Então encontrei alguém que pudesse.

Como a mãe para de falar, Rose diz:

— Você teve um caso.

A mãe olha para ela, quase implorando.

— Eu queria tanto um filho, Rose. Era o único jeito.

Ela fica encarando Ellen. Nunca conheceu o homem que pensava ser seu pai; ele morreu quando Rose tinha cerca de 1 ano. Ainda assim, era estranho descobrir quem eram seus pais, quem era ela mesma.

— Acabei de descobrir que Fred Merton era meu pai.

Surpresa, sua mãe pergunta:

— Como?

— Ele me incluiu no testamento — explica.

Então Rose nota a expressão da sua mãe mudar. Primeiro para surpresa; depois, alegria.

— É mesmo? E quanto ele deixou para você?

— Cerca de seis milhões — conta Rose, ainda sem conseguir acreditar. — O mesmo que deixou para os outros filhos.

— O mesmo... Meu Deus — diz sua mãe com uma expressão de espanto. — Eu não fazia ideia de que você estava no testamento.

A mãe se inclina para a frente e segura uma das mãos de Rose entre as suas.

— Isso é incrível, Rose! Porque você era tão filha dele quanto os outros. Você *merece* a mesma parte da fortuna dele. — Ela continua, empolgada: — Fred sempre soube que você era filha dele. E me mandava dinheiro para cuidar de você, todo mês, desde que você era pequena até terminar a faculdade de direito. — Ela fica séria e fala: — Desculpa por ter escondido isso de você. Talvez devesse ter contado. Mas ele era contra, e eu não queria criar problemas. No início, achei que ele poderia acabar parando de mandar um dinheiro de que eu precisava. E depois disso acho que foi só covardia mesmo.

Rose sente uma pontada de ansiedade. Esse era o tipo de coisa com a qual se sonhava quando se era criada por uma mãe solo e todos os seus amigos eram ricos. Era como um conto de fadas. Mas todo conto de fadas tem seu lado obscuro.

Sua mãe diz:

— Eles talvez não a aceitem como irmã logo de cara, mesmo você sendo amiga de Catherine. Mas tenho certeza de que vão acabar mudando de opinião. Ai, meu bem, isso vai mudar a sua vida!

Mas Rose não estava mais lhe dando atenção.

Lisa anda pela casa, entorpecida, desorientada. Fazia exatamente uma semana que os corpos tinham sido encontrados. Tenta agir com naturalidade, mas não consegue. Quando Dan chegou depois do depoimento na polícia, ele estava irritado e triste. Não lhe disse por quê, mas Lisa acabou arrancando a verdade dele. O marido revelou que uma testemunha o viu em Brecken Hill na noite dos assassinatos.

Eles estavam sentados um de frente para o outro na sala. Ele, no sofá e ela, na poltrona. Foi aí que Lisa se deu conta de que vinha mantendo certa distância do marido nos últimos tempos. Quando foi, exatamente, que deixou de se sentar ao seu lado, com a mão no seu ombro, olhando nos seus olhos, sofrendo com ele? Em vez disso, agora se sentava friamente diante do marido, vendo-o de cabeça baixa, encarando o chão.

Ela se empertigou na poltrona.

— É verdade? — perguntou, com uma voz horrorizada e amargurada.

Os macacões descartáveis foram motivo de preocupação, mas ela sabia por que o marido os tinha; ele os usou para fazer reparos no sótão. Dan disse a ela que tinha passado a noite dirigindo, tentando se acalmar, que não tinha sequer estado perto de Brecken Hill. E ela acreditou no marido.

— É — assume ele. — Mas posso explicar.

Lisa ficou ali, ponderando suas opções, enquanto ele tentava implorar por seu perdão.

— Juro que não fui para a casa dos meus pais de novo naquele dia.

Então ele contou como foi ludibriado por Rose Cutter, que não havia mais dinheiro e que quem o viu foi o dono da casa.

Ela ficou ali, pensando em como Dan foi burro, sendo enganado por Rose Cutter e perdendo meio milhão de dólares assim. Talvez o pai dele tivesse razão no fim das contas. Ainda assim, se ele não fosse condenado e herdasse aquele dinheiro todo, eles seriam ricos. E ela não precisava necessariamente continuar casada com ele para sempre.

— Fui até aquela casa em Brecken Hill e só fiquei ali, sentado, pensando — disse Dan, atropelando as palavras. — Estava com tanta raiva de mim por comprometer o nosso dinheiro por tanto tempo; não sabia que a gente ia precisar dele. A polícia acha que eu sabia o que Rose fez e que não ia conseguir o dinheiro de volta, o que faz parecer que fui eu que matei os meus pais.

Ele se levantou, irritado.

— Essa piranha maldita! É tudo culpa dela! Se ela não tivesse me empurrado esse investimento a gente não estaria nessa situação!

Lisa entendia o que o marido queria dizer. Eles ainda teriam meio milhão de dólares em investimentos. A casa deles já estava totalmente hipotecada porque as taxas de juro eram baixas. Mas Dan pegou aquele dinheiro sem dizer nada para a esposa e foi enganado. Aquela grana poderia tê-los mantido por um bom tempo, até que ele conseguisse resolver as coisas. E agora não havia mais dinheiro algum. Pensou então que, por culpa de Rose Cutter, seu marido talvez tivesse se tornado um assassino.

Agora ela fica pensando em tudo outra vez. Dan está na garagem, tentando acalmar a mente cada vez mais perturbada. Lisa está dentro de casa, arrumando as coisas ao acaso, pensando em como uma coisa levava a outra.

QUARENTA E NOVE

Irena põe o gato no colo e fica ouvindo seu ronronar enquanto a noite cai.

Ficou feliz por Catherine ter lhe ligado na noite anterior para falar do testamento, mas teria sido legal se ela tivesse vindo dar a notícia pessoalmente. Irena sabe que não tem mais um papel central na vida deles agora. Isso era um pouco estranho, depois de tudo que fez por eles. Mas tenta afastar as mágoas.

Tinha acabado de voltar da casa de Catherine nesta noite. Queria saber o que estava acontecendo, como todos estavam, e ela era quem tinha mais chance de saber. Quando Catherine contou para Irena que Lisa ligou para dizer que a polícia tinha uma testemunha que colocava Dan em Brecken Hill na noite do assassinato, Irena sentiu um frio na espinha.

Ela se lembrava da sua última oitiva com os investigadores, da confissão relutante de que qualquer um dos filhos dos Merton seria capaz de matar.

Também se lembra de como Fred gostava de colocar um filho contra o outro, numa competição injusta. Para ele, era tudo um jogo de soma zero. Só podia haver um vencedor em cada situação.

As coisas não estão nada boas para Dan, pensa Irena. Ela não sabe se Catherine se importa de verdade, apesar do que diz. Nem Jenna. Como sempre, Dan era o bode expiatório.

* * *

Na manhã seguinte, quarta-feira, Ellen se prepara para uma conversa difícil. Audrey está vindo tomar um café, e ela não acha que a amiga vai gostar do que tem a dizer. Não vai gostar nada de saber que sua filha, Rose, era filha do irmão dela. E que Rose ia receber mais do patrimônio de Fred Merton do que a própria Audrey. Mas ela ia acabar descobrindo, mais cedo ou mais tarde, e era melhor que soubesse por Ellen.

Ela tenta se convencer de que, por outro lado, talvez Audrey ficasse feliz que aqueles filhos mimados teriam que dividir a fortuna deles com um estranho. Eles não gostam de dividir. E Audrey sempre gostou de Rose. Talvez fique feliz por ser tia de Rose, no fim das contas.

Ellen acha que a coisa pode ficar um pouco feia com os filhos dos Merton — talvez não com Catherine, que gostava tanto de Rose, mas com os outros dois —, e gostaria de ter Audrey do seu lado.

Mas a amiga andava tão diferente, uma versão exagerada de si; Ellen está bem preocupada.

Rose não vai trabalhar pelo segundo dia consecutivo. Liga para a assistente, Kelly, e pede que segure as pontas novamente e cancele os seus compromissos. Alega estar gripada.

Está se escondendo. Não queria ver ninguém, sabendo que logo seria processada por fraude. Sua carreira de advogada em breve chegaria ao fim e seu escritório ia acabar falindo. Espera poder evitar a cadeia. Com o dinheiro da herança, poderia devolver o valor e contar com a clemência do júri.

Ela vai herdar mais dinheiro do que jamais sonhou, então não precisa ir para seu escritório de merda nunca mais.

Sua mente se volta então, inquieta, para os dois investigadores e para a reunião de ontem com Walter Temple. Ela tenta se convencer de que tudo vai ficar bem.

* * *

Mais tarde, naquela mesma manhã, Reyes é informado de que Audrey Stancik estava na recepção e queria conversar com os investigadores.

Está com uma cara melhor do que quando a viram pela última vez, no hospital, pensa Reyes. Suas bochechas estão mais coradas.

Audrey nem sequer espera até eles se sentarem para já disparar:

— Conseguiram avançar na investigação de quem tentou me matar?

— Não temos dúvida de que havia aditivo de radiador no chá gelado — diz Reyes. — Mas não temos provas de quem esteve na sua casa e poderia ter colocado isso na sua bebida.

Ela suspira com exagero, sem esconder a decepção.

— Na noite passada, Dan Merton estava no carro da esposa, observando a minha casa.

— Tem certeza de que era ele? — pergunta Reyes.

— Tenho. Ele faz esse tipo de coisa. Já te contei isso. — Ela se inclina para a frente. — Tenho mais informações que acho que podem ser do seu interesse. Imagino que o senhor já saiba que Rose Cutter é filha biológica de Fred e que está no testamento.

— Ã-hã.

Ela dá uma bufada.

— Bom, acabei de ficar sabendo. — Ela dá um tempo para tentar se acalmar. — A mãe dela, Ellen Cutter, é minha amiga. Conheço há mais de quarenta anos. Ela foi secretária do meu irmão há muito tempo, foi como a gente acabou se conhecendo. Nós duas trabalhávamos na empresa de Fred na época.

Então continua:

— O problema é que Ellen sabia que ele ia mudar o testamento para me dar metade dos bens antes de ser morto. Sabia porque eu contei para ela no mesmo dia em que ele me disse. E não acredito de jeito nenhum, não importa o que ela diga, que Ellen e a filha não soubessem que Rose estava no testamento. Fred com certeza diria para Ellen, e ela teria contado para a filha.

— Por que você acha isso?

— Porque Fred gostava de deixar as pessoas saberem quando ele estava fazendo um favor a elas. Da mesma forma que gostava que soubessem quando estava tentando prejudicá-las. Ele adorava sentir que tinha poder sobre as pessoas, que podia dar coisas para depois tomá-las de volta. Se o senhor o tivesse conhecido, saberia do que estou falando.

CINQUENTA

Rose Cutter está em casa, tentando aproveitar que matou o trabalho. Precisa pensar. Tem tanta coisa na cabeça. Toma um susto com uma batida rápida à sua porta.

Todo o seu corpo enrijece. Talvez devesse fingir que não havia ninguém em casa.

Mas logo batem outra vez, insistentes. Ela ouve alguém gritando da porta.

— Rose, sei que você está aí.

Ela reconhece a voz de Catherine.

— Já fui ao seu escritório e estou vendo o seu carro parado aqui na entrada.

Relutante, Rose se levanta e abre a porta. Teria que encará-la mais cedo ou mais tarde. Ela recua, e Catherine entra na casa. Rose tenta ler sua expressão, mas, como sempre, Catherine é indecifrável.

— Podemos nos sentar? — pergunta.

— Claro — diz Rose, indo até a sala, onde há dois pequenos sofás posicionados um de frente para o outro, separados por uma mesinha.

— Então — começa Catherine após se acomodarem, já que Rose não conseguia falar. — Pelo visto você é minha meia-irmã.

— Catherine, sei como isso é incômodo — diz Rose. — Eu não fazia a menor ideia. A minha mãe só confessou ontem, depois que eu soube do testamento.

Catherine vira o rosto com desdém.

Rose entende agora como vão ser as coisas. Catherine não está nada feliz em ter uma meia-irmã. Rose torcia para que estivesse, para que sua relação de amizade acabasse virando uma relação de irmãs. Mas Walter a havia alertado. Seu temor só aumenta; sente como se estivesse sufocando. Ela começa a falar, atropelando as palavras.

— Desculpa, Catherine. Deve ser muito incômodo para todos vocês. Não queria causar problemas. Você é minha amiga.

— Sua *amiga*? Você roubou o dinheiro de Dan. É, já sei de tudo. Que tipo de *amiga* faz isso? — E, então, inclinando-se para a frente, continua: — Como você foi capaz?

— Não foi assim, Catherine — afirma Rose, desesperada. — Foi só... um *empréstimo*. Eu ia devolver tudo. Não era para ninguém descobrir.

— Bom, só que agora a gente sabe, não é mesmo? — diz Catherine, olhando para ela com desprezo. — Então pode devolver o dinheiro dele.

— Não posso — sussurra Rose, olhando para baixo. — Não tenho o dinheiro para devolver. Ainda não.

— O quê?

— Eu investi e perdi a maior parte.

— Como você foi capaz de fazer uma coisa dessas? — repete Catherine, furiosa.

— Como? Vou te contar — diz Rose, recobrando a coragem. — Não cresci tendo as coisas que você teve. Eu não era rica nem tinha os contatos certos. Tive que batalhar para conquistar tudo que tenho. E acabei ficando gananciosa e impaciente. Você jamais teria como entender. — Então Rose inclina a cabeça e diminui o tom de voz, olhando para Catherine. — Ou talvez tivesse. Talvez *você* tenha ficado gananciosa e impaciente e tenha matado os seus próprios pais. Foi isso que aconteceu, Catherine? Ou foi Dan?

Catherine a encara com raiva e frieza. Ela se levanta e fica olhando para Rose, que continua sentada.

— Vamos processar você, se for necessário, para fazer com que devolva o dinheiro do meu irmão. E vou tomar como a minha missão pessoal garantir que tenha a pior pena possível. E você *nunca* vai fazer parte dessa família.

Audrey volta da delegacia com a mente acelerada. Ela acredita no que disse aos investigadores — Fred teria falado para Ellen do testamento. E ela teria contado para Rose. E Rose tinha os mesmos genes problemáticos de Fred que os outros tinham. Ele e Sheila poderiam ter sido mortos por qualquer um dos quatro filhos dele. Audrey se sente traída por Ellen, que sempre foi sua melhor amiga, por nunca ter dito nada.

Ela fica se perguntando se Rose seria capaz de matar alguém. Ellen talvez logo tenha que se fazer a mesma pergunta. Se for, então a amiga teria que encarar sozinha esse inferno.

Audrey fica feliz por nunca ter tido que se preocupar com a própria filha.

Jenna se levanta da cama de Jake e começa a se vestir. É finalzinho da tarde, mas tinha vindo para a cidade para vê-lo e, como sempre, eles acabaram na cama antes de terem tempo de fazer qualquer outra coisa. O lençol dele tem manchinhas de tinta. Precisava de uma roupa de cama nova.

Ela começa a encher um copo com um suco da geladeira quando ele entra na cozinha minúscula, abotoando a calça jeans. Ela o admira por um instante.

— Preciso conversar com você sobre uma coisa — diz Jake.

Ela fica nervosa; havia um tom em sua voz de que Jenna não gostava. O que era? Ansiedade?

— O quê? — pergunta Jenna, sorrindo para ele, tentando esconder a insegurança.

— Estou meio duro.

Ela finge que não entendeu, para ganhar tempo.

— Como assim?

— O meu aluguel aumentou e não tenho dinheiro para pagar.

Caramba, pensa. Foi rápido. Fazia quanto tempo que os seus pais morreram, uma semana? E ele já estava pedindo dinheiro. Ela tenta esticar o tempo, guardando o suco na geladeira, de costas para Jake. Depois fecha a porta e se vira para encará-lo, ainda sem saber como lidar com aquilo.

— Eles podem fazer isso? — pergunta, tentando ganhar tempo.

— Aumentar o aluguel do nada, sem avisar?

— Estou falando do meu estúdio. Lá eles podem fazer o que bem entendem.

Jenna sabe que ele tem razão. Tinha visto seu estúdio, e era tudo feito por baixo dos panos.

— Não posso perder o meu estúdio — diz com um tom um pouco mais enfático.

Jake não gosta que ela esteja enrolando, que não esteja logo lhe dando o dinheiro, pensa ela. Mas estavam dançando uma dança delicada, algo que daria o tom das coisas dali para a frente. Eles não sabem se darão certo como casal a longo prazo, ou se haverá um longo prazo. Jake sabe que Jenna tem dinheiro ou terá em breve. *Muito* dinheiro. E mentiu para a polícia por ela. Ele testemunhou aquela briga horrível de Jenna com os pais na noite em que eles morreram e disse para a polícia que esteve com ela a noite toda. Ela lhe devia isso, mas ainda assim não gostava de ser cobrada.

— De quanto você precisa? — pergunta, tentando fazer parecer que não ligava, que aquilo era algo que uma amante faria.

Ela pensa que algumas centenas de dólares seriam suficientes.

— Você consegue uns cinco mil? — pergunta Jake.

Ela se vira para ele, surpresa.

— Quanto você paga de aluguel?

Ele olha nos seus olhos.

— É que eu queria ter uma reserva, para não ter que me preocupar. Você sabe que estou fazendo uma instalação grande agora, não posso ficar me preocupando em ter que me mudar.

E era isso. Ela sabe. Ele está pedindo mais do que precisa. Está pedindo o que *quer*. E vai querer cada vez mais.

— Não tenho essa grana toda dando bobeira — explica Jenna.

— Eu sei. Mas agora você tem como conseguir, não tem?

Ela repara no "agora".

— Acho que posso tentar pedir um adiantamento para Walter — diz.

Ele faz que sim com a cabeça.

— Ótimo. Tenho que ir, quero trabalhar um pouco mais. Pode ficar o quanto quiser.

Ele se aproxima e lhe dá um beijo demorado, intenso. Ela finge que está gostando tanto quanto das outras vezes. Mas, quando ele vai embora, Jenna fica encarando a porta por um bom tempo.

CINQUENTA E UM

Quando Reyes e Barr se aproximam da casa simples, mas bem-cuidada, de Ellen Cutter, ele se pega pensando em que tipo de pessoa Ellen era. Com certeza do tipo que sabia guardar segredo.

Uma mulher de pouco mais de 60 anos atende a porta. Eles exibem os distintivos e se apresentam.

— Podemos entrar? — pergunta Reyes.

Ela os deixa entrar e todos se acomodam na sala de estar.

— Estamos investigando os assassinatos de Fred e Sheila Merton — explica Reyes. — Soubemos que a sua filha, Rose, é filha biológica de Fred Merton.

— Isso, ela é filha dele — responde de forma um pouco brusca.

— Não estamos aqui para questionar isso — diz Reyes. — Ela tem direito à mesma quantia que os outros filhos de Fred Merton em seu testamento.

— Pois é. Fiquei bastante surpresa quando soube — comenta a mulher. — Descobri ontem. Rose me disse.

— A senhora não fazia ideia de que a sua filha estava no testamento?

— De jeito nenhum.

— Onde a senhora estava na noite de 21 de abril, domingo de Páscoa?

Ela parece ser pega de surpresa.

271

— Como? Por quê?

Ele apenas aguarda.

— Estava em casa. A minha irmã e a minha filha vieram para o jantar de Páscoa. Rose voltou para casa, mas a minha irmã passou a noite aqui e foi embora de manhã. Ela mora em Albany. Por que o senhor está perguntando isso? — Ele fica encarando Ellen. Ela dá uma risadinha, insegura. — O senhor por acaso está achando que eu os matei? Isso é ridículo.

Ela olha de Reyes para Barr, insegura, como se pisasse em ovos. Reyes explica:

— Fred Merton resolveu mudar o testamento, privando seus filhos de metade de sua fortuna.

— E como é que eu ia saber disso? — questiona Ellen.

— Porque a sua amiga Audrey Stancik contou.

O investigador nota sua surpresa e observa enquanto a mulher perde parte da confiança.

— Pode ser, não lembro — diz, fingindo indiferença. — Mas não sabia que Rose estava no testamento. Não tive nada a ver com isso.

Ele deixa o silêncio se prolongar, esperando para ver se Ellen vai tentar preenchê-lo. E é exatamente o que ela faz.

— Como disse, minha irmã passou a noite aqui. Só foi embora na manhã seguinte. Pode perguntar a ela.

— E Rose? Quando ela foi embora?

— Por volta das oito da noite. — Ela lê suas expressões e diz: — Rose só foi saber que Fred era o pai dela depois que ele morreu. — Reyes fica calado. — Minha filha não teve nada a ver com isso — desdenha Ellen. — Talvez os senhores devessem ficar de olho nos outros filhos, aqueles que *sabiam* que eram herdeiros.

Reyes não vai contar a ela que sua filha está prestes a ser presa por fraude. Deixa isso para Rose. Mas não consegue deixar de dizer, ao sair:

— Talvez a senhora não conheça a sua filha tão bem assim.

* * *

Ellen fica observando os investigadores irem embora. Aquilo tinha o dedo de Audrey, pensa, tinha que ter. Audrey deve ter dito para eles que falou sobre a mudança do testamento para Ellen. E agora isso tinha se voltado contra ela — fazendo com que a mira da polícia recaísse sobre Ellen e a filha, só porque estava irritada com a herança de Rose. Que maluquice. Audrey era uma das suas amigas mais antigas. Ela pensa, amargurada: *Não dá mesmo para confiar em ninguém, não é mesmo?*

Ela tenta ligar para Rose, mas ninguém atende.

Walter Temple observa da sua mesa Janet Shewcuk passar apressada no corredor em frente ao seu escritório, cabisbaixa. Ele fica olhando e de repente se dá conta de que ela o vinha evitando nos últimos dias. A inquietação que tem lhe rodeado ultimamente agora o encara. Estava preocupado desde que esteve com Rose Cutter. Ele se vira para o computador e pesquisa onde e quando Rose Cutter fez faculdade de direito. Faz o mesmo com Janet Shewcuk, sua advogada júnior.

Então se recosta, ansioso, em sua cadeira de couro, temendo o que tinha que fazer. Fecha os olhos por um bom tempo e se pergunta se não podia simplesmente não fazer nada. Depois abre os olhos, pega o cartão na primeira gaveta da sua mesa e liga para o investigador Reyes.

A recepcionista no Temple Black conduz Reyes e Barr até o escritório de Walter assim que eles chegam. O advogado parece preocupado com alguma coisa, pensa Reyes.

— O que houve? — pergunta o investigador, enquanto ele e Barr se sentam de frente para Walter.

Walter dá um longo suspiro e diz:

— Há cerca de dois ou três meses, pedi que a minha advogada júnior, Janet Shewcuk, desse uma revisada nos testamentos de Fred e Sheila Merton. Fazia quase cinco anos desde que eles tinham mexido no testamento pela última vez, e geralmente nessa época revisamos o texto.

— Continue — pede Reyes.

— Ontem, Rose Cutter esteve aqui para conversar sobre o testamento. E tinha uma coisa estranha.

— O quê?

Walter balança a cabeça.

— Não sei. Só parecia que algo não estava certo. Eu não conseguia acreditar que ela não sabia de nada.

Ele morde os lábios, pensativo.

— Isso vinha me incomodando. Então investiguei um pouco e descobri que Janet e Rose estudaram na mesma faculdade de direito e na mesma época.

— E o senhor pensou que talvez elas se conhecessem — diz Reyes —, e que ela pode ter contado para Rose que ela estava no testamento?

Walter faz que sim com a cabeça, arrasado.

— Pensei que seria melhor os senhores perguntarem a ela.

Reyes diz, com o pulso acelerado:

— Vamos falar com ela.

— Vou buscá-la — avisa Walter, deixando a mesa.

Alguns minutos depois, ele volta para o escritório com uma jovem de terninho cinza, os cabelos loiros penteados para trás num rabo de cavalo bem-feito. Ele puxa uma cadeira para ela, que se senta, nervosa, depois apresenta os investigadores. Quando Janet Shewcuk percebe quem eles são, seu medo é visível. Assim que Reyes diz que estão investigando os homicídios dos Merton, ela começa a tremer.

Ele fala:

— Soubemos que a senhora conhece o testamento dos Merton.

A jovem advogada fica logo vermelha. O investigador aguarda.

— Eu revisei o testamento deles — confessa ela, ficando ainda mais vermelha.

— A senhora por acaso conhece Rose Cutter? — pergunta Reyes.

Ela engole em seco, piscando os olhos.

— Fizemos direito juntas.

— Sei — comenta Reyes.

A advogada olha de esguelha para o chefe e parece à beira das lágrimas.

— E a senhora contou para ela que ela era herdeira no testamento de Fred Merton.

Então ela realmente começa a chorar copiosamente. Walter lhe entrega um lenço de uma caixa que fica sobre a mesa. Eles aguardam. Por fim, ela consegue dizer:

— Sei que foi uma quebra de sigilo. Eu nunca deveria ter dito nada. — Sua cara é de dar pena. — Mas Rose também é advogada, ela não ia falar nada. Não pensei que isso faria mal a ninguém. — Ela olha para eles, aflita. — Como é que eu poderia adivinhar que eles seriam *assassinados*?

— E quando foi que a senhora contou a Rose sobre essa herança inesperada? — pergunta Reyes.

— Acho que há cerca de dois meses. Foi um choque tão grande ver o nome dela no testamento. Eu não contei assim que soube. Nem pretendia contar. Mas acabamos saindo uma noite e eu bebi vinho além da conta.

Reyes lança um olhar furtivo para Walter, que está com uma expressão furiosa. O investigador pergunta:

— Depois dos assassinatos, Rose pediu que não confessasse que contou para ela?

— Não. Nem precisava — responde Janet, arrasada. — A gente sabia que se isso vazasse a minha carreira estava arruinada. — Então ela olha para eles e diz: — Vocês não estão achando que foi *ela*, estão?

CINQUENTA E DOIS

Rose está parada em frente à porta da mãe. Sua mãe tem lhe ligado, mas ela não atendeu nenhuma vez. Não queria falar com ela, mas sabe que é necessário. Toca a campainha.

Ellen atende, claramente chateada.

— Que bom que você veio. Estou tentando falar contigo.

— Eu sei, mas estava ocupada — mente.

— A polícia esteve aqui — diz sua mãe.

— O quê?

— Para falar sobre o assassinato de Fred e Sheila.

— Do que é que você está falando? — pergunta Rose, confusa, acompanhando a mãe até a sala, onde nota que ela serviu uma taça de vinho.

Enquanto Ellen explica, Rose sente a ansiedade aumentar.

— Só porque eu sabia que Fred ia mudar o testamento, deixando metade para Audrey, eles tiveram a petulância de sugerir que *eu* os matei, só para proteger os seus interesses. Mas eu nem sabia que você estava no testamento. Eles me perguntaram se eu tinha um álibi.

— Ah, eles só podem estar de brincadeira — reclama Rose, enquanto se senta ao lado da mãe.

— Por sorte, Barbara ficou a noite toda aqui. — Então Ellen se vira e diz: — Também perguntaram sobre você. Mas eu disse que você só foi saber que Fred era seu pai depois que ele morreu. Você também não sabia do testamento.

Rose se lembra, com um embrulho no estômago, de como os investigadores também lhe perguntaram sobre o assassinato.

— Eu fui direto para casa dormir depois de jantar com vocês na Páscoa — diz Rose. — Não tenho um álibi.

Ela se sente zonza.

Ellen tenta tranquilizá-la.

— Bom, você não tem com o que se preocupar. Não tem como suspeitarem de você. Você não sabia de nada — diz, então pergunta: — Já falou com Catherine?

Mas Rose não está prestando atenção. Suas entranhas parecem emboladas.

— Rose? — pergunta sua mãe, brusca.

Ela olha para a mãe e diz:

— Preciso te contar uma coisa.

Já na delegacia, Reyes e Barr são abordados por um policial que quer mostrar algo para eles. Parece empolgado. Os investigadores o acompanham até um monitor de computador e todos encaram a tela.

— Caramba — diz Reyes, dando um tapinha nas costas do policial. — Bom trabalho.

Depois que sua filha vai embora, Ellen fica andando de um lado para outro da sala, chocada com a coisa horrível que Rose fez. Quando a filha contou da confusão na qual se meteu com o dinheiro de Dan, ela simplesmente não conseguiu acreditar. Ficou atordoada, literalmente incapaz de falar por um bom tempo.

Ellen não foi tão acolhedora quanto deveria. Mas... como é que Rose pôde ser tão egoísta? Tão inconsequente? Tão burra? Ela não era assim. Aquela não era a Rose que conhecia. Agora, enfim, entendia por que a filha andava tão estressada, por que tinha emagrecido tanto. Está tão furiosa com ela. E fez questão de dizer para a filha o quanto estava decepcionada.

Sempre sentiu muito orgulho de Rose, de ser mãe dela. Mas as pessoas logo vão ficar sabendo. Rose provavelmente vai para a cadeia — ainda que por pouco tempo —, mas Ellen se sente humilhada só de pensar em ter que visitá-la na prisão. Todos vão saber o que ela fez. Ela não poderá mais exercer a profissão, depois de ter se dedicado tanto. E Ellen sempre terá vergonha da filha. Nunca mais vai poder dizer que Rose é advogada. Sua filha era uma criminosa, e ela nunca mais poderá dizer mais nada.

Agora, enquanto Ellen chora, as lágrimas escorrendo pelo rosto, uma pequena parte dela pensa que não deveria ter sido tão dura com Rose, que deveria ter abraçado a filha antes de ela ir embora, como sempre fazia. Mas não o fez. Vai ser difícil perdoar isso. Precisa de tempo.

Ela continua andando de um lado para outro, fazendo um pequeno desvio até a cozinha para encher novamente a taça de vinho. Pelo menos Rose terá sua herança. Poderá começar do zero, quando sair da cadeia. Elas provavelmente teriam que se mudar; afinal, como poderiam manter a cabeça erguida depois disso? Teria sido tão bom se a filha não tivesse infringido a lei e depois herdasse aquele dinheiro todo. Ela poderia ter tudo que sempre quis. Ellen teria sentido tanto orgulho dela.

Agora também sabia que os investigadores já haviam interrogado Rose sobre os assassinatos, Rose lhe confessou. Ela seria indiciada por fraude. Mas aqueles investigadores não podiam achar mesmo que Rose tinha algo a ver com os assassinatos, independentemente de ter ou não um álibi. Rose não sabia que estava no testamento.

Ellen jamais pensou que a filha pudesse ser capaz de roubar o dinheiro de alguém. Ela se lembra das últimas palavras que o investigador lhe disse: "Talvez a senhora não conheça a sua filha tão bem assim."

Ela não consegue parar de pensar no que tinha lido na internet sobre psicopatia, em como aquilo podia ser genético. Fica pensando nos Merton. Sua Rose agora era parte daquela família. E se um deles *for* o assassino? Ela sabe que Audrey sempre achou isso.

Talvez Audrey nunca mais fale com ela, e isso a magoa. Esperava que sua amizade de tantos anos sobrevivesse à revelação sobre o pai de Rose.

Então lhe ocorre que, se um dos filhos dos Merton for condenado pelo assassinato, então a pessoa perderia direito à sua parte da herança, e Rose receberia ainda mais dinheiro.

Era inevitável, pensa Rose, sentando-se outra vez na mesma cadeira da mesma sala de interrogatório, com a advogada ao lado, preocupada. Conforme anoitece, os investigadores tomam seu depoimento de forma agressiva. Tinha torcido para que Janet não dissesse nada, que ninguém nunca descobrisse esse elo. Mas cá estava, e os investigadores já tinham conversado com Janet.

— A senhora sabia que estava no testamento, Janet Shewcuk lhe contou — repete Reyes. — A senhora mentiu para nós.

— É, eu sabia — confessa Rose, exausta. — Mas não matei ninguém.

— A senhora não tem álibi — destaca Reyes. — A senhora precisava de dinheiro para pagar Dan e não ser presa por fraude. Era nisso que estava pensando? Que, se Fred e Sheila morressem e todo mundo recebesse sua herança, a senhora poderia devolver o dinheiro e ninguém nunca saberia? Ou então que, se não recebesse a herança a tempo e eles descobrissem o que fez com o dinheiro de Dan, eles ficariam quietos e deixariam a senhora restituir o valor e então a perdoariam, porque a senhora é da família?

— Eu não matei ninguém — repete Rose, teimosa, mas o medo tinha se assentado nas suas entranhas.

CINQUENTA E TRÊS

Naquela noite, Catherine prepara tudo com bastante cuidado. Apesar do que vinha acontecendo, ela quer que o momento que ela e Ted tanto esperaram seja perfeito. Comprou um arranjo de flores para a mesa. Encomendou uma refeição gourmet do restaurante francês preferido deles, que está no forno para se manter quente.

Quando Ted chega do trabalho, ela pega seu blazer e diz que tem uma surpresa. Ele se vira e olha para a esposa, e ela sorri:

— Não é uma surpresa ruim — explica.

— Ai, ainda bem. Porque a gente já teve muitas desse tipo nos últimos dias — diz Ted.

— Esquece isso. Vem comigo.

Ele a segue até a sala de jantar, onde está posta uma mesa adorável.

— Está sentindo esse cheiro? — pergunta ela. — Pedi comida do Scaramouche.

— Qual é a ocasião? — pergunta Ted.

— Já te digo, mas, antes disso, sente-se.

Ela traz a comida e eles se sentam um de frente para o outro. Catherine acende as velas.

Ela põe uma garrafa de vinho tinto na mesa, que Ted automaticamente abre. Ele se inclina sobre a mesa para servi-lo para Catherine, que coloca os dedos sobre a taça e sorri para o marido. Ele olha para a esposa, surpreso.

— Para mim, não.

Ele não parece entender. Então Catherine explica:

— Não é bom para o bebê.

— Você está grávida?

Ele se levanta e vai até o outro lado da mesa. Ela também se levanta e Ted a abraça. Catherine não consegue ver seu rosto.

É o momento perfeito, pensa ela.

Mais tarde, naquela mesma noite, Ted dá uma saidinha. Diz para Catherine que tinha que comprar umas coisas. Ela parece feliz, tagarelando sobre como vai ter que mudar do vinho para a tônica com limão — sem o gim — para que ninguém suspeite de que está grávida. Pelo menos no início. Até passarem os três primeiros meses. Ele diz para a esposa relaxar, tomar um bom banho de banheira e se mimar enquanto ele estiver fora. Diz o quanto está feliz com o bebê e que logo volta para casa para cuidar dela. Então sai, trancando a porta.

É claro que ele quer ter um filho. Só não sabe se quer ter um com ela. Pensa neles dois com um bebê morando na casa do assassinato e sente um frio na espinha.

Ele dirige até o lugar combinado. Está indo se encontrar com a cunhada, Lisa. Precisa muito desabafar com alguém e não havia mais ninguém com quem pudesse falar sobre isso. Ele torce para que não esteja errado por confiar em Lisa. Mas, se não fizer algo, vai acabar explodindo. Ele e Catherine andavam preocupados que Dan pudesse ser um assassino e tinham decidido que deveriam fazer o possível para protegê-lo.

Mas talvez Dan não seja o assassino.

Após a visita dos investigadores ao seu escritório no dia anterior, Ted contou para Catherine o que eles disseram. Que tinha sido idiotice ela não ter contado para ele como eram os brincos. Ela ficou imóvel e disse "Merda". Então os descreveu, mas a verdade é que Ted não se lembra de vê-la com os brincos. Por outro lado, ele nunca reparava nas joias que a esposa usava.

Ele não faz a menor ideia do que está passando pela cabeça de Catherine. Será que ela sabia que Ted suspeitava dela? E agora mais esta: ela está grávida. Ele não precisava dessa boa-nova.

Ele se encosta no carro enquanto a noite cai, no estacionamento de uma Home Depot, e fica tentando imaginar como devem estar as coisas na casa de Dan. Espera descobrir logo.

Ted observa Lisa dirigindo seu pequeno carro e estacionando. Ela desce e se aproxima, com ar de preocupação. Do nada, se lança em sua direção, abraçando-o. Ele se recorda de como a cunhada sempre abraça Catherine. Ela gosta de abraçar todo mundo. Era uma mulher que gostava de confortar e ser confortada.

Ela se afasta e diz:

— Desculpa, estou arrasada.

— Tudo bem, também estou — diz Ted.

— Cadê Catherine? Por que a gente veio se encontrar aqui? — pergunta.

— Queria conversar a sós.

Ele estava imaginando coisas ou ela pareceu incomodada? Lisa era mais próxima de Catherine que dele.

— Por quê?

Ele logo tenta tranquilizá-la.

— É só que estou tendo dificuldades com tudo isso. Pensei que talvez você também estivesse, que poderíamos nos dar apoio moral.

Então ela se recosta no carro de Ted, ao seu lado.

— Sei que Catherine está tentando proteger Dan — comenta Lisa com a voz trêmula. — Mas não paro de pensar no que deve ter acontecido...

Ela para de falar e fica olhando para o nada, através do estacionamento, como se conseguisse ver os assassinatos em sua cabeça. Por fim, diz, com a voz sombria:

— Sei que Catherine quer protegê-lo, mas não sei se eu consigo.

— Como assim? — pergunta Ted, virando-se para ela.

Será que ela sabe de alguma coisa? Alguma coisa que eu não sei?

Ela engole em seco:

— Se ele for o culpado... *você* seria capaz de viver com ele?

Ted afasta o olhar. Então não havia nada definitivo, nada que ela pudesse dizer para ajudá-lo. Ele tem vivido com o mesmo medo. Tinha ido se encontrar com Lisa esperando que ela lhe dissesse algo que confirmasse a culpa de Dan, que ele tivesse confessado ou algo do tipo. Então Ted poderia superar a dúvida. Mas Lisa sabe tanto quanto ele. Os dois estão à deriva. Eles ficam em silêncio por um tempo.

Ela começa a falar pausadamente:

— Fico tentando me convencer de que ele não seria capaz disso, não o Dan que conheço, mas e se houver um Dan que eu *não* conheço? Uma testemunha o viu em Brecken Hill naquela noite. Ele mentiu para mim. Mas continuo tentando me convencer de que não foi ele, porque um lado meu não consegue, nem quer, acreditar.

Ted olha para ela e sente uma necessidade súbita de desabafar. Ele engole em seco e diz:

— Sei como você se sente.

Ela faz que não com a cabeça.

— Acho que não.

— Olha — diz Ted com a voz baixa e tensa. — Não sei se Dan é culpado ou não. Mas, se não foi ele, então provavelmente foi Catherine.

Ela olha para o cunhado, chocada.

— Por que você acha isso?

— Ela esteve *lá*, Lisa.

— Mas foi *depois* que eles morreram.

— Isso é o que ela diz, mas ela voltou para casa naquela noite e fingiu que estava tudo bem. Inventou toda uma conversa com a mãe, que já estava morta. E não disse nada por dois dias. Quem faz uma coisa dessas?

— Ela achou que estava protegendo Dan.

Ele concorda, balançando a cabeça. Hesita, prestes a cometer uma traição. Será que deveria confiar aquilo a Lisa? Ele solta o ar.

— Foi o que todos nós pensamos. Mas a polícia veio até o meu consultório, os investigadores disseram que encontraram um par de brincos de Sheila no porta-joias de Catherine quando revistaram a nossa casa. Segundo eles, esses brincos estariam entre os itens que sumiram da casa na noite dos assassinatos.

— O quê? Não fiquei sabendo disso.

— Catherine disse que pegou os brincos emprestados algumas semanas antes, mas não me lembro de tê-los visto.

— Talvez tenha sido realmente o caso.

— Talvez — diz Ted. — Ela jurou que foi isso. — Depois de uma pausa, ele continua: — O investigador parece convencido de que Fred ia mudar o testamento e deixar metade dos bens para Audrey e de que um dos filhos sabia disso.

— Mas isso não é invenção de Audrey?

Ted dá de ombros.

— Eles acham que não, porque Fred estava morrendo e acreditam que ele estava tentando colocar tudo em ordem.

Ela balança a cabeça, pensativa.

Ted prossegue:

— Sei que Sheila queria contar algo para Catherine naquela noite. Talvez fosse isso.

Ele hesita, mas não consegue se segurar, precisa contar para alguém.

— Catherine ficou sozinha com a mãe no andar de cima naquela noite, pouco antes do jantar. Sheila pode ter falado do testamento nesse momento.

Lisa fica olhando para Ted, os olhos arregalados. Depois de mais um instante de silêncio, Ted diz:

— Dan disse alguma coisa sobre Catherine?

— Só que ela sabia das roupas descartáveis na nossa garagem e que ele nunca trancava a porta. — Ela desvia o olhar. — Ele falou que Catherine estava tentando armar para ele, mas nunca acreditei nisso... — fala, a voz diminuindo.

— Não sei no que acreditar — diz Ted.

— Pode ter sido qualquer um deles — comenta Lisa, lentamente, abalada. — O que a gente faz?

— Não sei. Mas não fale sobre os brincos para Dan, tá bom?

CINQUENTA E QUATRO

Na manhã seguinte, quinta-feira, os investigadores ouvem Jake Brenner outra vez. Ele veio para Aylesford de trem. Está mais desconfiado agora.

— Jake — diz Reyes —, vamos te dar a chance de contar a verdade.

— Como assim?

— Sabemos que você não passou a noite na casa de Jenna aqui em Aylesford no domingo de Páscoa. Você mentiu para a gente.

Jake começa a piscar rapidamente.

Reyes prossegue:

— A câmera de segurança da estação de trem de Aylesford captou sua imagem. Você embarcou de volta para Nova York às oito e quarenta da noite.

Jake fica alternando o olhar entre um investigador e o outro.

— Está bem, é verdade, eu voltei para a cidade naquela noite — confessa, por fim.

— E você simplesmente mentiu para ajudá-la? — pergunta Reyes.

O investigador observa o sujeito engolir em seco.

— Ã-hã. Ela foi para lá no dia seguinte, segunda, e passou a noite comigo. Estava tudo bem. Na terça de manhã, fui trabalhar, e ela me ligou e disse que seus pais tinham sido roubados e mortos e pediu que eu dissesse que passei a noite do domingo de Páscoa toda com ela. Segundo ela, seria mais fácil assim. — E acrescenta: — Concordei porque não achei que ela estivesse envolvida.

Reyes espalha as fotos da cena do crime sobre a mesa diante de Jake. Ele olha para elas e empalidece. Parece prestes a vomitar.

— Você não acha mesmo que ela pode ter feito isso, acha? — pergunta Jake.

Reyes não responde. Em vez disso, diz:

— Obstrução da justiça é um crime sério.

— Nunca achei que... Quer dizer, ela estava normal na segunda. Nunca nem cogitei que ela pudesse ter matado os pais. Por que eu pensaria isso? Sei que eles brigaram naquela noite, mas porra...

— Qual foi o motivo da briga? — pergunta Reyes.

Agora estava disposto a contar tudo para os investigadores.

— O pai foi péssimo com todo mundo durante o jantar. Insultou todo mundo. Foram todos embora putos, até a faxineira. A gente estava quase indo embora também, mas então Jenna começou a discutir com o pai. — Ele faz uma pausa, como se não quisesse dizer o que estava prestes a dizer. — O pai dela começou a reclamar de como eles eram uns inúteis e falou que tinha decidido mudar o testamento e deixar metade de tudo para a irmã, que já tinha marcado com o advogado para fazer isso. Jenna ficou furiosa. Eu queria ir embora, mas ela não arredava pé. A coisa foi bem feia.

— Eles chegaram às vias de fato?

— Não, mas os dois berravam. Ela me disse depois que era a única que enfrentava o pai, que os outros morriam de medo dele.

Ora, ora, pensa Reyes, quando terminam de ouvir Jake. Pelo menos Jenna Merton sabia, com certeza, que o pai ia mudar o testamento. E Jake não passou a noite com ela. Reyes batuca com o lápis sobre o risque-rabisque, pensativo.

Cada um dos quatro filhos vai herdar milhões. Todos têm aproximadamente a mesma altura e são destros e fisicamente capazes de ter cometido os assassinatos.

Talvez, pensa, estejam todos juntos nisso, e tudo fosse parte de um grande plano. Talvez estejam tentando brincar com Reyes. Não havia nenhuma evidência de conspiração, mas isso poderia facilmente ter sido combinado pessoalmente, sem deixar rastros. Eles estão criando bastante confusão entre si, deixando um clima de dúvida, mas todos se comportavam como se pudessem ser os culpados. Fazendo pessoas mentirem por eles. Os brincos no porta-joias de Catherine. Dan sendo visto em Brecken Hill. Jenna mentindo sobre o que aconteceu naquela noite depois que os outros foram embora e ainda dizendo que Jake passou a noite com ela. Mesmo o comportamento de Irena com a faca. E Rose... Talvez todos estivessem juntos nisso de alguma forma.

Será que estavam manipulando Reyes? Ele se lembra de Irena dizendo que eles jamais teriam agido juntos.

Será que não vai conseguir solucionar o caso? Ele esfrega a vista, cansado. Recusa-se a aceitar essa possibilidade. A verdade está lá fora. Ele só precisa descobrir o que aconteceu exatamente.

E precisa conseguir provar.

Precisavam falar com Jenna outra vez.

O celular de Jenna começa a vibrar e ela vê que é uma ligação de Jake. Talvez ele tenha percebido que ela não ficou muito feliz com o pedido de dinheiro.

— Oi! E aí? — pergunta, casualmente.

— Estive em Aylesford falando com a polícia — diz Jake com a voz tensa.

— Como é que é?

— Eles *sabem*, Jenna.

— Sabem o quê?

— Eles me viram na câmera de segurança na estação de trem de Aylesford voltando para a cidade naquela noite. Contei a verdade para eles, que eu não estava com você. E também falei sobre a discussão que você teve com os seus pais.

Ela fica atordoada. E furiosa.

— O que *exatamente* você falou para eles? — pergunta com uma voz fria.

— Que o seu pai disse que tinha resolvido mudar o testamento e deixar metade para a irmã.

Ela fica em silêncio por um instante. Então questiona:

— Por que caralhos você disse isso?

— Fica longe de mim. Não quero mais ter nada a ver contigo — diz Jake, encerrando a chamada.

CINQUENTA E CINCO

Naquela noite, Jenna resolve visitar a irmã.

Catherine a recebe, e elas se acomodam, mais uma vez, na sala, as cortinas fechadas.

— Aceita alguma coisa? — pergunta Catherine. — Vinho? Gim-tônica?

— Claro — diz Jenna, sentando-se em uma das poltronas. Ela nota que Catherine já está com um gim-tônica na mesa de centro. — Vinho, por favor.

Ted fica rondando ao fundo como de costume, como se não soubesse se era bem-vindo. Mas fica claro que ele quer estar ali, quer ouvir o que Jenna tem a dizer.

Ela notou uma mudança no cunhado. Ele havia perdido parte da sua confiança. Era para ele estar se deleitando com a perspectiva de todo o dinheiro que Catherine ia herdar, pensa. Ela o analisa em silêncio, enquanto Catherine está na cozinha servindo sua bebida. Ted não dá a mínima para Dan, nem se importa com a reputação da família da mesma forma que Catherine, então por que parecia tão angustiado? E então lhe ocorre, como uma revelação: talvez ele não acreditasse que Dan era culpado. Talvez achasse que a esposa era.

— Você está bem, Ted? — pergunta Jenna.

Ele responde, nervoso:

— Encontraram uns brincos da sua mãe aqui, no porta-joias de Catherine. Ela pegou emprestado, mas os investigadores não querem acreditar nela.

— Que brincos? — pergunta Jenna.

Catherine volta da cozinha e diz:

— Aqueles brincos de diamante, antigos, de tarraxa. Se lembra deles? Peguei emprestado há um tempo, e agora estão me perturbando com isso.

Ela entrega uma taça de vinho para Jenna e se acomoda no sofá, sentando sobre as pernas dobradas.

— E então, como andam as coisas? — pergunta Catherine.

Jenna olha para a irmã por um bom tempo, pensativa. Então diz:

— Os investigadores querem me interrogar outra vez amanhã de manhã. Queria falar com você antes.

Catherine se inclina um pouco para a frente, alcançando seu copo.

— Por quê?

Jenna hesita por um instante, então diz:

— Jake mudou a versão dele e disse que não passamos a noite juntos.

Catherine fica imóvel, o copo parado no ar a caminho dos lábios, e pergunta:

— Mas vocês passaram ou não?

— Não — confessa Jenna. — Pedi a ele que mentisse por mim.

Faz-se um longo silêncio.

— Que bando de mentirosos nós somos — comenta Catherine por fim, dando um gole na bebida.

— Eu fiquei a noite toda em casa. Não fui eu — insiste Jenna.

— Só não preciso dessa perturbação toda.

— Somos duas — diz Catherine.

— Vou levar um advogado.

— E o que você vai dizer para eles? — pergunta Catherine, olhando para o próprio copo.

— Nada.

Catherine faz que sim com a cabeça e diz, cautelosa:

— Olha, a gente sabe que provavelmente foi Dan. Mas eles não parecem ter nenhuma prova. E grandes coisas que uma testemunha o viu em Brecken Hill naquela noite. Isso não quer dizer nada.

Não é como se ela o tivesse visto na casa da mamãe e do papai. A gente deveria tentar relaxar. Precisamos acalmar os nervos.

Jenna ergue o olhar de sua taça.

— Eu briguei com o papai naquela noite, depois que vocês foram embora. Ele disse que ia alterar o testamento, deixar metade para Audrey. Ele estava de saco cheio da gente. Jake ouviu tudo e contou para os investigadores.

— Ele ia mesmo fazer isso? Tem certeza? — pergunta Catherine.

— Bom, foi o que ele disse.

Ela olha, séria, para Catherine e pergunta:

— Você sabia?

— O quê? Claro que não.

Há um silêncio pesado.

— Meu Deus — diz Catherine, terminando seu drinque de uma só vez e, então, continua: — A coisa está feia para o seu lado, hein?

Mais tarde naquela mesma noite, depois que Jenna vai embora, Catherine está sentada na cama, fingindo ler um romance, e Ted faz a mesma coisa ao seu lado. Que bom que ele não conseguia ler a sua mente. Porque, enquanto a página à sua frente se transforma num borrão, ela está vendo outra coisa, o rosto pálido da mãe, seus olhos abertos e vidrados. Ela se lembra de ajoelhar, aproximando-se, como se fosse beijar seu rosto. Mas, em vez disso, tira os brincos de diamantes das orelhas dela. Sheila estava usando as joias antigas que Catherine sempre cobiçou. Precisava dos brincos. A mãe usou outro par durante o jantar de Páscoa. Catherine podia dizer que pegou esses emprestados. Ninguém jamais saberia.

Dan e Lisa se sentam no sofá do quarto de leitura, vendo televisão. Andavam estranhos e tensos um com o outro. Aquela tranquilidade que partilhavam há muito tinha se perdido. Dan não tem certeza do que a esposa pensa sobre os assassinatos. Talvez ache que tenha sido ele, não sabe ao certo. Mas de uma coisa ele tem certeza: ela não o amava mais.

Sem conseguir se concentrar no programa, ele se pega pensando em como tudo desandou tão rápido. E nada daquilo era culpa sua. Era culpa dos outros. Do seu pai, por vender a empresa e acabar com a sua carreira. De Rose Cutter, por insistir naquele investimento e ter lhe dado um golpe. Da sua irmã Catherine, por sugerir que Rose falasse com ele para começo de conversa. Ele fica inquieto enquanto a mente se perde, as pernas sacudindo para cima e para baixo no sofá. Ele sabe que está incomodando Lisa.

Dan se levanta.

— Vou sair para dar uma volta de carro.

Ela olha para ele.

— Por quê? Para onde você vai? — pergunta, como se desconfiasse dele.

Ele não gosta do seu tom, por isso não responde. Deixa o quarto de leitura, em parte esperando que Lisa o siga até a porta e lhe peça que fique. Mas ela não faz isso. Apenas continua no cômodo, como se não ligasse mais para o que Dan fazia. Ele pega uma jaqueta jeans — e não seu corta-vento de sempre, que estava com a polícia — e deixa a casa. Tinha que sair um pouco. Não conseguia ficar mais um minuto sentado com toda aquela tensão dentro dele. Precisava dirigir.

Ele entra no carro de Lisa. Morre de raiva por ainda não ter recebido o carro de volta e por ninguém lhe responder quando isso vai acontecer. Era como se tudo estivesse sendo tomado dele. Desliga o celular e sai de ré com o carro. Começa a dirigir sem rumo num primeiro momento, andando por ruas familiares. Dirigir o ajuda a pensar. Em geral o acalma. Mas não ultimamente, e hoje também não estava funcionando. Sua raiva só aumenta.

Ele pensa em Rose, em quem coloca a culpa por tudo. Ela roubou seu dinheiro e agora ia receber a mesma parte que ele na herança, um dinheiro que deveria ficar para ele e as irmãs.

Ele sabe onde ela mora. Andou pesquisando. Era inevitável, e ele se pega dirigindo rumo à casa dela. Quando chega à rua de casinhas modestas, estaciona diante da casa e fica observando. As luzes estavam apagadas, exceto a da frente. Não havia nenhum carro parado na entrada.

Está com tanta raiva de Rose. Ele agarra o volante com tanta força que suas mãos começam a doer. Mas continua ali, sentado, apenas observando.

Rose chega pouco depois das onze da noite, depois de jantar com amigos. Não tinha gostado da noite. Havia passado o tempo todo em silêncio e distraída, o bastante para seus amigos notarem. Negou que houvesse algo errado. Logo eles ficariam sabendo. Não tinha contado a ninguém do testamento, e pelo visto os Merton também não. Ainda não tinha saído no noticiário. Porém, mais cedo ou mais tarde, isso acabaria acontecendo.

A rua está escura quando ela estaciona na entrada de casa. Estava feliz por ter deixado a luz da frente acesa. Quando para e desce do carro, nota um veículo pequeno do outro lado da rua. Havia um homem lá dentro, e Rose acha que está sendo observada. Na mesma hora, seu coração dispara. Não consegue identificar quem é, porque está muito escuro. Não quer parar e olhar melhor. Precisa entrar em casa. Ela sobe os degraus correndo e se atrapalha tentando encontrar as chaves, enquanto ouve o som de uma porta de carro se abrindo e passos na calçada. Dentro de casa, ela tranca a porta e passa o trinco. Então, em meio à escuridão, se encosta na porta, a respiração a mil.

Sua vontade é de sair acendendo todas as luzes, mas ela se segura. Não queria que o homem visse o interior da sua casa. Ela se senta na cozinha, no escuro, com o celular na mão, pronta para ligar para a emergência.

Por fim, por volta de uma da manhã, ela reúne coragem de ir até a sala e olhar pela janela, escondida atrás da cortina. O carro não estava mais lá.

CINQUENTA E SEIS

Apesar de entrar na delegacia na manhã seguinte acompanhada do advogado, Jenna se sentia estranhamente nervosa. Estava furiosa com a traição de Jake. Ele não passava de um covarde. Pelo menos não teria mais que pagar por seu silêncio. Ele não tinha mais nada para usar contra ela; já tinha dito tudo o que sabia para a polícia. Talvez acabe se arrependendo mais tarde, quando não puder pagar o aluguel. Aquilo lhe dava um pouco de satisfação. Talvez seja melhor assim. Não é como se ela tivesse com o que se preocupar.

Eles se acomodam na sala de interrogatório, Jenna e o advogado, sentado ao seu lado numa das pontas da mesa, Reyes e Barr na outra. Jenna se recompõe enquanto as falas iniciais são registradas na fita, antes de o depoimento começar.

Reyes diz:

— Seu namorado entregou a senhora.

— Ele não é *mais* meu namorado — declara Jenna com um leve sorriso.

— Ele contou que não estava com a senhora na noite dos assassinatos, que a senhora pediu que ele mentisse.

Ela olha para o advogado, depois encara Reyes outra vez.

— É verdade. Pedi que ele fosse meu álibi. Mas não matei os meus pais. Eu o levei até a estação de trem depois do jantar e voltei para casa sozinha em seguida.

— Por que a senhora mentiu?

— Por que será? Para que vocês não achassem que sou culpada. O mesmo motivo pelo qual os meus irmãos mentiram.

— Vocês todos vão ser milionários — diz Reyes.

— Exatamente. A gente sabia que seria suspeito.

— Jake nos contou da briga que a senhora e o seu pai tiveram naquela noite. Soube que foi muito intensa. Ele disse que ia deixar metade do patrimônio para a irmã, Audrey.

— A gente brigou mesmo — confessa Jenna. — Ele talvez tenha dito isso. Mas o meu pai vivia dizendo esse tipo de coisa quando estava com raiva. Não levei a sério. Acho que, para Jake, pareceu muito pior do que realmente foi.

— No momento, a senhora é a única pessoa que temos certeza de que sabia das intenções do seu pai.

Ela dá de ombros.

— Eu não estaria tão certa disso. Se ele de fato pretendia fazer isso, a mamãe deve ter contado para Catherine. Ela teria contado para a minha irmã, se soubesse.

— Por que para Catherine?

— Porque a mamãe contava tudo para ela. Ela era a filha preferida. Nossa mãe nunca contava nada para mim ou para Dan.

— A senhora soube que a sua tia Audrey foi envenenada? — pergunta Reyes.

— Fiquei sabendo. Quem será que ela andou irritando dessa vez?

— Ela está bem, a propósito — diz Reyes.

Ellen Cutter está no Centro resolvendo algumas coisas quando avista Janet Shewcuk na calçada andando em sua direção. A jovem está de cabeça baixa e não a vê. Mas Ellen reconhece a amiga da sua filha dos tempos da faculdade de direito, aquela que conseguiu um emprego numa firma chique de advocacia em Aylesford, ao contrário da filha. Ela resolve se afastar, ciente de que logo todos saberiam que Rose tinha dado um golpe num cliente e infringido a lei. Estava prestes a passar por ela quando Janet acaba olhando para a frente e para, o rosto paralisado ao reconhecer a mãe da amiga. Ellen tenta passar por ela, mas Janet se aproxima e toca seu braço.

— Sra. Cutter.

Não tinha para onde ir; não podia fingir que não a conhecia.

E então a coisa só piora. Janet olha para ela, os olhos se enchendo de lágrimas, e sussurra:

— Sinto muito.

Ellen olha para a jovem, confusa. Será que ela já sabia o que Rose tinha feito? Será que a filha contou para ela? Não queria sua pena. Antes que ela consiga se desvencilhar e continuar o caminho, Janet volta a falar.

— Sei que Rose está encrencada e é tudo culpa minha. Eu nunca deveria ter dito que ela estava no testamento de Fred Merton.

Ellen sente os joelhos fraquejarem, mas precisa ouvir a história toda.

Mais tarde, naquele mesmo dia, Reyes, Barr e a equipe forense, munidos de um mandado de busca e apreensão, seguem até a pequena casa alugada de Jenna Merton nos limites de Aylesford. É uma propriedade rural, uma casa de madeira que precisa de uma demão de tinta. Fica no meio do nada. Não havia vizinhos próximos. Ninguém que pudesse vê-la indo ou vindo. Ela não se surpreende ao vê-los.

Reyes não sabe bem o que esperava — uma bagunça dentro de casa, cheia de cinzeiros, bongs e detritos de uma vida de artista libertina —, mas o que encontra o surpreende. Os cômodos da casa eram iluminados e arrumados. As paredes tinham sido recém-pintadas de branco e havia telas coloridas nas paredes — ele se pergunta se seriam do namorado dela, Jake. Mas então o investigador pensa que, se fosse o caso, elas já teriam sido arrancadas e destruídas a essa altura. São telas modernas, abstratas, mas ainda assim bonitas. Depois da sala havia um quarto iluminado que ela havia transformado em estúdio e que tinha vista para o campo. Há várias esculturas no estúdio, e Reyes as observa com interesse. Ele nota uma seção de torsos femininos sem cabeça, apenas seios de todas as formas e tamanhos.

— Meus bustos — diz Jenna, sarcástica.

Algumas esculturas eram de genitálias femininas, outras eram mais convencionais. Talvez estivesse diversificando o repertório. Claramente eram experimentais. Uma parecia a cabeça e os ombros de um homem feitos em argila na qual vinha trabalhando: estava inacabada. Ou talvez não, Reyes não sabia dizer. Não conhecia nada de arte moderna.

— O senhor gosta de arte? — pergunta Jenna, como se pudesse ler seus pensamentos.

Ela não parece incomodada de que eles estejam ali.

— Não sei. Nunca pensei muito nisso — confessa.

Ela balança a cabeça negativamente, como se ele fosse um filisteu. Talvez seja mesmo. Mas talvez ela fosse uma assassina, então não estava em posição de julgá-lo, pensa Reyes. Ele tenta se concentrar no seu trabalho.

Sabe que ela é esperta. Se ela tiver matado os pais, é pouco provável que encontrem alguma coisa. Eles vasculham a casa inteira. Nenhum traço de sangue. Nenhuma das joias da mãe. Mas, também, o estilo de Jenna era completamente diferente do de Sheila.

Seu Mini Cooper é levado para análise; um carro alugado já estava parado à esquerda da casa. Quando eles saem, Reyes reconhece um rosto familiar sentado num carro na rua de terra em frente à casa. É Audrey Stancik. Jenna sai de trás de Reyes quando vê a tia. Anda a passos largos até ela, irritada.

— O que é que você veio fazer aqui, porra? — pergunta Jenna.

— Esse é um país livre — responde Audrey, sorrindo com malícia para a sobrinha.

— Dá o fora — dispara Jenna, então se vira para Reyes e pergunta: — O senhor não pode se livrar dela?

— Não se preocupe — diz Audrey. — Já estou de saída.

Ela dá partida no carro e começa a se afastar.

Reyes e Barr acompanham a equipe até o quintal. Lá, eles logo se interessam por uma fogueira.

Os investigadores se aproximam e ficam observando a equipe coletar cada resto de cinzas e vestígios da fogueira para levar para análise no laboratório. Reyes sente Jenna ao seu lado e se vira para olhar para ela.

— É uma fogueira — diz. — O que é que tem?

Ele volta a se ocupar do círculo preto aos seus pés.

— Vocês não vão encontrar nada aí — afirma Jenna.

O dia seguinte é sábado, e Audrey está em casa, sentindo-se só e frustrada. Sentia a falta de Ellen.

Qual é o problema desses investigadores?, pensa. É claro que um dos sobrinhos matou o seu irmão e a esposa, mas não conseguiam descobrir qual deles. E um deles também tentou matá-la — vai saber se não tentaria outra vez.

Gostaria de ainda poder conversar com Ellen. Ela era tão equilibrada, tão tranquilizadora. Mas Audrey ainda estava com raiva dela — como foi capaz de esconder, por tantos anos, que Rose era filha de Fred? Audrey confiou seu maior segredo a ela. Talvez tenha sido um erro. E a própria filha de Ellen poderia ser a assassina.

Ela não vai deixar o assassino do seu irmão se safar. Está obcecada em encontrar a resposta. Enquanto fica remoendo, ela se dá conta de que, além do assassino, existe uma pessoa que poderia saber a verdade.

Ellen está sentada à mesa da cozinha, olhando para o nada. Agora, sabe tudo, e não por meio da filha. Ficou praticamente catatônica desde que esbarrou com Janet no dia anterior e descobriu a terrível verdade. Não conseguia ligar para Rose.

Ela cobre o rosto com as mãos e começa a chorar, abalada, o coração repleto de medo. Rose mentiu para ela várias vezes, e ela não fazia ideia. Não tinha como saber. Aquilo ou queria dizer que sua filha mentia muito bem ou que Ellen era muito idiota. Sempre achou que a filha fosse honesta e sincera. Jamais acharia que ela era capaz de roubar tanto dinheiro. Não a conhecia. E Rose mentiu ao dizer que não sabia que estava no testamento de Fred, quando na verdade sabia disso havia meses. O que mais Ellen não sabia da filha?

Audrey semeou um medo terrível no coração de Ellen, com suas histórias sobre Fred e o que ele fez. Teme que haja um lado obscuro desconhecido em sua filha. Não sabe se será capaz de olhar para ela da mesma forma outra vez.

CINQUENTA E SETE

Audrey para o carro na entrada da garagem de Irena. A casa parece quieta. Nota a cortina da janela da frente se mover quando Irena espia para ver quem está ali. Audrey se pergunta se será recebida.

As duas se conheciam, é claro, mas não tão bem assim. Ambas são mulheres fortes e enfrentavam Fred Merton quando era necessário. Audrey sempre admirou Irena, ao passo que desprezava Sheila. Irena fez o melhor que pôde por aquelas crianças, ninguém podia negar. Ela intervinha e fazia o papel de mãe que Sheila não queria ou não podia fazer. Conforme as crianças foram crescendo e perdendo o interesse na tia, interessando-se mais pelos amigos, e, conforme Sheila foi deixando cada vez mais claro que não gostava que Audrey frequentasse a casa, ela acabou vendo a família cada vez menos, assim como Irena. Não fazia ideia de como a mulher reagiria à sua presença agora.

Irena sempre foi muito protetora com as crianças. E Audrey está aqui para tentar descobrir qual deles é um assassino.

Ela desce do carro e se encaminha para a entrada. Antes de bater, a porta se abre e o rosto pálido de Irena a encara, desconfiado.

— O que você quer, Audrey?

— Só quero conversar.

Irena a encara por um bom tempo.

— Está bem — diz, deixando a mulher entrar.

Audrey suspira aliviada. Pelo menos havia passado da porta. Não estava contando nem com isso.

— Como você está lidando com tudo? — pergunta Audrey, empática.

Vendo de perto, Irena estava péssima, cheia de olheiras, o rabo de cavalo grisalho parecia muito sério para seu rosto fino. Parecia mais velha, mas é claro que Irena também devia estar pensando o mesmo dela.

Irena responde:

— Estou bem. Aceita um café?

— Aceito, sim, obrigada.

Audrey a acompanha até a cozinha arrumada. Enquanto Irena passa o café, ela se senta à mesa e diz, hesitante:

— Fiquei tão feliz de saber que você recebeu uma parte da herança. Nada mais justo do que Fred e Sheila reconhecerem todos os seus anos de serviço.

Aquilo soava esquisito e era estranho dizê-lo.

— Você fez tanto por aquelas crianças.

— Obrigada — diz Irena.

— E agora, vai se aposentar? — pergunta Audrey, sem ideia de como manter a conversa.

— Não sei. Falei para os meus clientes que precisava dar um tempo... sabe? Eles entenderam.

Audrey aquiesce. Por fim, Irena se vira para ela, enquanto espera o café passar. Ela precisava falar do elefante na sala.

— Foi tão horrível o que aconteceu. Não consigo parar de pensar nisso.

Sua voz parece sem vida.

Irena faz que sim com a cabeça e diz:

— Eu sei. — Então confessa: — Tenho tido pesadelos.

Um gato grande tigrado aparece na cozinha e sobe na mesa.

— Como ele é lindo — comenta Audrey, inclinando-se para fazer carinho no gato sociável.

Irena sorri pela primeira vez.

302

— Não é? Mas não era para ele estar em cima da mesa.

Ela o pega e coloca de volta no chão e ele começa a se esfregar ora nas pernas de uma, ora nas da outra.

Audrey se pergunta se ela e Irena poderiam se unir.

— Claro, foi você quem os encontrou, não é surpresa que esteja tendo pesadelos.

Irena concorda com a cabeça.

— Qualquer um teria — afirma Audrey, tentando criar uma conexão com a pessoa que conhecia os filhos de Fred melhor que ninguém.

Ela corre os olhos pela cozinha, tentando pensar na melhor forma de convencer Irena a revelar seus segredos.

No fim da tarde, um policial se aproxima de Reyes com uma cara animada.

— Senhor, talvez a gente tenha conseguido uma pista da caminhonete.

Reyes se levanta.

— Uma mulher acabou de ligar. Falou que o vizinho tem uma caminhonete que bate com a descrição que divulgamos na mídia. Ela disse que notou que ele não tem saído com o carro nas últimas semanas.

O policial entrega um endereço para Reyes enquanto ele pega seu casaco.

— Ela não disse como se chamava nem informou o endereço dela.

Reyes busca Barr e explica tudo enquanto seguem até o carro. Eles vão até uma área de casas precárias, com garagens e jardins malcuidados, onde o dinheiro era usado para necessidades e não para amenidades. Por que alguém dali estaria circulando por Brecken Hill?

Eles param em frente ao endereço que estão procurando, estacionando o carro na rua.

— Não vejo caminhonete nenhuma — diz Barr. — Talvez esteja na garagem.

Reyes faz que sim com a cabeça. A porta da garagem está fechada. Ele começa a sentir uma onda de adrenalina. Precisavam tanto de um avanço no caso — quem sabe não era esse. Eles descem do carro e se aproximam da entrada.

Uma mulher de cerca de 50 anos atende a porta, olhando para eles com desdém.

— Não estou interessada — diz.

Reyes e Barr exibem os distintivos.

— Polícia de Aylesford — diz Reyes. — Podemos entrar?

Agora ela parece nervosa e dá um passo para trás, abrindo a porta.

— Carl! — grita por cima do ombro.

Um homem de vinte e poucos anos, com barba por fazer, aparece atrás dela.

— Quem são vocês? — pergunta.

Reyes se apresenta outra vez, e o homem encara os distintivos, apreensivo.

— Do que se trata? — pergunta a mulher, que está olhando mais para Carl que para os investigadores.

— Não sei, mãe — diz Carl. — Eu juro.

Reyes diz:

— Estamos investigando os assassinatos de Fred e Sheila Merton.

A mulher fica paralisada. Seu filho parece preocupado. Reyes se dirige a Carl:

— Você é o dono de uma picape escura com chamas pintadas nas laterais?

Carl hesita, como se estivesse ponderando suas alternativas, depois faz que sim com a cabeça.

— Gostaríamos de vê-la — declara Reyes.

— Não é a caminhonete dele que vocês estão procurando — diz a mãe.

— Está na garagem — avisa Carl.

Ele calça um par de tênis nos pés descalços e os leva pela cozinha, passando pela porta e indo até a garagem, a mãe ansiosa vindo logo atrás. Carl liga um interruptor e a garagem se enche de luz.

Reyes se aproxima da caminhonete, observando-a. Era uma picape escura, com chamas laranja e amarelas pintadas nas laterais. Como um Hot Wheels. Ele não encosta no veículo, mas olha através das janelas. Estava bagunçado e sujo e parecia não ver uma limpeza havia muito tempo.

— Você pode nos dizer onde estava na noite de 21 de abril?

Carl responde, nervoso:

— Não me lembro. Não lembro o que faço em dia nenhum.

— Era domingo de Páscoa — diz Reyes.

— Ah. Acho que estava em casa, não é, mãe?

Agora sua mãe parece assustada.

— N-Não tenho certeza — diz. — Não lembro direito. Jantamos na casa da minha irmã. Depois voltamos para casa.

Ela se vira para o filho com a voz oscilando:

— Você saiu depois disso?

Ela sabe que sim, pensa Reyes, mas está deixando a mentira para o filho contar. Ela não sabe o que ele andou fazendo. Seu jeito de olhar para o filho é como se estivesse acostumada a se decepcionar, mas agora era como se ele tivesse atingido um novo patamar e ela tivesse que se preparar.

— Não, acho que fiquei em casa a noite toda.

— Vamos conversar na delegacia — diz Reyes.

— Sou obrigado a ir? — pergunta Carl.

— Não, só queremos conversar. Mas, se você não for, posso te prender, ler os seus direitos e te levar para lá mesmo assim. E então voltaremos com um mandado de busca e apreensão. O que você prefere?

— Está bem — concorda, contrariado.

CINQUENTA E OITO

— É o seguinte — começa Reyes, quando todos se acomodam na sala de interrogatório. — A sua caminhonete bate com a descrição do veículo visto se afastando da casa dos Merton na noite do domingo de Páscoa, a noite em que Fred e Sheila Merton foram assassinados. Sabemos que o senhor não tem tirado o carro da garagem desde que a descrição dele saiu na mídia, depois que os corpos foram encontrados. Então, o que o senhor estava fazendo em Brecken Hill naquela noite?

Ele balança a cabeça.

— Não era eu.

— Era a sua caminhonete.

— Eu não matei ninguém.

— Então o que o senhor estava fazendo lá? — pergunta Reyes.

— Puta merda — diz Carl.

Reyes aguarda.

— Quero um advogado.

Agora é a vez de Reyes dizer "puta merda", mas só o faz mentalmente.

— Eu tenho um. Posso ligar para ele?

— Claro — diz Reyes, e ele e Barr deixam a sala.

Uma hora depois, o advogado de Carl Brink chega e eles começam o depoimento outra vez, depois de Carl ter conversado com ele a sós.

Carl olha nervoso para o advogado, que balança a cabeça, tentando tranquilizá-lo. O jovem diz:

— Eu estava lá naquela noite. Virei na rua errada e acabei passando por aquela casa. Passei pela casa seguinte, era uma rua sem saída, então dei a volta e passei em frente a ela mais uma vez.

— Que horas eram? — pergunta Reyes.

Carl balança a cabeça.

— Não sei. Onze? Meia-noite?

— O senhor não consegue ser um pouco mais preciso? — pergunta Reyes.

Carl olha de esguelha para o advogado, como quem pede ajuda. Mas o advogado não diz nada.

— É o melhor que tenho a oferecer. Eu talvez estivesse um pouco chapado.

O advogado balança a cabeça levemente.

— Não tive nada a ver com o que aconteceu lá — insiste Carl, umedecendo os lábios, nervoso.

— Até parece — intervém Reyes. — Então por que o senhor não apareceu quando demos a descrição da caminhonete? O senhor sabia que a gente estava procurando por ela, tanto que não a usou mais desde então.

Carl baixa a cabeça e diz:

— A minha habilitação foi suspensa. Eu nem deveria estar dirigindo naquela noite. E mantive a caminhonete na garagem desde então porque sabia que vocês estavam procurando por ela e eu não queria ser parado.

Pelo amor de Deus, pensa Reyes.

— O que o senhor estava fazendo lá?

— Fui encontrar um amigo — responde Carl, desviando o olhar.

— Ah, é? Quer dizer que o senhor tem amigos em Brecken Hill? — Reyes deixa que sua descrença fique bem clara. — Ou estava traficando?

O advogado pigarreia e diz:

— Meu cliente tem informações que podem ser úteis. Talvez possamos nos concentrar nisso e não nos atermos tanto ao que ele estava fazendo lá naquela noite.

Reyes suspira e pergunta:

— Que tipo de informação?

O advogado balança a cabeça para o cliente.

— Vi uma coisa — diz Carl. — Na entrada da casa onde aquele casal foi assassinado.

— O que o senhor viu? — pergunta Reyes, atento.

— Tinha um carro parado na entrada, mais perto da rua que da casa. Achei estranho.

— O senhor viu alguém?

Ele fez que não com a cabeça.

— Não. Só o carro. Parecia vazio. As luzes estavam apagadas.

— Que tipo de carro era?

— Não sei. Só um carro qualquer. Mas tinha uma placa personalizada. IRENA D.

Reyes e Barr estão a caminho da casa de Irena Dabrowski.

— Ela vai receber um milhão no testamento — diz Reyes. — É muito dinheiro para uma faxineira. Nós nunca sequer revistamos o carro dela.

— Bom, podemos fazer isso agora — comenta Barr.

— Ela também sabia das roupas descartáveis na garagem de Dan — lembra Reyes.

Eles chegam à casa de Irena e estacionam na rua. Quando ela atende a porta, parece desolada em vê-los.

— Podemos entrar? — pergunta Reyes.

Ela se afasta e deixa os investigadores entrarem, pálida, como se estivesse prestes a desmaiar.

— Talvez a senhora deva se sentar — sugere Barr, conduzindo a mulher até uma poltrona na sala.

— Temos uma testemunha — começa Reyes. — Alguém que viu uma coisa na noite dos assassinatos.

Ela olha para os investigadores, apavorada.

— Qual deles? — diz em voz baixa.

Reyes está impressionado. Ela estava atuando esse tempo todo. Ele está irritado de não ter percebido.

— Foi você, Irena. Você os matou.

Ela olha para os investigadores, perplexa.

— Eu? O quê? Não. *Eu* não matei ninguém.

— Alguém viu o seu carro na entrada de carros dos Merton naquela noite.

Ela balança a cabeça em descrença.

— Eu não matei ninguém. Vocês estão cometendo um erro!

Reyes diz, enquanto Barr a algema:

— Irena Dabrowski, você está presa pelos assassinatos de Fred e Sheila Merton. Você tem o direito de permanecer em silêncio. Tudo que disser pode e será usado contra você no tribunal. Você tem direito a um advogado...

Irena pediu um advogado e já é noite quando começam a tomar o depoimento formal. Ela parece abalada, quase em estado de choque.

Reyes a observa sem qualquer simpatia. Ela os havia enganado esse tempo todo. Limpando a faca quando voltou e "descobriu" os corpos, para que eles achassem que estava tentando proteger um dos filhos. Sua admissão relutante de que poderia ser qualquer um dos filhos dos Merton, quando tinha sido ela o tempo todo. Ela tentou incriminá-los para salvar a própria pele.

O advogado pergunta, olhando preocupado para a cliente angustiada:

— Por que os senhores acham que a minha cliente assassinou os patrões a sangue-frio? Ela era a faxineira deles, pelo amor de Deus.

— Temos uma testemunha que viu o carro dela, com sua placa personalizada, IRENA D, parado na entrada de carros dos Merton na noite dos assassinatos, em algum momento entre onze horas e meia-noite.

Irena balança a cabeça e balbucia:

— Eu não estava lá.

— A senhora vai receber um milhão de dólares de herança no testamento de Fred Merton — diz Reyes. — Não é isso?

— É — confirma ela.

O advogado diz:

— Uma quantia razoável, considerando a riqueza dos patrões dela e o tempo de serviço prestado.

— E motivo mais que suficiente para um assassinato — devolve Reyes. — Pessoas já mataram por muito menos.

— Não fui eu — repete ela com a voz cheia de medo. — Eu nem sabia que ia receber alguma coisa. Por que os mataria?

— A senhora interferiu na cena do crime: fez isso para que a nossa atenção se voltasse para os filhos e se afastasse da senhora.

Irena fica ainda mais pálida.

— A senhora sabia das roupas descartáveis na garagem de Dan e que ele a deixava destrancada.

O advogado intervém.

— Acho que por enquanto basta. Os senhores precisam de mais provas do que uma testemunha ocular questionável. A não ser que tenham mais provas...

— Vamos conseguir mais provas — avisa Reyes.

CINQUENTA E NOVE

Dan fica sabendo da prisão quando uma reportagem de última hora entra no ar na TV naquela noite. Não consegue acreditar. Ele grita, chamando a esposa.

Ela vem correndo da cozinha.

Ele se vira para Lisa, enjoado com a estranha combinação de horror e alívio:

— Prenderam Irena.

Lisa olha dele para a TV, chocada.

— *Agora* você acredita em mim? — diz, amargurado, mas com certo ar de triunfo.

Ele pega o telefone no bolso.

— Preciso ligar para Catherine.

Catherine ainda está acordada lendo na cama com Ted, quando Dan lhe telefona. Eles têm tido dificuldade para dormir e costumam ler noite adentro, até que apagam a luz e o medo os mantém acordados.

Ela vê que é Dan e, relutante, atende à ligação. Está surpresa que o irmão esteja ligando para ela, já que vinha fazendo de tudo para evitá-la.

— Catherine, já ficou sabendo? Prenderam Irena.

— Por quê? — pergunta, estupidamente.

— Pelos *assassinatos*.

Ela respira fundo.

— Irena?

Sente Ted se mexendo ao seu lado.

— Está no noticiário. Dá uma olhada na internet.

Ela abre o aplicativo do jornal local no celular e vê a manchete: "Ex-babá presa pelo assassinato do casal Merton". Ted está olhando para o celular por cima do seu ombro.

Ela olha de relance para o marido enquanto processa a informação. Então coloca o telefone de volta no rosto e diz:

— É melhor você vir para cá. Vou ligar para Jenna. Precisamos decidir o que fazer.

Sua mente estava a mil. E agora? Eles apoiavam Irena? Ficavam calados? Ou acabavam com ela na imprensa? Ela desliga o telefone e olha para a frente. Ted a está encarando.

— Não acredito — diz Catherine, quase num sussurro. — Esse tempo todo eu realmente achava que Dan era o culpado.

Ted abraça a esposa por um instante, apertando-a com força. Ele também mal pode acreditar. *Irena?* Se ela foi presa pelos assassinatos, devia haver um bom motivo. Devia haver provas. Estava errado quanto à esposa, de quem tinha começado a desconfiar profundamente. E ela vinha carregando esse fardo horrível, esse tempo todo, pensando que o irmão era o culpado. Ele beija sua cabeça e sente a tensão terrível que vinha sentindo nas últimas semanas enfim se dissipar. É claro que ela não era um monstro. Ela será uma mãe maravilhosa. Agora podiam seguir em frente e se concentrar no bebê. Então pensa em Lisa, em como deve estar se sentindo da mesma forma agora. Pensa em seu encontro às escondidas no estacionamento da Home Depot. Quem sabe agora eles podem relaxar e nunca mais precisem falar um com o outro sobre suas dúvidas.

Catherine se desvencilha do abraço para ligar para Jenna. Então os dois se vestem apressadamente.

* * *

É mais uma reunião familiar estranha. Estão todos aqui, mais uma vez, na sala de Catherine e Ted, exceto por Irena.

Lisa parece estar prendendo a respiração. Ela quer tanto que isso seja verdade, que a polícia esteja certa. Deseja desesperadamente que Irena seja culpada. Quer que o marido seja inocentado, assim como Catherine, que ama como uma irmã. Quer sua família de volta e o dinheiro e não se importa com Irena — mal a conhece.

Quando ela e Dan chegaram, Lisa olhou de relance para Ted, e os dois desviaram o olhar na mesma hora, como se estivessem envergonhados. Catherine estava no notebook, procurando qualquer informação que pudesse encontrar da prisão. Não havia quase nada, apenas que uma nova pista tinha surgido e colocava Irena na cena do crime na hora em que ele ocorreu. Era tudo o que sabiam.

— Não consigo acreditar — repete Jenna, expressando como todos se sentiam.

— Fico me perguntando que prova seria essa — diz Dan.

Todos estavam pensando a mesma coisa.

— Precisamos decidir como vamos lidar com isso — declara Catherine.

Os irmãos se entreolham, inseguros. Catherine afirma:

— Acho que não devemos falar nada, nem com a polícia nem com a imprensa. A gente deve isso a ela, não é?

Lentamente, Dan começa a fazer que sim com a cabeça, seguido por Jenna.

Lisa sabe o que eles estão pensando. Todos estão pensando a mesma coisa: *Graças a Irena, vamos todos ficar ricos.*

A manhã seguinte é um domingo, e Reyes e Barr aparecem bem cedo na casa de Irena com um mandado de busca e apreensão e a equipe forense. Irena passou a noite detida e continua presa. Eles dão uma olhada rápida no carro antes que ele seja levado. Não havia sinais de limpeza recente, nem manchas. Vai demorar até terem uma análise mais precisa. Então eles entram na casa.

O gato está com fome. Reyes acha a ração e abastece o comedouro e o pote de água e fica observando o animal comer. Irena pediu que alguém o colocasse em sua caixa de transporte e o levasse para a casa de Audrey, para que ela cuidasse do animal. Reyes manda um policial jovem cuidar disso.

Eles ficam observando impacientes a equipe criminalística fazer seu trabalho minucioso. Mas eles não encontram nada.

Mais tarde naquele mesmo dia, Irena tem algo a dizer. Eles voltam a se reunir na sala de interrogatório, os investigadores, Irena e seu advogado. Reyes e Barr retomam a sessão.

— Me lembrei de uma coisa importante — diz Irena. — Recebi uma ligação bem tarde naquela noite: uma amiga me desejando feliz Páscoa. Não sei o horário exato, mas deve ter sido depois das onze. Nós duas temos hábitos noturnos e a gente costuma ligar tarde uma para a outra. A gente conversou por um tempo na minha linha fixa. Se vocês puxarem o registro de ligações, isso vai provar que passei a noite em casa, não é?

Eles já tinham pedido o registro de ligações. Reyes se vira para Barr e diz:

— Veja quanto tempo até a gente ter o registro, pode ser?

Ela deixa a sala. Todos aguardam seu retorno.

Barr volta balançando a cabeça e diz:

— Pedi que tentassem agilizar.

— Eu não estava lá — insiste Irena.

— Temos uma testemunha que identificou o seu carro. Com a *sua* placa personalizada.

Irena, pálida, mas com nova segurança na voz, diz:

— Acho que sei o que pode ter acontecido. Acho que alguém usou o meu carro naquela noite.

— Um dos filhos dos Merton? — pergunta Reyes.

Ela assente.

— Muito conveniente, não acha? Algum deles costumava usar o seu carro?

— Não. Mas, se algum deles quisesse usar, conseguiria. Sempre deixo uma cópia das chaves nos fundos, debaixo de um vaso no pátio. Chaves da casa e do carro. Todos eles sabiam. Comecei a fazer isso porque perdi as chaves duas vezes.

— Alguém mais sabia disso?

Ela faz que não com a cabeça.

— Não. Só Fred, Sheila e as crianças.

— E onde a senhora deixa o seu carro?

— Na rua.

— Então está dizendo que um deles pegou as suas chaves extras do quintal na noite de Páscoa, depois que a senhora voltou para casa, foi com o seu carro até a casa dos Merton, cometeu os assassinatos e depois devolveu o seu carro?

— Estou dizendo que é possível. Não consigo pensar em outra explicação. *Eu* não dirigi para lá naquela noite.

— A senhora já emprestou alguma vez o carro para Catherine, Dan ou Jenna irem a algum lugar? — pergunta Reyes.

Ela faz que não com a cabeça.

— Não, eles têm carros muito melhores que o meu.

Audrey ficou chocada quando o policial levou o gato de Irena e todos os apetrechos até sua porta de manhã. Agora está sentada com o gato tigrado no colo, ouvindo seu ronronar enquanto o acaricia suavemente. O traidor não parecia nem sentir falta da dona. Seus potes e caixa de areia estão no chão da cozinha. Audrey olha para eles e se pergunta quanto tempo o gato vai ficar ali.

Ela não consegue acreditar que Irena matou Fred e Sheila. Ela parecia tão centrada, tão equilibrada. A polícia deve ter se enganado. Quando ela e Irena conversaram, as duas concordaram que um dos filhos dos Merton devia ser o culpado. Mas Irena, assim como Audrey, não sabia qual.

315

Ela quer saber por que a polícia a prendeu. Não havia detalhes no noticiário, só que tinham encontrado uma nova pista que a incriminava.

Era tudo tão surpreendente; Audrey tinha certeza de que era um dos filhos.

O registro de ligações confirma que Irena estava em casa, ao telefone, das onze e onze da noite às onze e quarenta e três no domingo de Páscoa. Ela não teria como cometer os assassinatos se Carl viu seu carro entre onze e meia-noite, como alega. Não daria tempo. Reyes acaba tendo que soltá-la. Não tinha elementos suficientes para abrir um processo penal contra Irena pelo duplo homicídio. Não tinha elementos para abrir processo contra ninguém. Agora ele encara o nada, exausto, tentando tirar algum sentido daquilo tudo.

Se Carl Brink está falando a verdade, *alguém* foi com o carro de Irena até a casa dos Merton naquela noite. Rose não tinha como saber das chaves sobressalentes de Irena. Mas Reyes sabia que os filhos legítimos dos Merton, sim, e eram todos uns mentirosos. Tinha três suspeitos. Nenhum tinha um álibi. Todos tinham uma motivação. Ele fica olhando as fotos horrendas da cena do crime presas em sua parede, fotos de Fred e Sheila mortos a sangue-frio, e se pergunta pela centésima vez: *Quem fez isso?*

SESSENTA

A manhã seguinte é uma segunda-feira, e há uma multidão de jornalistas em frente à delegacia querendo respostas. Reyes não tinha nada a oferecer. Passa por eles com um mero "sem comentários" e entra no prédio. Esse caso todo era uma grande frustração.

Por fim, no meio da manhã, um avanço. Tinham finalmente encontrado prova material.

Reyes e Barr se entreolham ao receberem a notícia.

O investigador diz:

— Vamos trazer os três, Dan, Catherine e Jenna, e pegar amostras de DNA. Ver se conseguimos alguma correspondência.

Ted se senta à mesa da cozinha com uma caneca de café, olhando o jornal. Não vai trabalhar hoje. Sente algo sombrio e pesado comprimindo seu peito. Há duas noites, Irena foi presa, e ele achou que aquele pesadelo finalmente tinha acabado. Então, ontem, ela foi solta. Sem nenhuma explicação sobre por que essas coisas aconteceram, nem dos investigadores nem da imprensa. Catherine tentou ligar para Irena várias vezes, mas ela não atende, e eles sabem que ela tem identificador de chamadas. Irena não quer falar com ela. Eles precisam saber o que diabos está acontecendo. A vontade de Ted é de ir lá e bater ele mesmo à porta da empregada.

Catherine fica andando de um lado para o outro na cozinha, a mão pousada de forma protetora sobre a barriga reta. Ele sente uma pontada de raiva. Ela quer compreensão e apoio, mas Ted não sabe se pode oferecer isso, com ou sem bebê.

O telefone começa a tocar, quebrando o silêncio. Nenhum dos dois falou muito com o outro esta manhã. Ele se levanta e tira o telefone do gancho. Seu coração dispara ao reconhecer a voz do investigador Reyes.

— Posso falar com a Sra. Merton? — pede Reyes.

— Só um instante — diz Ted, passando o telefone para a esposa.

Ele fica observando enquanto ela ouve, sua frequência cardíaca disparando dolorosamente. O que foi que Irena disse para eles a soltarem? O rosto de Catherine fica impassível enquanto ouve, e os dedos da mão que está livre agarram a bancada da cozinha.

— Agora? — pergunta. E depois: — Está bem.

Ela desliga o telefone.

— O que ele quer? — pergunta Ted.

Ela olha para o marido, então afasta o olhar.

— Ele disse que encontraram prova material. Querem que a gente vá até a delegacia fornecer amostras de DNA, Dan, Jenna e eu. — Ela engole em seco e sussurra: — Ted, e se tiverem encontrado a roupa descartável com o DNA de Dan?

O peso no peito de Ted fica ainda pior.

Lisa sabe que, não importa como, logo tudo chegará ao fim. Os investigadores encontraram prova material relacionada ao crime. Devem ter encontrado as roupas ensanguentadas ou o macacão descartável. Eles ligaram para Dan pedindo que fosse fornecer amostras de DNA.

Quando Dan sai para a delegacia, pálido mas estranhamente calmo, ela liga para Catherine.

Mas é Ted quem atende o telefone.

— Alô?

— Ted, Catherine está aí?

— Não, ela foi para a delegacia. — Ela nota o pânico em sua voz. — Ela teve que fornecer uma amostra de DNA.

— Dan também.

— Jenna também. Os três vão ser testados.

— O que foi que encontraram, você sabe? — pergunta, ansiosa.

— Não faço a menor ideia.

Eles ficam num silêncio constrangedor, mas nenhum dos dois oferece um ombro amigo para o outro, os dois estão apavorados demais.

— Tchau, Ted — diz Lisa, desligando o telefone.

Ela de repente precisa se sentar e colocar a cabeça entre os joelhos para não desmaiar.

DOMINGO DE PÁSCOA, 23H02

Sheila está sentada na cama, tentando ler, mas o livro não prende sua atenção. Sua mente não para de voltar para o início daquela noite. Fred já estava dormindo ao seu lado, roncando de forma irregular. Ela olha para o marido, irritada. Observa-o com ódio. Era difícil sentir qualquer outra coisa por ele, mesmo que estivesse morrendo. Ele foi tão babaca. Por que foi que se casou com ele? Ele tornou a vida de todos um inferno.

O marido quer mudar o testamento para beneficiar a irmã — está colocando tudo em ordem. Ele sempre quer magoar os filhos. E ela nunca teve poder para impedi-lo. Não tinha sido uma boa mãe.

Ela vem se sentindo tão ansiosa nas últimas semanas, sabendo o que Fred vai fazer. Está preocupada com a reação dos outros filhos. Vão ficar tão irritados. E não tem nada que ela possa fazer.

Ela ouve a campainha tocar lá embaixo. Olha para o rádio-relógio em sua mesa de cabeceira. Era tarde, onze e três da noite. Ela fica parada e espera. Quem viria a essa hora? Mas a campainha toca outra vez. E outra. Não dá para ignorar. Ela empurra a coberta para o lado e calça as pantufas, pegando o roupão e o vestindo enquanto deixa o quarto, Fred gorgolejando na cama. Ela acende o interruptor do alto da escada, que se ilumina, bem como o corredor. Ela segura no corrimão liso enquanto desce os degraus acarpetados. A campainha toca outra vez.

Sheila abre a porta e fica olhando, confusa com o que vê. Alguém usando uma roupa de proteção estava parado em sua porta. Ela fica tão surpresa que não reconhece a pessoa num primeiro momento. Percebe o fio que segura na mão direita. Tudo acontece rápido demais para a mente processar, o reconhecimento, o terror de enfim entender. E então ela se vira e tenta correr. Mas não é rápida o bastante e é puxada para trás pelo pescoço. Enquanto sente o fio apertando seu pescoço, Sheila tenta pegar o celular na mesa de canto, mas ele acaba caindo longe dela...

SESSENTA E UM

Dois dias depois, Jenna está sentada na já familiar sala de interrogatório, seu advogado empertigado e alerta ao seu lado. Não ia dizer nada. Não tinha a menor intenção de confessar. Não se sentia culpada. Eles mereceram.

O investigador Reyes a encara como se soubesse de tudo, como se pudesse entrar na sua mente e ler seus pensamentos. Boa sorte. Era um lugar sombrio a sua mente. Mas ela sabe que não tinham provas materiais, apesar do que diziam. Não tem como terem encontrado as roupas descartáveis ensanguentadas, as luvas e todo o resto. Ela sabe que não encontraram. Estão blefando.

— A senhora já dirigiu o carro de Irena? — pergunta Reyes.

Então eles sabiam do carro. Imaginou que Irena tinha sido presa por isso. Mas por que a soltaram? Ela não tinha álibi para aquela noite. Jenna sabia disso. Ela ia direto para casa depois do jantar de Páscoa na casa dos Merton, deitar com um bom livro. Foi o que ela própria disse.

Será que descobriram que outra pessoa andou usando o carro dela? Irena deve ter contado das chaves sobressalentes, tentando se livrar. Mas todos sabiam das suas chaves de reserva no quintal.

— A senhora já dirigiu o carro de Irena? — Reyes repete a pergunta.

Seu advogado instruiu que negasse tudo.

— Não.

— Interessante — diz Reyes —, porque encontramos amostras do seu DNA no banco de motorista do carro dela. Encontramos um fio de cabelo seu.

— Impossível — diz Jenna rapidamente, pensando: *Então foi isso que eles encontraram, essa é a prova material deles.*

Foi um erro dizer que nunca esteve no carro de Irena, percebe, com o coração disparando. Era difícil pensar direito nessa salinha quente, com todo mundo olhando para ela. Sente que está começando a transpirar e joga o cabelo para trás, nervosa.

— Qual a relevância disso? — pergunta o advogado.

Reyes responde:

— Temos uma testemunha que viu o carro de Irena, ele se lembrava da placa personalizada; o carro estava parado na entrada da garagem dos Merton na noite dos assassinatos.

Agora o advogado olha de relance para Jenna e desvia o olhar.

— Chega, não vamos mais responder nada — diz. — A não ser que tenham mais alguma coisa?

Reyes faz que não com a cabeça. O advogado se levanta.

— Vem, Jenna, vamos embora.

Mas Jenna não se apressa, recobrando a confiança. Ela diz:

— É bastante compreensível como meu cabelo foi parar no carro de Irena. Eu sempre a abraço quando a vejo, e geralmente ela entra no carro logo depois. Deve ter sido assim que o meu cabelo foi parar lá.

Ela se levanta para sair.

— A questão é que — diz Reyes, claramente frustrado — sabemos que Irena estava em casa naquela noite. Ela ficou conversando no telefone com uma amiga no horário em questão. Sabemos que outra pessoa deve ter usado o carro dela naquela noite. E não encontramos o DNA de mais ninguém no carro, só o seu. E sabemos que a senhora ouviu naquela mesma noite, mais cedo, que o seu pai ia mudar o testamento.

— O senhor sabe que isso não basta — diz o advogado. — Como minha cliente disse, o cabelo pode ter ido parar lá através do abraço.

Jenna dá um sorriso debochado para o investigador e acompanha o advogado sem dizer mais nada.

SESSENTA E DOIS

Desde que Irena foi solta, Catherine se sente apreensiva. Eles nunca descobriram por que ela foi presa, nem por que a soltaram. Irena não atendia suas ligações, nem a porta, o que era irritante. E eles coletaram amostras de DNA de todos eles há dois dias.

Catherine ouve a campainha tocar e se levanta na mesma hora, sobressaltada. De repente, sente-se zonza. Será que tinham vindo prendê-la? Não pode ser. Ela não fez nada. Mas sente o pânico crescer no peito. Medo pelo filho ainda no ventre.

Ela se prepara para abrir a porta com um medo intenso na boca do estômago.

— Audrey — diz, surpresa, sua voz ganhando um tom frio. — O que você está fazendo aqui?

— Posso entrar? — pergunta a tia.

Catherine hesita, mas então dá um passo para trás e abre a porta. Ted se junta a elas, e ele está com uma expressão que ela passou a odiar, uma cara de medo. Isso a fazia querer sacudir o marido. Eles vão até a sala e se sentam.

— Estive conversando com Irena — diz Audrey.

Catherine a encara com o coração na boca e se prepara para o que está por vir. Por que Irena falava com *Audrey*, mas não com eles? Estava com medo de encarar o marido.

— Por que Irena ia falar com *você*?

Audrey diz:

323

— Irena e eu nos conhecemos há muito tempo. A gente se entende. Eu cuidei do gato dela quando ela estava presa.

Catherine olha para ela com desdém.

Audrey explica que o carro de Irena foi visto na cena do crime. E acrescenta:

— Irena disse que alguém deve ter usado o carro dela naquela noite.

Catherine tenta falar, mas está com a boca seca.

Então Ted diz, com a voz arrastada:

— O que claramente é ridículo, não é?

Audrey responde:

— Na verdade, a polícia sabe que alguém deve ter usado o carro dela naquela noite, porque ela estava em casa, ao telefone. Tem registro disso. — Ela faz uma pausa, saboreando a sensação de poder dar essa informação. — Ela disse que vocês três sabiam onde ela guardava a chave reserva no quintal.

Catherine não diz nada, mas olha de relance para Ted e nota que ele ficou ainda mais pálido.

— E sei de mais uma coisa. Eles encontraram DNA, um fio de cabelo de outra pessoa no banco do motorista do carro dela, mesmo Irena dizendo que vocês nunca estiveram no carro, até onde ela sabia.

— Como você sabe disso? — pergunta Ted em tom acusatório, como se achasse que Audrey estava inventando tudo.

— Conheço uma repórter de um jornal que é amiga de alguém do laboratório. Ela me disse, esperando conseguir uma história.

— De quem era o DNA? — pergunta Catherine, com a boca seca. Ela mal consegue formular as palavras.

— De Jenna.

Catherine afunda no sofá, sentindo um turbilhão dentro de si. *Jenna.* Ela respira fundo. Jenna soube naquela noite que o pai ia mudar o testamento. Jake contou para os investigadores. Catherine ficou preocupada quando Irena foi presa; era como se o mundo estivesse de pernas para o ar. Tinha achado o tempo todo que o culpado era Dan, que ele era o mais parecido com o pai. Sempre temeu seu comportamento estranho e assediador; conhecia seu hábito de sair dirigindo sozinho à noite. Ele tinha herdado os piores impulsos do pai, pensava, mas não seu tino para os negócios.

— Então eles acham que foi *Jenna*? Ela vai ser presa?

Audrey faz que não com a cabeça, claramente frustrada agora.

— A minha amiga repórter disse que isso não é o suficiente para prendê-la por homicídio. Aparentemente eles tomaram o depoimento dela e a deixaram ir embora.

Catherine não quer que o nome da família seja arrastado na lama. Só quer que tudo aquilo acabe. Nota, quase surpresa, que vai ficar tudo bem. Nada horrível ia acontecer. Jenna não vai para a prisão; não vai sequer ser detida. Nem Dan. Tudo vai ficar bem. Eles podem respirar em paz outra vez, agora que sabem a verdade. A vida seguirá em frente. O escândalo vai passar, mais cedo ou mais tarde. E todos serão ricos. A única que será presa é Rose.

Ela sente como se um peso horrível fosse tirado dos seus ombros. Precisa conter o impulso de sorrir. Em vez disso, ela fica apropriadamente sombria e diz:

— Obrigada, Audrey, por nos contar.

— Achei que deveria contar para você. Não sabia se alguém contaria.

Catherine franze o cenho para Audrey.

— Você está adorando isso, não é? Jenna sempre foi a que você mais detestava.

Audrey se levanta para sair.

— Fred nunca deveria ter sido assassinado. Era para eu receber a minha parte de direito quando ele morresse de câncer, o que seria em breve. — Ela vai até a porta e se vira para um último comentário. — Sabe o que eu queria mesmo? Ver Jenna condenada.

* * *

Dan está em casa quando recebe uma ligação de Catherine. Ele sente o corpo se encher de adrenalina enquanto a irmã lhe explica tudo. Fecha os olhos, aliviado por um instante. Os investigadores iam enfim deixá-lo em paz. E é bom finalmente saber a verdade. Saber em qual das irmãs é bom ficar de olho. É estranho que devessem isso justo a Audrey.

— O que a gente faz? — pergunta Dan. — Quer dizer, a gente diz para ela que sabe ou algo do tipo?

Catherine fica calada do outro lado da linha por um tempo, pensando.

— Acho que não podemos deixar que ela se safe *com a gente*, sabe?

Dan fica em silêncio. Ele não quer que Jenna se safe de maneira alguma.

Catherine diz:

— Você pode vir hoje à noite? Precisamos que ela saiba que descobrimos e tranquilizá-la de que não vamos fazer nada.

— Está bem — diz Dan, relutante —, se você acha uma boa ideia. Você sabe bem como é o temperamento dela.

O clima está claramente tenso na casa de Catherine naquela noite.

Agora que o momento chegou, ela se sente nervosa e olha para Ted em busca de apoio. Ele também parece apreensivo. Ela não sabe exatamente o que espera — que Jenna negue tudo, friamente —, mas eles precisam contar que sabem. Catherine e Dan terão que ficar de olho na irmã e torcer para que ela nunca mais tenha motivos para matar alguém.

Irena, que finalmente atendeu sua ligação, recusou o convite. Não queria ter mais nada a ver com eles. Disse que tinha resolvido se aposentar e se mudar para o sul quando recebesse sua parte e que mandaria um cartão de Natal. Depois desligou. Catherine não podia culpá-la. Havia um limite para a lealdade; Irena quase foi incriminada por assassinato.

Estão todos ali, exceto Audrey. Ela e Ted dividem o sofá, Jenna está em uma poltrona, Dan na outra, e Lisa está sentada ao lado do marido numa cadeira que Catherine colocou ali. Catherine já serviu uma taça de vinho para todos e está exibindo seu gim-tônica de mentirinha.

Tenta manter a voz o mais neutra possível e diz:

— Jenna, descobrimos que os investigadores encontraram o seu DNA no carro de Irena, que eles acham que foi você que matou a mamãe e o papai. — Ela observa a expressão de Jenna ficar fria, a boca ganhar um ar de irritação. — Mas está tudo bem — continua. — Porque não vai acontecer nada. O cabelo no carro de Irena não é o suficiente para te prenderem. Vai ficar tudo bem.

Faz-se um silêncio pesado.

— Como você *ousa*? — diz Jenna com um tom ameaçador.

Catherine recua. Já tinha visto a irmã assim antes; era assustador. Ela olha para os outros em busca de apoio.

— A gente *sabe*, Jenna. Não adianta negar isso para *a gente*. E não vamos fazer nada.

— Eles não *sabem* de nada — retruca Jenna, fria. — Eles acharam um cabelo meu no carro de Irena. Não sabem como foi parar lá, mas talvez *você* saiba — diz, olhando com malícia para Catherine, que se sente enjoada.

Jenna não pode estar realmente tentando colocar a culpa nela. Ela olha de relance para Ted, mas ele estava encarando Jenna como se houvesse uma cobra na cadeira.

— Ou talvez tenha sido você, Dan — acusa Jenna, voltando-se para o irmão.

Dan a encara, boquiaberto.

Jenna diz:

— Não sei qual dos dois, mas um de vocês matou a mamãe e o papai e plantou o meu cabelo no carro de Irena.

— Ninguém colocou o seu cabelo lá — rebate Catherine imediatamente, ao perceber a situação que se desenrolava e com os nervos à flor da pele.

Então as coisas chegaram a este ponto — *Jenna* matou os pais. Mas agora seu próprio marido nunca vai ter certeza mesmo de que não foi ela. Olha de relance para Lisa e vê nela uma dúvida desesperadora enquanto a cunhada encara a têmpora de Dan. Em quem *ela* vai acreditar? Catherine se vira para Jenna, mas ela agora parece mais calma, com a confiança restabelecida.

Jenna diz:

— Eu não saí de casa naquela noite, mesmo que não tenha como provar. Mas todos sabemos que *vocês* saíram por *horas*.

Catherine, num pânico silencioso, pensa: *Que família de merda.*

SESSENTA E TRÊS

Jenna volta de carro da casa de Catherine para a sua, os faróis iluminando a escuridão da estrada de terra, recordando-se da noite de Páscoa. Ela estava num humor assassino quando saíram. Deixou Jake na estação de trem — não queria sua companhia e ele também não insistiu em ficar. Então voltou para casa e ficou pensando até bolar um plano.

Dirigiu até a casa de Dan. O carro do irmão não estava na entrada. Usando luvas de látex do seu armário de limpeza, entrou na garagem pela porta lateral que vivia destrancada. O carro de Dan também não estava lá. Ele tinha saído para dar uma volta, pensou, porque era doente a esse ponto. Jenna conhece seus hábitos estranhos. Ela usou uma lanterninha que tinha trazido — havia deixado o celular em casa de propósito — para pegar o macacão descartável e os propés que já sabia que estavam lá. Depois foi de carro até a casa de Irena. Como era de se esperar, seu carro estava parado na rua e a casa estava toda apagada. Jenna parou o próprio carro mais adiante, fora do campo de visão da casa de Irena e, com cuidado para não ser vista, encontrou as chaves reserva de Irena no quintal, debaixo de um vaso. Então foi com o carro da ex-babá até a casa dos pais, chegando pouco antes das onze da noite e, com os faróis apagados, estacionou no fim da entrada de veículos.

Estava uma noite escura e calma. Provavelmente ninguém veria o carro parado ali, mas, mesmo que alguém visse, era o carro de

Irena, não o seu. Não quis correr o risco de verem seu Mini Cooper nas redondezas naquela noite.

Desceu do carro e ficou encarando a casa por um tempo. Havia uma luz suave vindo do quarto principal. Jenna foi até os fundos com sua sacola. Lá, tirou os sapatos e a jaqueta e vestiu o macacão descartável, um par extra de meias grossas e os propés. Quando estava vestida, com o capuz apertado no rosto, sem deixar nenhum fio de cabelo escapar, ela experimentou uma sensação estranha de invencibilidade. Pegou o fio elétrico que trouxe, voltou para a frente da casa e tocou a campainha. Ninguém veio. Tocou outra vez. E outra. Notou através da janela da sala à sua esquerda que luzes foram acesas no alto da escada e no hall de entrada. Por fim, sua mãe abriu a porta, como sabia que faria.

Por um instante, Sheila ficou ali parada, sem entender. Talvez não a tivesse reconhecido com a roupa de proteção cobrindo-a por completo, até mesmo o cabelo, alterando sua silhueta. Sua mãe não tinha entendido o que Jenna estava fazendo ali. E então ela a reconheceu e entendeu. *A cara que ela fez.* Começou a recuar, virou e saiu tropeçando em direção à sala. Mas Jenna foi logo atrás e passou o fio elétrico em volta do seu pescoço antes que a mãe conseguisse gritar. Apertou bem o fio, arrastando Sheila até a sala, tentando não fazer muito barulho, apertando bem até a mãe enfim parar de se debater e seu corpo pender sob o fio. Demorou mais do que Jenna imaginava. Depois, ela deitou o corpo no chão. Não sentia nada. Voltou e fechou a porta da casa em silêncio. Retornou para o corpo da mãe e teve dificuldades em arrancar seus anéis. Era difícil fazer isso de luvas. Então ouviu o pai gritar das escadas.

— Sheila, quem é?

Não deu tempo de tirar os brincos de diamantes das orelhas da mãe. Jenna foi depressa para a cozinha pelos fundos da sala, evitando o hall de entrada por onde seu pai desceria as escadas. Deixou o fio elétrico e os anéis na bancada e pegou a faca de trinchar do faqueiro.

— Aqui — disse, torcendo para que ele não fosse até a sala antes. Se ele fosse, Jenna teria que improvisar. Iria atrás dele.

Ela ficou imóvel como uma estátua, na escuridão da cozinha, esperando pelo pai. Ela se lembra de tê-lo agarrado por trás enquanto passava por ela e cortado sua garganta num único golpe, o sangue jorrando na sua mão. O restante é um borrão — foi diferente de matar a mãe. Alguma coisa tomou conta dela. Quando terminou, estava ofegante de tanto esforço, exausta e coberta de sangue. Ela se sentou no chão por um minuto, descansando. Sabia o que tinha que fazer em seguida e precisava ser rápida.

Pegou um saco de lixo sob a pia e colocou os anéis da mãe e o fio elétrico nele. Depois foi até o hall e subiu a escada até o quarto principal. Revirou o porta-joias da mãe e acabou decidindo levar tudo, virando o conteúdo no saco. Esvaziou as carteiras e as jogou no chão. Deixou um rastro de sangue enquanto abria gavetas e ia destruindo tudo nos dois andares. Foi até o escritório, mas não mexeu no cofre. Por último, pegou a caixa de prataria da família na sala de jantar. Depois saiu pela porta da cozinha e foi até os fundos da casa, que lembrava uma ravina. Sabia que ninguém conseguia vê-la — a noite estava um breu e as outras casas eram bem afastadas, a vista bloqueada pelas árvores. Ela pôs a prataria na sacola de lona que tinha levado. Tirou o macacão descartável todo ensanguentado, os propés e as meias grossas e os colocou cuidadosamente no saco de plástico junto com o fio elétrico e as joias, os cartões e o dinheiro, tirando as luvas por último. Limpou o rosto e as mãos meticulosamente com lenço umedecido e depois os jogou no saco de lixo também. Por fim, jogou o saco de lixo na sacola de lona, colocou os sapatos e vestiu a jaqueta, colocou um novo par de luvas de látex e voltou para o carro de Irena. Foi até a casa da mulher, passou a sacola para o próprio carro e devolveu as chaves.

A caminho de casa, livrou-se das provas. Num lugar onde ninguém jamais as encontraria. Escondeu a sacola de lona em uma fazenda que ficava na mesma estrada de terra isolada em que morava. Enterrou a sacola onde iam preparar um chão de concreto para um novo anexo em um ou dois dias. Foi um golpe de sorte ela saber disso porque conhecia a proprietária, que o havia mencionado para ela.

Agora, sempre que Jenna passa pelo prédio em construção — e a obra está avançando bem —, ela se sente satisfeita.

Nunca encontrariam as provas. Só ela sabia que estavam ali.

Catherine e Dan não mataram os pais, mas Ted e Lisa não estão certos disso. Jenna sorri enquanto dirige. Se quisesse, podia dizer coisas para Ted e Lisa — coisas verdadeiras — que os deixariam com a pulga atrás da orelha. Como os brincos que encontraram no porta-joias de Catherine, aqueles que ela pegou "emprestado": Jenna sabe que a mãe estava usando aqueles brincos na noite em que a estrangulou. Teve tempo suficiente para notá-los quando estava com o fio em volta do pescoço de Sheila. Ela sabe que Catherine deve tê-los roubado do corpo da mãe naquela noite. Ela se pergunta o que Ted ia pensar disso.

E Dan — será que Lisa não se preocupa com a compulsão do marido de dirigir depois que anoitece? Para onde pensa que ele vai? Será que nunca tentava ligar para o celular dele? O que ela pensa que ele está fazendo? *Comportamento típico de um serial killer, na minha opinião*, pensa Jenna.

É uma pena que Audrey não tenha morrido com o veneno que colocou no chá gelado dela naquela manhã de domingo, depois de entrar pela janela dos fundos que ficou aberta quando a tia saiu, mas no fim, Jenna pensa, não tinha problema.

EPÍLOGO

Nas semanas seguintes, Audrey refaz várias vezes de carro o caminho da casa de Fred e Sheila para a de Irena e depois para a de Jenna. Acredita que a sobrinha se livrou das roupas ensanguentadas e do traje descartável por *ali,* naquela noite.

Quer provar que foi Jenna quem matou Fred e Sheila. Catherine, claramente, não quer — prefere deixar tudo quieto e proteger o nome da família. Mas Audrey desconfia de que Dan também se sinta como ela. E entende por quê. Na opinião pública, na imprensa, obcecada com o caso do assassinato dos Merton, Dan é aquele que todos pensam ser o culpado. Ele quer limpar sua reputação.

Audrey acha que foi Jenna quem tentou envená-la.

Ela começa a seguir a sobrinha de uma distância segura. Um dia vê que ela para rapidamente em frente a uma casa na estrada de terra em que mora. A sobrinha não se demora, mas fica tempo suficiente para Audrey notar, enquanto espera bem afastada na estrada, que um novo prédio estava sendo erguido na propriedade, afastado da casa. Jenna sai carregando alguma coisa. Mas Audrey está longe demais para ver o que é.

Depois que Jenna vai embora, Audrey fica no mesmo lugar por um tempo. Depois se aproxima. Vê uma placa: OVOS FRESCOS. Ela desce do carro e vai andando pela entrada. Era uma casa antiga que passava por uma reforma que conservava seu charme original. Tijolos vermelhos com detalhes bege na varanda. Audrey conseguia se ver morando num lugar como esse, no campo, mas não tão distante da cidade. É claro, ainda se ressentia do fato de nunca poder bancar uma casa em Brecken Hill, mas a verdade é que tinha adorado o lugar — era tão bonito e tranquilo.

— Oi — diz Audrey, quando uma mulher atravessa a porta de tela. — Que lugar mais encantador.

— Obrigada. Quer ovos?

— Quero, por favor — responde Audrey. — Uma dúzia.

Enquanto a mulher embala os ovos, Audrey diz:

— Vi que você está construindo um anexo novo.

Ela faz que sim com a cabeça.

— Fiz a fundação logo depois da Páscoa e agora já está quase pronto.

Audrey sorri e paga pelos ovos.

Tinha assistido a séries policiais suficientes para saber que esconder corpos sob concreto, em especial na fundação de uma construção, era algo muito inteligente. E por que não provas de um crime? Ela vai até Reyes e Barr e diz o que acha. Mas eles explicam que não podem cavar em um prédio na propriedade privada de alguém com base em suas suspeitas, por mais que para ela isso faça sentido.

Um ano acaba se passando. Audrey ouviu dizer que Catherine teve uma menininha e que ela, Ted e a neném agora moram na antiga casa de Fred e Sheila em Brecken Hill. Viu Ted há pouco tempo no mercado, exausto, empurrando um carrinho, comprando comida e fralda. Parecia esgotado, infeliz. Audrey se virou antes que ele a visse.

Numa manhã de sol no início de junho, Audrey acaba passando em frente àquela casinha de campo encantadora outra vez. Desta vez repara numa placa de VENDE-SE na entrada. Tinha acabado de receber sua parte da herança — um milhão de dólares. Ela para o carro e fica olhando para a placa por um tempo. Devia ser mais que suficiente.

Ela pega o telefone e liga para o corretor.

Este livro foi composto na tipografia Palatino LT Std,
em corpo 11,5/16, e impresso em
papel off-white no Sistema Cameron da
Divisão Gráfica da Distribuidora Record.